诗歌桃花源

童中贤　张伟　张腾 ◎ 编著

天津出版传媒集团

天津人民出版社

图书在版编目（CIP）数据

诗歌桃花源 / 童中贤，张伟，张腾编著 . -- 天津 ：
天津人民出版社，2025. 7. -- ISBN 978-7-201-21311-8

Ⅰ . I222.72

中国国家版本馆 CIP 数据核字第 2025DQ9727 号

诗歌桃花源
SHIGE TAOHUAYUAN

出　　　版	天津人民出版社
出 版 人	刘锦泉
地　　　址	天津市和平区西康路 35 号康岳大厦
邮政编码	300051
网购电话	(022)23332469
电子信箱	reader@tjrmcbs.com

责任编辑	郭晓雪
装帧设计	黑眼圈工作室

印　　　刷	三河市富华印刷包装有限公司
经　　　销	新华书店
开　　　本	787 毫米 ×1092 毫米　1/16
印　　　张	22
字　　　数	235 千字
版次印次	2025 年 7 月第 1 版　2025 年 7 月第 1 次印刷
定　　　价	96.00 元

心诣桃花源

周文彰

桃花源，既是风情别异的地理空间，也是世代传咏的诗歌意象，她寄托并蕴涵着国人心中天人和美的畅想、岁月静好的追求、怡然自乐的憧憬。

桃花源，一方传闻神秘的绝地。自晋太元间短暂向武陵渔人微露羞容后，便永远地幽闭起来，无处可问津。李白叹："一往桃花源，千春隔流水。"王维说："春来遍是桃花水，不辨仙源何处寻。"它既是想象中的仙境，也是真实存在的地理空间，是古往今来国人魂牵梦萦的地方。"古观云根路已荒"，挡不住诗僧皎然寻觅桃源观的步伐。耄耋之年的费孝通行动不便，仍然"拾级上高台，攀登何用劝"。

桃花源，一望景貌秀邃的美地。"忽逢桃花林，夹岸数百步，中无杂树，芳草鲜美，落英缤纷"，还没进入桃花源，洞口溪边的景色已美得不可方物。桃花源的美，已深深地烙印在中国人的记忆里，形成集体审美记忆。中国人形容一个地方美，要么是"像桃花源一样"，要么"这是我的梦中桃花源"。桃花源不止于美，更是一块净土，来桃花源游览，就会瞬间忘记尘俗的烦恼。薛瑄诗中感喟："怪得仙家闲岁月，暂时游览也忘机。"

桃花源，一隅祥和安宁的隐地。在"白骨蔽于野，千里无鸡鸣"的时代，"有良田美池桑竹之属，阡陌交通，鸡犬相闻"的桃花源，无疑是避世的安所，是能让人享受和平宁静生活的殊境。这里，"春蚕收长丝，秋熟靡王税"；当人们因为战乱而被迫四海为家时，会情不自禁地联想到桃花源、欣羡桃花源、赞咏桃花源里避乱秦人的优适生活，"由来千种意，并是桃花源。"

桃花源，一处人文深厚的善地。宛若理想的大同社会，"童孺纵行歌，班白欢游诣"，即"老有所终，壮有所用，幼有所长"；"自云先世避秦时乱，率妻子邑人来此绝境，不复出焉，遂与外人间隔"，即"小国寡民，使有什伯之器而不用，使民重死而不远徙"。"八仙"之一的吕洞宾曾在此游览并写下十首《咏桃花源景》，十四岁的瞿童于桃花宫学神仙之术，白日飞升。宋代文豪苏轼于大灾大难之后大彻大悟，他被贬惠州之后，先是吸收了庄子的"一死生"思想，又学到了佛教的"等痴慧"智慧，最终得出结论，只要破除心中杂念，本心自见，无论是否身在桃花源（形诣），都可以在桃花源中杖藜游憩，甚至感悟追求身在桃花源的真境界是心诣桃花源。"子骥虽形隔，渊明已心诣"，与陶渊明恰为知音。

桃花源，一部大国诗歌史的母题。陶渊明提笔写下《桃花源诗并记》时，也许未曾想到给文学史留下这么丰厚的文化遗产。他笔下的桃花源，成了历朝历代诗人吟咏的意象，人们由此开创出乐府、歌行、诗词、散曲等多种体裁，从或道或佛或儒的角度阐释桃花源。翻开《诗歌桃花源》，映入眼帘的是一串串岁月淘洗不了的熟悉的姓名：庾信、徐陵、李白、杜甫、王维、刘禹锡、梅尧臣、苏轼、秦观、王安石、元好问、袁宏道、袁中道、何景明……桃花源这一古老而美好的诗歌意象，在现当代诗人、词人的笔下，也被赋予了新的时代精神，焕发出新的生命力，已经成为一个古老而又常新的诗歌主题，如同一盏不灭的灯塔，照亮着人类追求美好生活的道路。

拥有桃花源，是湖南的幸运，是中国的幸运，也是世界的幸运。古人心心念念的桃花源，如今已经成为现实。身为中国人，一定要"去去桃花源"（李白），寻找梦境、仙境，寻找心安之处。如果实在工作繁忙，无法抽身，那至少应该读一读桃花源的诗歌，心诣桃花源。外国友人如想了解中国，建议读一读这个选本中的诗歌——这是一条通过中国人心灵世界的捷径。中国人热爱桃花源的实质，是向往和平、热爱和平。从桃花源诗歌入手，可以最快了解中国文化热爱和平、热爱一切美好事物的品质。进行桃花源诗歌的选编、评注与传播，则是讲好中国故事，增进外国读者对中国传统文化感知与体认的有益之举。

在中国诗歌史上，面世过不少诗歌选本，流传最广、最为人们所喜爱的，当属清人蘅塘退士孙洙的选本《唐诗三百首》。古往今来，当然不止这一个选本，也正是因为历史上各种选本的流行，才使得我们的中华诗词生生不息、广为人知和广泛普及。甲辰年间云帆诗友会推出了"云帆六选本"，中华诗词学会亦选编了《今诗三百首》。然而，这些选本有个共同的特点，就是要么从体裁、要么从作者视角进行选编，经济、政治、文化、社会和生态视野整体观照不够。《诗歌桃花源》这个选本则自创新格，别具特色。

《诗歌桃花源》是湖南省社会科学院（湖南省人民政府发展研究中心）的童中贤研究员（中华诗词学会当代诗词曲赋联精品研究委员会副主任）牵头编著的诗歌评注选本。该书既注重诗歌的艺术价值，也兼顾其历史意义与时代精神，力求呈现全面、多元、立体的桃花源社会、桃花源文化、桃花源生态。从桃花源的多类场景、多向维度、多元意蕴出发，通过精选古今桃花源题材的优秀诗歌，展现桃花源意象在不同历史时期的思想内涵、文化形骸与艺术魅力，勾勒了一幅涵盖思想史、文学史、艺术史以及人类社会发展史的图景。诗集从东晋至当代，跨越千年的诗歌佳作尽收眼底。每首诗均附有注释与简评，帮助读者更好地理解诗歌的背景、意境与深层含义。

一部诗歌评注选集，应当具有文学价值、润心价值、存史价值和传世价值。宋代诗人陆游说："挥毫当得江山助，不到潇湘岂有诗？"湖南的洞庭湖、桃花源、九嶷山、韶山、衡山、张家界等，以其或壮美或优美的风景、深厚的历史文化底蕴，激发了古往今来诗人们的灵感，使他们挥毫泼墨，创作出脍炙人口的诗篇。童中贤研究员已经牵头成功编著《诗歌洞庭》，这部《诗歌桃花源》带领读者进行一场重新跨越千年的诗意之旅，探寻桃花源那令人心驰神往的奥秘。我们有理由期待他编撰更多的这类选本，给我们的诗歌界、给读者带来新的惊喜和愉悦！

向《诗歌桃花源》的诗词作者、编著者、支持者和广大读者表示衷心的感谢！

是为序。

（作者系第十二届全国政协委员，中华诗词学会会长）

目录

桃花源诗并记

陶渊明

> 陶渊明（约365—427），名潜，字元亮（一说字渊明），号五柳先生，私谥"靖节"，东晋浔阳柴桑（今江西九江）人。我国第一位田园诗人。29岁时出仕，先后做过祭酒、参军、县令。义熙元年（405）十一月，从彭泽县令任上归隐，终身不复仕。作品有《陶渊明集》，清代陶澍有集注。

晋太元中，武陵人捕鱼为业，缘溪行，忘路之远近。忽逢桃花林，夹岸数百步，中无杂树，芳草鲜美，落英缤纷。渔人甚异之，复前行，欲穷其林。林尽水源，便得一山，山有小口，仿佛若有光，便舍船从口入。初极狭，才通人；复行数十步，豁然开朗。土地平旷，屋舍俨然。有良田美池桑竹之属，阡陌交通，鸡犬相闻。其中往来种作，男女衣著，悉如外人；黄发垂髫，并怡然自乐。见渔人，乃大惊，问所从来，具答之。便要还家，设酒杀鸡作食。村中闻有此人，咸来问讯。自云先世避秦时乱，率妻子邑人来此绝境，不复出焉，遂与外人间隔。问今是何世，乃不知有汉，无论魏晋。此人一一为具言所闻，皆叹惋。余人各复延至其家，皆出酒食。停数日，辞去。此中人语云："不足为外人道也。"既出，得其船，便扶向路，处处志之。及郡下，诣太守说如此。太守即遣人随其往，寻向所志，遂迷，不复得路。南阳刘子骥，高尚士也。闻之，欣然规往，未果，寻病终。后遂无问津者。

嬴氏乱天纪，贤者避其世。
黄绮之商山，伊人[1]亦云逝。

---

[1] 伊人：桃花源中的人。

往迹浸①复湮，来径遂芜废。

相命②肆农耕，日入从所憩。

桑竹垂余荫，菽稷随时艺；

春蚕收长丝，秋熟靡王税。

荒路暧交通，鸡犬互鸣吠。

俎豆犹古法，衣裳无新制。

童孺纵行歌，班白欢游诣。

草荣识节和，木衰知风厉。

虽无纪历志③，四时自成岁。

怡然有余乐，于何劳智慧。

奇踪隐五百④，一朝敞神界。

淳薄⑤既异源，旋复还幽蔽。

借问游方士，焉测尘嚣外？

愿言蹑清风，高举寻吾契。

简 评

诗文以"隐"与"敞"为线索，记载了武陵渔人入桃花源—出桃花源—再寻桃花源的经过。渔人所遇到的并非仙人，而是因避秦时乱而来此地的秦人后裔。《桃花源记》勾勒了一个孟子所说的大同社会。人们日出而作，日落而息。春蚕收丝，秋熟无税。桑竹垂余荫，鸡犬互鸣吠。童孺行歌，耄耋之人怡然自得。《桃花源诗》中有陶渊明躬耕生活的痕迹，体现了其顺应自然、独立求真的精神追求。诗歌结尾，陶渊明提出方内（尘世）、方外之别，带有玄言诗的色彩。诗文反映了陶渊明在乱世之中以隐居避世作为最佳

---

① 浸：逐渐。

② 相命：相互督促。

③ 纪历志：岁时历法的记载。

④ 五百：自秦到晋太元中约六百年，说五百，是举其成数。

⑤ 淳薄：指风气的淳厚和浇薄。

处世方式的人生态度，表达了对没有君主统治、战乱侵扰的小农社会的向往，对当时现实政治的否定。《桃花源诗并记》语言简练，质朴而自然，描绘的理想社会境界高远，反映了人们对未来美好生活的向往。也正因为如此，桃花源不仅成为我国诗歌史的母题，成为中国山水田园诗歌的源地，更是成了中华儿女安放心灵的原乡。

宋　马远　《桃源对酌》

拟咏怀（其二十五）①

庾　信

庾信（513—581），字子山，南阳新野（今属河南）人。南北朝末期最重要的文学家。早年在梁时，曾为散骑常侍、建康令。侯景叛乱，破建康，奔江陵投萧绎。萧绎称帝后，为右卫将军，时梁臣属于西魏。一年后，出使西魏，赶上西魏南伐，萧绎被灭，遂被留北国。北周代魏，更迁为骠骑大将军、封侯。

怀抱独惛惛②，平生何所论。

由来千种意，并是桃花源。

谷皮两书帙③，壶卢④一酒樽。

自知费天下，也复何足言。

简评

庾信是较早在诗歌中运用桃花源意象的著名诗人。该诗首联写其暮年被迫屈体仕周、滞留北地的郁闷之情。颔联中的桃花源既是南方的代表，亦是隐居的象征，表达了焦灼的乡关之思与隐遁之意。颈联写设想中的书酒为伴的隐逸生涯，尾联写一切不过是空想，终究无法落实。诗歌弥漫着强烈的失落之感，沉痛动人。庾信晚年的诗歌突破了宫体诗写艳情的窠臼，达到了新的思想高度。对庾信诗歌的接受，贯穿于北周至唐代的诗歌进程中。

---

① 《拟咏怀》是庾信后期被留在长安时模拟阮籍《咏怀》所写的组诗，共27首，本篇是其中的一首。

② 惛惛：静默，专一；亦作沉闷。

③ 谷皮：谷树的皮。晋王嘉《拾遗记·秦始皇》："（张仪、苏秦）二人每假食于路，剥树皮编以为帙，以盛天下良书。"

④ 壶卢：即葫芦。

山 斋

徐 陵

徐陵（507—583），字孝穆，东海郡郯（今山东郯城）人。梁陈时期著名的宫体诗人，在梁朝曾为东宫学士、尚书度支郎、通直散骑侍郎、振威将军、尚书右丞等。曾出使东魏、北齐。入陈后又曾为光禄大夫、丹阳尹、中书监等职。是当时文坛的领袖人物。

桃源惊往客，鹤峤①断来宾。

复有风云处，萧条无俗人。

山寒微有雪，石路本无尘。

竹径蒙茏②巧，茅斋结构新。

烧香披道记，悬镜厌山神。

砌水何年溜③，檐桐几度春。

云霞一已绝，宁辨汉将秦。

简评

徐陵在梁、陈之际皆为朝廷官员，《山斋》反映的却是超尘绝俗的山中隐逸生活。陶渊明的桃花源是小农社会的代表，徐陵诗中的桃源则是修行之地，焚香批阅道教典籍的高士所居之所，绝无俗人往还，连石头路上都不沾染一丝灰尘，云霞都不受欢迎。时间在此处仿佛凝固，汉、秦莫辨。徐陵

---

① 鹤峤：鹤行的山道。

② 蒙茏：草木茂密。

③ 溜，比喻雨水自屋檐注下，形似瀑布。南朝梁刘孝标《东阳金华山栖志》："悬溜泻于轩甍，激湍回于阶砌。"

将桃花源批判现实的意义淡化、弱化，浸染了文人趣味，桃花源在此诗中成为隐逸的文化符号。从艺术风格来看，本诗讲究对偶，基本符合五言排律的要求，由此可以窥见六朝新体诗向唐代近体诗演化的痕迹。陈祚明评该诗为"唐人雅构"。王夫之认为此诗有纯朗之美："宋人排律，有极意学此者。时复一似，乃必闲枝乱叶，横出其中，不得如其纯朗。"

武陵泛舟

孟浩然

> 孟浩然（689—740），字浩然，号孟山人，襄州襄阳（今湖北襄阳）人，世称孟襄阳。开元十六年（728）入京求仕，欲为世用，却落第而归。开元二十五年（737），被张九龄招至幕府，署为从事，后隐居。唐代著名的山水田园派诗人，有《孟浩然集》三卷传世。

武陵川路狭，前棹入花林①。
莫测幽源里，仙家信几深。
水回青嶂合，云度绿溪阴。
坐听闲猿啸，弥清尘外②心。

简评

　　《武陵泛舟》与陶渊明的《桃花源诗并记》有着明显的互文关系。首联"武陵"句是对《桃花源记》中武陵渔人"缘溪行，忘路之远近。忽逢桃花林……"的仿写。颔联将陶渊明诗文中"往来种作"的农人替换为"仙家"，表达了对隐居生活的欣羡与无法真正进入桃花源仙境的些许遗憾。颈联、尾联一景一情，情从景得，景中藏情。颈联写武陵源的幽静山水。水、云、山、溪均为无情之物，在诗人笔下，似乎皆已含情。尾联写诗人闲听猿啸，顿息机心。本诗虽脱胎于陶渊明的《桃花源诗并记》，但融入了诗人的独特感受。沈德潜评价："孟诗胜人处，每无意求工，而清越超俗，正复出人意表。"

---

①　花林：桃花林。
②　尘外：尘世之外，脱离了红尘。

武陵开元观黄炼师院（三首选二）①

王昌龄

> 王昌龄（约698—756），字少伯，京兆（今西安）蓝田人，开元十五年（727）进士及第，授秘书省校书郎。开元二十二年（734）选博学宏词科，转汜水县尉。开元二十七年（739）被贬岭南。翌年北归，任江宁丞。后又被贬为龙标尉，世称王龙标。安史之乱时，离任而去，迁回至亳州，为刺史闾丘晓所杀。

其一

松间白发黄尊师，童子烧香禹步②时。

欲访桃源入溪路，忽闻鸡犬使人疑。

其二

先贤盛说桃花源，尘忝③何堪武陵郡④。

闻道秦时避地人，至今不与人通问。

简评

天宝七载（748）春，王昌龄被贬龙标。《武陵开元观黄炼师院》是其

---

① 武陵开元观：在常德城南五里，一说桃花源之桃源观。炼师：道士中的德高思精者。

② 禹步：跛行。相传禹治水辛苦，身病偏枯，足行艰难，故名。后代巫师道士作法时多仿效，亦称其步法为禹步。

③ 忝：羞辱，有愧于。

④ 武陵郡：汉高祖五年（前202）设置，郡治索县（今常德市武陵区、鼎城区、汉寿县地，故城今常德市东北六十华里），一说义陵（今溆浦县地），（领）县十三。

初抵武陵时所作。全诗共三首，本书节选前二首，这两首诗均暗用了桃花源的典故。第一首诗写诗人初入道观，见到开元观松树之间做法事的白发道士及童子，恍惚有进入桃花源的感觉，但鸡鸣犬吠之声将他拉回现实。第二首写此地虽盛传桃花源的传说，但桃花源中人不堪忍受武陵郡赋敛徭役之忧，故从秦时开始，桃花源中的避世之人便不再与外界通音讯。两首诗均流露了诗人为俗务所扰的烦闷之情。桃花源虽好，毕竟只是传说，难得其门而入。在第三首诗（本书未选）中，他表达了希望通过"投诚归道源"，获得心灵的平静。在盛唐众多桃花源题材诗歌中，王昌龄的诗有反其道而行之的意味，强调传说中的桃花源远不可及，不如寻找身边的心灵栖居地。

桃花溪①

张　旭

> 张旭，盛唐书法家，生卒年不详，字伯高，吴郡（今苏州市）人。曾做过常熟县尉和金吾长史等小官，与李白、高适、李顾交往。善草书，人称"草圣"。又善饮酒；每大醉，号呼狂走，故又称"张颠"。也善写诗，今存诗仅六首，《桃花溪》即其中一首。汉寿县净照寺内有张旭墨池，相传他曾"学书于此"，可能到过常德及桃源。

隐隐飞桥②隔野烟，石矶③西畔问渔船。
桃花尽日随流水，洞在清溪何处边④？

简　评

　　这是一首较早将桃花源中独立景观作为文学意象的作品。诗作以飞桥、渔船、桃花、流水描写了春日恍若仙境的桃花溪美景。首联为远景，迷离惝恍，如梦似幻，空灵动人。颔联中石矶畔的渔船，恍若晋太元中的武陵渔人所乘之船。颈联"桃花尽日随流水"写落花流水，却毫无伤感之意，反倒引起人对此水终将流向桃花源的遐想。尾联诗人向渔人询问，桃花源洞口在溪水哪边。此问无理而有情，表达了诗人对美好的世外桃源的向往，体现了诗人狂放、真率的个性特点。此诗在明清时期引起众多学人的关注。明人杨慎见过张颠的三首石刻诗，其中之一即《桃花溪》。杨慎称这三首诗"字画奇

---

　　① 桃花溪：在桃源县西南二十五里。源出桃花山，北流入沅江。见《大清一统志·常德府》。

　　② 飞桥：桥架得高，其势如凌空欲飞。

　　③ 石矶：突出水边的巨石。

　　④ 洞：指桃源洞，这里指进入桃花源的入口处。清溪：指桃花溪。

怪，摆云捩风，其诗亦清逸可爱"。明人钟惺《唐诗归》称赞"境深，语不须深"，"张颠诗不多见，皆细润有致。乃知颠者不是粗人，粗人颠不得"。王士禛《唐贤三昧集》《唐人万首绝句选》均选入此诗，认为其"恬雅秀洁，盛唐高手无以过此也"。康熙五十二年（1713），《御选唐诗》亦选入此诗。直到清人孙洙（1711—1778）将其选入《唐诗三百首》，此诗遂成为家喻户晓的名篇。

清　王翚　《桃花渔艇》

武陵桃源送人

包　融

> 包融，盛唐诗人，生卒年不详，润州延陵（今江苏丹阳市）人，历官怀州司户、越州户曹、集贤院直学士、大理司直。与参军殷遥、孟浩然交厚，工为诗。与贺知章、张旭、张若虚，并称"吴中四士"。有诗传世八首，代表作品有《登翅头山题俨公石壁》等。

武陵川径入幽遐①，中有鸡犬秦人家。
先时见者为谁耶②？源水今流桃复花。

简评

　　包融与贺知章、张旭、张若虚并称唐代"吴中四士"。"吴中四士"诗歌的特点是以真情妙笔，将人生体验诗化。尤其张若虚的《春江花月夜》，融情、景、理于一炉，具有非常高的美学价值和强烈的艺术感染力。包融存世的八首诗中大多描写如画的山水风景，表达对隐居生活的向往，《武陵桃源送人》亦是如此。诗中武陵川径、鸡犬秦人家、桃花流水，皆是对陶渊明《桃花源诗并记》的化用。四联之间颈联以问句的形式改变句式，婉转流利。诗人在武陵桃源送别友人，化用陶渊明的桃花源诗文，一方面切合武陵桃花源送行的现实，一方面表达了渴望隐居的生命体验。这也表明桃花源作为隐逸的文化符号，在唐代已得到文人的广泛认可。

---

① "幽遐"：僻远；幽深。
② "耶"：助词，用于句末表疑问。

桃源行①

王　维

> 王维（约701—761），字摩诘，原籍太原祁州，后随父迁至蒲州
> （今山西永济）。唐玄宗开元九年（721）擢为进士，曾任太乐丞、右
> 拾遗、监察御史、尚书右丞等职。王维和孟浩然齐名，世称"王孟"，
> 是盛唐山水田园诗派的代表作家。

渔舟逐水爱山春，两岸桃花夹去津。

坐看红树不知远，行尽青溪不见人。

山口潜行始隈隩②，山开旷望旋平陆。

遥看一处攒云树，近入千家散花竹。

樵客初传汉姓名，居人未改秦衣服。

居人共住武陵源，还从物外③起田园。

月明松下房栊静，日出云中鸡犬喧。

惊闻俗客争来集，竞引还家问都邑④。

平明闾巷扫花开，薄暮渔樵乘水入。

初因避地去人间，及至成仙遂不还。

峡里谁知有人事，世中遥望空云山。

不疑灵境难闻见，尘心未尽思乡县。

---

① "此诗是王维十九岁时写的一首七言乐府诗，题材取自陶渊明的叙事散文《桃花源记》。"萧涤非等编：《唐诗鉴赏辞典》，上海辞书出版社，1983年版，第147页。

② 隈隩：山水弯曲处。

③ 物外：世外。

④ 询问故乡的消息。

山洞无论隔山水，辞家终拟常游衍①。

自谓经过旧不迷，安知峰壑今来变。

当时只记入山深，清溪几曲到云林。

春来遍是桃花水，不辨仙源何处寻。

简评

《桃源行》是七言乐府，取材于陶渊明《桃花源诗并记》。有学者认为，《桃源行》是王维自制的新题乐府。从现存诗文来看，以乐府体创作桃源题材，确实以王维为最早。此后，刘禹锡、韩愈、王安石都写过《桃源行》，说明桃花源已成为唐宋时相对成熟的乐府题材，可以入乐歌唱。就文学成就而言，在众多咏桃花源题材的诗作中，王维的《桃源行》成就最高。翁方纲云："古今咏桃源事者，至右丞而造极。"

诗歌分为三层：前十句为第一层，写渔舟逐水，误入桃花源。中间十二句写渔人在桃花源中所见所闻，"月明松下房栊静，日出云中鸡犬喧"，一为夜景，一为晨景，一静一动，写出了桃花源的美好。"惊闻俗客争来集，竞引还家问都邑"通过对渔人的关心与对外界的好奇，表现了桃花源中人的淳朴与热情。最后十句为第三层，写渔人离开桃花源、怀念桃源、再寻桃源的过程。诗歌结尾与开头呼应。"春来遍是桃花水，不辨仙源何处寻"流露出作者对失去桃花源入口的遗憾、迷茫之感。

据刘德重研究，这首诗是王维十九岁时的作品，诗作没有中晚年诗歌中的禅意，体现了青年时期王维才气纵横的特点，别有一番意趣。诗歌雄健舒缓，从容雅致，以绝美的画面表现故事情节，体现了诗中有画的艺术风格。

---

① 游衍：纵情游乐。

桃源二首①

李 白

李白（701—762），字太白，号青莲居士，祖籍陇西成纪（今甘肃秦安），出生于绵州昌隆县青莲乡。25岁出川，多次漫游洞庭湖区，到过常德、汉寿和石门。曾任翰林供奉。唐代宗宝应元年（762）病逝于安徽当涂。人称"诗仙"，与杜甫合称"李杜"，著有《李太白集》。

昔日狂秦事可嗟，直驱鸡犬入桃花。
至今不出烟溪口，万古潺湲②一水斜。

露湿烟浓草色新，一番流水满溪春。
可怜渔父重来访，只见桃花不见人。

简 评

《桃源》其一"昔日狂秦事可嗟，直驱鸡犬入桃花"以"狂秦"形容秦朝的暴政，以"直驱"二字写出了老百姓被迫逃亡的情形。"鸡犬"既可指现实中的鸡犬，亦可指战乱之时手无寸铁的百姓。这首诗反映了对秦朝暴政的不满，情感基调与李白渴望和平、亲近百姓的立场一致，用词风格也较为接近。其二中"露湿烟浓草色新"中"湿""浓""新"，贴切反映了在烟雨迷蒙之中，初生之草呈现软嫩的青色。"一番流水满溪春"亦写出了春水的勃勃生机。桃花源在唐代往往被认为是仙境。这二首咏桃花源的诗皆从外部

---

① 这二首诗作者有争议。瞿蜕园、朱金城校注《李白集校注》题解云："此二首见《舆地纪胜》卷六常德府。王本《拾遗考证》谓非李白诗。"

② 潺湲：水流声。

写桃花源，而非写桃花源的内部环境。换言之，不是从游仙的角度来写，而是从写实的角度来进行描写，且《桃源二首》（其一）的批判色彩略浓，浪漫主义色彩则较为缺乏，与李白诗中一贯"带着不可遏制的力量""积极的乐观的浪漫主义"有所差异（林庚《诗人李白》）。不过，无论这二首诗是否为李白所作，李白对桃花源的向往与喜爱之情却是不容置疑的，有诗为证："一往桃花源，千春隔流水。"（见李白《古风五十九首·其三十一》）

送郭六侍从之武陵郡①

刘长卿

常爱武陵郡，羡君将远寻。

空怜世界迫，孤负桃源心。

洛阳遥想桃源隔，野水闲流春自碧。

花下常迷楚客船，洞中时见楚人宅。

落日相看斗酒前，送君南望但依然。

河梁②马首随春草，江路猿声愁暮天。

丈人别乘佐分忧，才子趋庭兼胜游。

澧浦③荆门行可见，知君诗兴满沧洲。

简 评

《送郭六侍从之武陵郡》作于天宝年间，其时刘长卿困顿场屋，文战

---

① 郭六姓名不详，此诗为送郭六随侍父亲上任所作，郭六之父为武陵郡别驾，武陵郡即今湖南常德。

② 河梁：桥梁。汉李陵《与苏武》诗之三："携手上河梁，游子暮何之？"后世用为送别之地的代称。

③ 即澧州，今属常德。

不利，家境颇为困窘。尽管个人处境并不理想，但他由衷地为友人即将去他心中向往已久的武陵郡而感到高兴，可见其性格的真挚、淳朴。这首诗在情景安排上别具匠心。开篇四句五言诗，开门见山地表达了对郭六即将随父亲赴任的羡慕之情，以及自己未能亲去桃花源的遗憾。接下来四句遥想武陵桃源之景，"花下常迷楚客船，洞中时见楚人宅"是对陶渊明《桃花源记》的化用。"落日"句转入现实，表达与郭六分别的依依惜别之情。"丈人"句情感上扬，表达对郭六即将见到江南美景而诗兴大发的美好祝愿。与王维《桃源行》对《桃花源记》进行二次创作不同，这首诗仅仅将武陵、桃源作为引子，重在送别，表现了真挚动人的惜别之情，具有以浅语写深情的艺术特色。

晚春寻桃源观①

皎　然

武陵何处访仙乡，古观云根路已荒。

细草拥坛人迹绝，落花沉涧水流香。

山深有雨寒犹在，松老无风韵亦长。

全觉此身离俗境，玄机亦可照迷方。

简评

　　皎然是较早将桃花源中人文景观作为文学意象来写作的诗人。贾晋华《皎然年谱》认为，大约天宝八载（749）至十四载（755）之间，皎然作《吊灵均词》凭吊屈原。②从诗歌内容来看，皎然当到过湖湘，亲游汨罗江。《晚春寻桃源观》"武陵何处访仙乡"透露出另一个关键信息，皎然还曾到访过武陵，寻访过道教圣地桃源观。此诗自然散淡、浑成无迹，然亦有理趣。首联写桃源观位于云根（云脚）之处，通向桃源观的路都已荒芜，以

---

　　① 桃源观：又称桃川宫，位于桃花源景区桃源山山腰。明嘉靖《常德府志》载："桃川宫，晋人建。"唐代重建改称"桃源观"。宋徽宗钦赐"桃川万寿宫"匾，有"华夏第二宫"之称。

　　② 贾晋华：《皎然年谱》，厦门大学出版社，1992年版，第21页。

地理位置极写其远离人境，给人超尘脱俗之感。颔联、颈联写景，摄取身边的事物，诸如细草、落花、山涧、细雨、松树，写桃源观的自然美景，笔触新鲜而细致。"山深有雨寒犹在，松老无风韵亦长。"对仗工整，有无之间，暗蕴禅机。尾联写身在此观中有脱离尘俗之感，"玄机亦可照迷方"顺其自然地阐发玄理。皎然写山水诗，继承了谢灵运的风格，但情与景的联系更加紧密，同时采用了盛唐的"兴象"手法，其写法为贾岛、姚合一派所发展。

同吉中孚梦桃源

卢　纶

卢纶（约748—约799），字允言，本范阳人，后徙家于蒲（今山西永济）。大历十才子之一。唐代宗时任阌乡尉、历任县令、秘书省校书郎、监察御史等职，郁郁不得志。后受到德宗重视，超拜户部郎中。卢纶的诗大多是送别、酬答之作，也有一些优美的风景诗，而最受人称道的是边塞诗，如《塞下曲》六首，气势雄浑豪放，有盛唐气象。

春雨夜不散，梦中山亦阴。

云中碧潭水，路暗红花林。

花水自深浅，无人知古今。

夜静春梦长，梦逐仙山客。

园林满芝术①，鸡犬傍篱栅。

几处花下人，看予笑头白。

简　评

大历十才子中，卢纶与吉中孚关系最为密切。从诗题中的"同"字来看，吉中孚与卢纶皆作《梦桃源》，本诗为同题之作。吉中孚诗集已佚，其所作《梦桃源》不可见。卢纶《同吉中孚梦桃源》共六联，紧紧扣住"梦"字。首联"春雨夜不散，梦中山亦阴"点题。颔联"云中碧潭水，路暗红

---

① 芝术：芝，菌类植物的一种。古人以为瑞草。术，草名。根茎可入药。有白术、苍术等数种。

花林"写梦中之景，对仗工整，"碧""红"二字，带来色彩的冲击力。"红花林"即桃花林，化用陶渊明《桃花源记》"忽逢桃花林，夹岸数百步，中有芳草，落英缤纷"。颈联"花水自深浅，无人知古今"写梦中之情，化用《桃花源记》"问今是何世，乃不知有汉，无论魏晋"。"夜静春梦长，梦逐仙山客"再次写夜深入梦。梦中的桃花源与陶渊明《桃花源记》不同，虽有鸡犬，却并无鸣吠之声。田间种植着能延年益寿的艺术。长生的仙人（花下人）笑看头白的诗人，写出了桃源仙境的宁静、神秘，以及作者生为凡人的无奈。此诗写梦中景尤为真切，浑沦无迹，有盛唐气象。周珽评曰："桃花源事，原属幻景，梦桃源中，幻中之幻。子安《梦游仙》，常建《梦太白峰》，青莲《梦游天姥》，各极变幻、摹写之妙。而此诗寥寥数语，景物幽美，兴致慨切，简秀清远，幻化高华，何初、盛、中之有分也。"（《唐诗选脉会通评林》）

题水洞二首

刘　商

刘商，生卒年不详，字子夏，彭城（今江苏徐州）人。汉高祖刘邦后裔。少好学，工文，善画。早年著《胡笳十八拍》对后世同类诗歌影响深远，流传至西域，演变为《胡笳十九拍》。登大历进士第，官至检校礼部郎中、汴州观察判官。有文集十卷。

桃花流出武陵洞，梦想仙家云树春。
今看水入洞中去，却是桃花源里人。

长看岩穴泉流出，忽听悬泉入洞声。
莫摘山花抛水上，花浮出洞世人惊。

简评

刘商中年以后与僧人、道士交往颇多，对禅道体会颇深。传说刘商死后成为地仙，但他本人对道家飞升成仙之说并不相信。不过《题水洞二首》写桃源水洞，表达了对隐居生活与仙家自由的向往。诗中"出""入"二字值得注意。其一，桃花流出武陵洞，使人对桃花源产生幻想。水入洞中去，似可见桃花源里人。一出一入，写出了如梦如幻之感。其二中，诗人"看"泉水从岩穴流出，"听"洞中有悬泉入洞之声，以视觉、听觉写出了水洞的迷人。结尾部分，诗人写洞穴之中人断不能抛花入水，否则浮出的桃花将使外人大吃一惊。诗歌通过"出""入"二字，不断转换水、洞、花、人的视角，取境精巧，诗风清新明朗，具有较高的审美价值。

桃源洞①

武元衡

武元衡（758—815），字伯苍，河南缑氏（今河南偃师县缑氏镇）人，建中四年（783）登进士第，累官至门下侍郎同平章事，唐宪宗时两度为相。元和八年（813），继李吉甫之后主持讨淮西军务。节度使王承宗、李师道纷请赦吴元济，元衡态度坚决，不为所动。元和十年（815）六月，被李师道派人刺杀于长安。有著作《临淮集》十卷，《全唐诗》编诗二卷。

武陵源在朗江②东，流水飞花仙洞中。

莫问渔郎③千古事，绿杨深处翠霞空。

简 评

这是一首送别诗。武元衡与苗郎中一同送别即将去黔中赴任的严侍御。贵州与湖南接壤，严侍御或将在赴途中到访武陵，探访桃花源，故有此诗。诗歌想象严侍御造访桃源的情形。首句交代武陵源所在之处，想象"仙洞"之中有"流水飞花"，简洁而瑰丽。"莫问"句从反面着笔，不必问桃源洞中是否真有秦人后代，不寻根究底，就不会有遗憾。"绿杨深处翠霞空"以远景表现了桃源的神秘、美丽。"空"即为留白，留有想象余地，虚实结合，饶有余韵。诗歌具有宫廷诗风的特点，雍容华贵，而无甚个人情感的流露。

① 同苗郎中送严侍御赴黔中，因访仙源之事。桃源洞，亦称秦人洞，位于桃花源桃花山。

② 朗江：在常德府武陵县，其水西南自辰、锦州入郡界，经郡城入大江，谓之朗江。

③ 又作"阮郎"。

桃源篇

权德舆

权德舆（759—818），天水略阳（今甘肃秦安）人，字载之。少时即以文章著称，由谏官累升至礼部侍郎同中书门下平章事。好读书，多著作，有文集五十卷存世，《全唐诗》编诗十卷。

小年尝读桃源记，忽睹良工施绘事。

岩径初欣缭绕通，溪风转觉芬芳异。

一路鲜云杂彩霞，渔舟远远逐桃花。

渐入空濛迷鸟道，宁知掩映有人家。

庞眉①秀骨争迎客，凿井耕田人世隔。

不知汉代有衣冠，犹说秦家变阡陌。

石髓云英甘且香，仙家留饭出青囊。

相逢自是松乔侣②，良会应殊刘阮郎③。

内子闲吟倚瑶瑟④，玩此沈沈销永日。

忽闻丽曲金玉声，便使老夫思搁笔。

简评

《桃源篇》是歌行体。诗歌以"小年尝读桃源记，忽睹良工施绘事"

---

① 庞眉：眉发花白，喻老态。

② 松乔：赤松子与王子乔，传说中的古仙人。也用来指隐士。

③ 刘阮郎：相传东汉永平年间，浙江郯县人刘晨、阮肇到天台山采药迷路，遇到两个仙女，被邀至家中。半年后回家，子孙已经过了七代。后重入天台山访女，踪迹渺然。

④ 瑶瑟：用玉为饰的瑟。

开头，可见权德舆作此诗的缘起是见到桃花源的相关绘画，勾起了小时候阅读《桃花源记》的回忆。结合王维的《桃源行》可知，至中唐时期，桃源题材在音乐、文学、绘画等艺术领域都得到了广泛的接受。诗歌"岩径"句至"石髓"句皆化用《桃花源记》中的内容。"相逢"句糅合了赤松子、王乔的仙人传说和刘晨、阮肇遇仙故事。结尾"内子闲吟倚瑶瑟，玩此沈沈销永日"回到现实，体现了闲适、高雅的生活情趣。"忽闻丽曲金玉声，便使老夫思搁笔"表明他不过是写一时所思，表达对桃源诗画的新鲜感受而已，并无深意。这首诗捕捉到日常生活中富有意味的瞬间（赏画），将其诗化，有雅正雍容的特点。

桃源图

韩 愈

韩愈（768—824），字退之，河内河阳（今河南焦作孟州市）人。唐德宗贞元八年（792）进士，历任宣武军及武宁节度使判官、监察御史、阳山令、礼部郎中、刑部侍郎、潮州刺史、兵部侍郎、礼部侍郎、京兆尹兼御史大夫等。唐穆宗长庆四年（824），韩愈病逝，追赠礼部尚书。被尊为"唐宋八大家"之首。门人李汉曾编其遗文为《韩愈集》四十卷，今有《韩昌黎集》传世。

神仙有无何渺茫，桃源之说诚荒唐。

流水盘回山百转，生绡①数幅垂中堂。

武陵太守②好事者，题封远寄南宫下。

南宫先生③忻得之，波涛入笔驱文辞。

文工画妙各臻极④，异境恍惚移于斯。

架岩凿谷开宫室，接屋连墙千万日。

嬴颠刘蹶⑤了不闻，地坼天分非所恤。

种桃处处惟开花，川原近远蒸⑥红霞。

初来犹自念乡邑，岁久此地还成家。

① 生绡：即生绢，绘画用。

② 疑为窦常，元和七年（812）冬，出守武陵，元和十年（815）为朗州刺史。

③ 南宫先生：或为卢汀，时为虞部，唐尚书诸曹称南宫。

④ 臻极：极点。

⑤ 指秦汉相继被推翻。

⑥ 原注："一作烝"。

渔舟之子来何所，物色^①相猜更问语。

大蛇中断^②丧前王，群马南渡开新主^③。

听终辞绝共凄然，自说经今六百年。

当时万事皆眼见，不知几许犹流传。

争持酒食来相馈，礼数不同樽俎异。^④

月明伴宿玉堂空，骨冷魂清无梦寐。

夜半金鸡啁唽鸣，火轮^⑤飞出客心惊。

人间有累不可住，依然离别难为情。

船开棹进一回顾，万里苍苍烟水暮。

世俗宁知伪与真，至今传者武陵人。

简评

韩愈的《桃源图》对桃源题材演变的主要贡献：从题材而言，中唐时期，神仙道教之说盛行。桃花源被视同仙境，《桃花源记》被视为遇仙小说。韩愈则将桃花源视为自给自足之小农社会，否定桃花源为仙境。

"神仙有无何渺茫，桃源之说诚荒唐"开门见山，借批判桃花源的仙化，批判盛行的求仙求道之风。从写作章法而言，《桃源图》突破题画诗以画中景象为题材写诗的一贯方法，采用夹叙夹议的手法，自由想象桃源中的景象。"神仙"句到"南宫"句叙议结合，说明写作缘起。"驾岩"句至"争持"句，写想象中渔人进入桃花源的因缘机遇。"月明"至"船开"句，写渔人的心理活动与毅然离开桃源的举动。由"骨冷魂清无梦寐""火轮飞出客心惊"来看，桃源对渔人而言并非乐土。结尾"世俗宁知伪与真，至今传者武陵人"打破了人们对桃源的思维惯性，反映了韩愈"攘斥佛老"的思

---

① 物色：访求。

② 刘邦斩蛇起义。

③ 晋君臣江左偏安，晋元帝建立新政权。

④ 樽：酒杯；俎：陈列牺牲的几案。此处指风俗习惯不同。

⑤ 火轮：太阳。

想，具有讽刺现实的意义。韩愈《桃源图》对后世影响深远。清代评论家方东树《昭昧詹言》云："《桃源图》，自李、杜外，自成一大宗，后来人无不被其凌罩。"

值得注意的是，从《桃源图》可知，武陵太守向南宫先生赠送了以桃源为题材的绘画，南宫先生创作以此画为主题的题画诗。此画悬挂于中堂之中，可见当时已有关于桃源题材的大型画作及相关题画诗。

明　钱谷　张复　《桃源》

桃源行

刘禹锡

刘禹锡（772—842），字梦得，洛阳人。唐贞元九年（793）进士，曾官至监察御史，后屡遭贬谪。于永贞元年（805）初贬为连州刺史，再贬为朗州司马，居朗州近十年。有"诗豪"之称。与柳宗元并称"刘柳"，与韦应物、白居易合称"三杰"，并和白居易留有《刘白唱和集》。著有《游桃源一百韵》等。

渔舟何招招，浮在武陵水。

拖①纶掷饵信流去，误入桃源行数里。

清源寻尽花绵绵，踏花觅径至洞前。

洞门苍黑烟雾生，暗行数步逢虚明。

俗人毛骨惊仙子，争来致词何至此。

须臾皆破冰雪颜②，笑言③委曲问人间。

因嗟隐身来种玉④，不知人世如风烛⑤。

筵羞石髓劝客餐⑥，灯爇松脂留客宿⑦。

鸡声犬声遥相闻，晓色葱笼开五云⑧。

---

① 原注："一作垂"。

② 冰雪颜：容颜晶莹洁白。

③ 原注："一作语"。

④ 种玉：典出干宝《搜神记》十一记，后称两家通婚为种玉之缘。

⑤ 风烛：《怨诗行》有"百年未几时，奄若风吹烛"。以风烛喻死亡，生命不长。

⑥ 筵：设宴，布席；羞：美味食品；石髓：石钟乳，可入药。

⑦ 爇：点燃。意即：点燃松脂灯留客住宿。

⑧ 五云：青、白、赤、黑、黄五色云，也指五色瑞云。

渔人振衣起出户，满庭无路花纷纷。

翻然恐失乡县处，一息不肯桃源住。

桃花满溪水似镜，尘心如垢洗不去。

仙家一去寻无踪，至今流水①山重重。

简评

　　《桃源行》是刘禹锡被贬朗州之前所作，其所写桃花源风景皆源于想象，并未亲历。在写法上，刘禹锡《桃源行》延续王维的《桃源行》的创作思路，将桃花源视为仙境，对陶渊明的《桃花源记》进行敷演。刘禹锡在王维的基础上，进一步将桃花源仙化，强调仙、凡的对立。他想象桃花源中人皆为肌肤若冰雪的仙人，"种玉"，餐"石髓"。武陵渔人为未伐毛洗髓的凡夫俗子，即便桃花源中之水，也洗不了凡人的尘心凡垢，反映了中唐时期桃花源题材诗歌普遍将桃花源神秘化、仙化的特点。刘禹锡还有《游桃源一百韵》，诗中多用"瑶草""羽人""王母""姹女"等词，具有更浓郁的神仙道教色彩。

---

　　① 原注：一作水流。

八月十五日夜桃源玩月

刘禹锡

尘中见月心亦闲，况是清秋仙府间。

凝光悠悠寒露坠，此时立在最高山。

碧虚①无云风不起，山上长松山下水。

群动翛然②一顾中，天高地平千万里。

少君③引我升玉坛，礼空④遥请真仙官。

云軿⑤欲下星斗动，天乐一声肌骨寒。

金霞⑥昕昕渐东上，轮欹⑦影促犹频望。

绝景良时难再并⑧，他年此日应惆怅。

叔父元和中取昔事为《桃源行》，⑨后贬官武陵，复为玩月作，并题于观壁。尔来星纪再周，蕤率故此郡，仰见文字暗缺，伏虑他年转将尘没，故镌在贞石，以期不朽。太和四年蕤谨记。

---

① 碧虚：天空。

② 群动：各种物类的活动。翛然：自然超脱貌。

③ 少君：汉武帝时有方士李少君，自称能与仙人相接，后来因以少君为道士的敬称。

④ 礼空：向空中礼拜。

⑤ 云軿：仙人乘坐的一种有帷幕的车。

⑥ 原注：一作朝霞。

⑦ 轮欹：月亮西倾。轮，月亮；欹，倾斜。

⑧ 难再并：即再难并，再难得同时拥有。谢灵运《拟魏太子邺中集诗序》："天下良辰美景赏心乐事，四者难并。"《笺证》作"难再逢"。

⑨ "叔父元和中取昔事为《桃源行》"，元和为唐宪宗李纯的年号（806—820）。永贞元年（805），宪宗即位，刘禹锡被贬。"元和中"与"后贬官"前后矛盾。"元和"当为"永贞"之误。

简 评

　　此诗为刘禹锡被贬朗州之后所作，表现中秋之夜赏月的美景佳兴。诗歌开头"尘中见月心亦闲，况是清秋仙府间"点明诗题。诗人以"仙府"称桃花源，但与《桃源行》想象桃花源为仙境不同，此"仙府"仅表现对桃源格外的爱赏，诗中真正的仙境是月宫。"碧虚"四句写出了空明之境。"凝光悠悠寒露坠"写露珠映照着月光，悠悠下坠，将时间流逝降到了极慢速。"悠悠"字富有时间延展感，与"心亦闲"相映照。"坠"字具有力量感。寒露已坠，表明夜已深。"此时立在最高山"点明赏月的地点为高山之上。"群动翛然一顾中，天高地平千万里"，诗人仿佛是此山中的王者，一切尽在掌握，视野极其开阔。想象中，诗人被能够上天入地的少君方士接引，乘坐仙人的云軿畅游月宫，欣赏令人肌骨都感到寒冷的仙乐，拥有极度快乐的巅峰体验。然而随着时间流逝，月轮西斜，黎明渐渐到来，美好的景象即将消逝。如此良辰美景难以再逢，诗人对将来是否还能拥有如此快乐感到怀疑，也许将来，同样的中秋，同样的月，再也不能拥有如此美好的体验了，只能暗自惆怅吧？全诗之景随时而变，情随景而移，写得摇曳多姿，充满清刚豪健之气，丝毫看不出被贬后的颓丧之情。

伤桃源薛道士①

刘禹锡

坛边松在鹤巢空，白鹿②闲行旧径中。
手植红桃千树发，满山无主任春风。

简 评

此诗为伤词，但"伤"不能仅仅理解为"悲伤"。诗中写桃源春光之中松树、在山间小径闲行的白鹿、漫山遍野开放的桃花，初看以为是单纯的山水诗，但是细读可知，此间山水已无主人，主人做法事的坛边，鹤巢空了，曾经手植的桃树，如今开满了桃花，在春风之中自开自落，无人可赏。"无主"在唐诗的语境中并不总表示哀伤。杜甫《江畔独步寻花》云："桃花一树开无主，可爱深红爱浅红？"花随时节而开、落，不因人世之悲欢而悲欢。欢乐或悲伤，仅是人的主观感受而已。

这首诗的悲伤色彩并不浓厚，之所以如此，与中唐时期的神仙道教思想相关。道家认为，道士去世之后能羽化成仙。鹤、鹿、桃，在道教语境中都与成仙有关。曾经陪伴主人的白鹤，或许成为薛道士的坐骑，就像黄鹤楼的传说，"昔人已乘黄鹤去"，故而薛道士在如此桃源美丽的环境之中仙逝，并不是值得特别哀伤的事情。"手植红桃千树发，满山无主任春风"并不是"以乐景写哀"，而是以乐景表达缅怀之情。

自晋以后，桃源题材文学与道教的关系密切。皎然撰有《晚春寻桃源观》。据符载所作《黄先师瞿童记》，朗州桃源观为南岳黄洞元仙师所居之地，该文记载桃源观主黄仙师弟子瞿童飞升成仙之事。刘禹锡贬谪朗州时，桃源观有薛道士，且与其有相对密切的交往。晚唐五代时期，吕洞宾也曾在桃花源游览，并作《桃川仙隐》等。此后还有不少与道教相关的桃源题材文学作品。

---

① 原注：一作尊师。
② 白鹿：白色的鹿。古代常以白鹿为祥瑞。

酬王秀才桃花源见寄①

杜 牧

> 杜牧（803—约852），字牧之，号樊川，京兆万年（今陕西西安）人。杜牧于唐文宗太和②二年（828）登进士第，曾任弘文馆校书郎、左补阙、监察御史，黄、池、睦、湖等州刺史，官终中书舍人。太和元年（827），杜牧曾到澧州访从兄杜悰。著有《樊川文集》。

花满西园淑景催，几多红艳浅深开。
此花不逐溪流出，晋客何因入洞来。

简评

　　从诗题来看，此诗是酬答王秀才赠给杜牧的桃花园诗。诗歌首句"花满西园淑景催，几多红艳浅深开"写春日西园之中桃花盛开的景象，"几多红艳浅深开"中"浅深"二字，形象地表现了桃花次第开放的情形。"此花不逐溪流出，晋客何因入洞来"为反问句，意为此中花朵并未随溪水流出，武陵渔人如何入得洞中？"西园"为桃花园，并非桃花源，自然没有溪流，晋客（武陵渔人）入洞当属子虚乌有，但这一反问等于将西园视为桃花源，闯入者皆为晋客。杜牧只不过借此表达调皮可爱的意味，表现朋友之间无伤大雅的谐谑。这首诗没有《题乌江亭》《泊秦淮》等历史题材诗歌的凝重姿态，也没有深刻的寄托，但描写物态婉转流美，议论推陈出新，亦体现了杜牧俊朗洒脱的性情，诗风自然潇洒。

---

① 据《桃花源志略》改。
② 又作"大和"。

桃源洞①

李群玉

李群玉，生卒年不详，字文山，澧州（今湖南澧县）人。李群玉性情旷逸，亲友强之赴举，一上而止，唯以吟咏自适。与杜牧为故友，杜牧曾作《送李群玉赴举》。裴休担任湖南观察使，延致幕中。及裴休为相，以诗论荐，敕授弘文馆校书郎。未几，以直言揭发官场腐败，被人诬陷，乞假归，岁余而卒。《全唐诗》编诗三卷。

我到瞿童②上升处，山川西望③使人愁。
紫云白鹤去不返，惟有桃花溪④水流。

简评

李群玉为晚唐著名湖湘诗人。他的家乡离桃花源不远，曾多次游历桃花源。此诗写瞿童飞升的传说，或有两层含义：其一，表现对瞿童"以一诚之志，唯岩洞是慕，彼秦人之宅，尚得而往"的向往，反映了作者的道教信仰。这也是中唐时人信奉神仙道教思想的反映。其二，由神仙境界不可得，借以表达对时局世事的关切。李群玉所作《火炉前坐》"多少伤心事，书灰到夜深"中"书灰"用了桓温书空咄咄怪事的典故，亦是借此表达诗人对时局世事的关切。或许"山川西望使人愁"中，有不便言明的隐衷。正因为人世

---

① 《全唐诗》题为《桃源》，据《桃花源志略》改。
② "瞿童"一作"瞿真"。瞿童，字柏庭，向黄仙师求道。唐代符载有《黄仙师瞿童记》。
③ "西望"一作"四望"
④ "桃花溪"一作"桃花源"。

不称意，神仙境界不可得，所以诗人即便在被称为神仙洞府的桃花源中，也未能忘怀深沉的忧思。《唐才子传》称李群玉"诗笔遒丽，文体丰妍"。这首诗表现了诗人深藏于心中的不得志与失意，含蓄蕴藉，笔力遒健。

武陵春色异寻常，夹岸桃花洞口香。闻道秦人曾避此，谁知迴此更茫茫。

清　绵宁　《桃源仙棹》

题桃源处士山居留寄

刘　沧

刘沧（约公元867年前后在世），字蕴灵，汶阳（今山东宁阳）人。大中八年（854）进士，调华原尉，迁龙门令。著有诗集一卷（《新唐书·艺文志》）传于世。

白云深处葺①茅庐，退隐衡门②与俗疏。

一洞晓烟留水上，满庭春露落花初。

闲看竹屿③吟新月，特酌山醪④读古书。

穷达⑤尽为身外事，浩然元气乐樵渔⑥。

简评

刘沧在桃源处士居所留宿过，此诗描写处士的山居之所及山居生活。首联既是写处士的居所，也写了其避世情怀。"衡门"句既化用《诗经》，也是对陶渊明的致敬。陶渊明《癸卯岁十二月中作与从弟敬远》云："寝迹衡门下，邈与世相绝。"颔联对仗工整，写山居的自然环境，亲切有味。颈联写处士的山居生活，看竹吟诗，饮酒读书，何等清雅悠闲。此中况味与陶渊明《答庞参军》"衡门之下，有琴有书。载弹载咏，爰得我娱"差为相似。尾

① 葺：用茅草盖房子。

② 衡门：横木为门，喻简陋的房屋。《诗·陈风·衡门》："衡门之下，可以栖迟。"后借指隐者所居。

③ 竹屿：即竹舆，山桥。

④ 醪：浊酒。

⑤ 穷达：困厄与显达。

⑥ 《桃花源志略》为"扁舟往来伴樵渔"。

联"穷达尽为身外事",既是对桃源处士的赞美,也间接地表明对世俗之人为名利而蒙蔽心灵的不屑。"浩然元气"源自《孟子·公孙丑》"我善养吾浩然之气"。唐代桃花源题材诗歌往往将桃花源视为神仙洞府,与道家、道教关系密切。相比之下刘沧之诗对桃花源的描写更"接地气",有较强的写实色彩。诗歌语言清秀明丽,慷慨有古风。情感放旷自然,而以儒家"浩然之气"为思想底色,别具一格。

题武陵洞（五首选二）

曹　唐

其二

溪口回舟日已昏，却听鸡犬隔前村。

殷勤①重与秦人别，莫使桃花闭洞门。

其四

桃花夹岸杳何之，花满春山水去迟。

三宿武陵溪上月，始知人世有秦时。

简评

　　曹唐的《题武陵洞》将桃花源题材处理为凡人遇仙故事。武陵渔人遇到的是一直活到了晋朝的秦人。从其五"仙人来往无行迹，石径春风长绿苔"来看，这些秦人都已成仙。曹唐虽然写他们是仙人，但诗歌却将仙境"凡化"，诗中所表现者皆为当地人的日常生活。譬如其二中渔人刚离开桃源时，隐约还能听到桃花源中（他称之为"前村"）的鸡犬之声，还叮嘱秦人不要关闭洞门。其四写武陵渔人离开之后三天，才敢相信自己真的遇到了秦时之人。诗歌以"三宿武陵溪上月"说明渔人心中的不可置信、讶异之感，细节和场景都很分明。细节化、生活化地表现神仙生活，是这组诗的优点所在。

---

　　① 殷勤：感情深曲。司马迁《报任安书》："夫仆与李陵俱居门下，素非能相善也。趣舍异路，未尝衔杯酒，接殷勤之余欢。"

武陵溪①

胡 曾

胡曾，生卒年不详，号秋田，邵州（今湖南邵阳）人。咸通（860—874）间中进士。咸通十二年（871），为路岩为剑南西川节度使，辟为掌书记。乾符五年（878），随高骈历游各地，为高骈草拟答书，"书檄退番"。此后，胡曾发现高骈欲谋反，离开官场，终老故乡。著有《九嶷图经》《咏史诗》《安定集》。

一溪春水彻云根，流出桃花片片新。

若道长生是虚语，洞中争得有秦人。

简 评

此诗以故土风光为描写对象，表现了作者对长生的向往。诗歌叙议结合。上联写桃花溪的清幽脱俗。武陵溪水从深山云起之处泻出，溪水之中飘落着桃花的花瓣。"新"字表明了花瓣刚飘落不久，仙境近在眼前，似乎暗示他也可以交上好运。下联驳斥长生不可信的言论，意思是倘若没有长生久视之术，洞里为何还有秦人？从表面来看，这首诗将桃花源视为仙境，并无深意，但是结合胡曾的生平经历及其他相关诗作（如《下第》）来看，他或是借此隐约表现政治抱负未能实现的惋惜与希望避世隐居的情怀。

---

① 为《咏史诗》中的一篇。

寻桃源

张 乔

张乔，生卒年不详，池州（今池州市贵池区）人。家世贫寒，"十年不窥园以苦学"。此后久试不第。张乔有高风亮节，京兆府试中，将首荐的名头让给久困场屋、比他年长的许棠。咸通（860—874）年间中进士，与许棠、郑谷等东南才子号称"咸通十哲"。其后，游历名山大川。黄巢起义后，隐居于九华山。《全唐诗》录存其诗二卷。

武陵春草齐，花影隔澄溪。
路远无人去，山空有鸟啼。
水垂青霭断，松偃绿萝低。
世上迷途客，经兹尽不迷。

简评

这是一首隐逸题材的诗。首联以春草、春花表现武陵源春日生机盎然的景象。颔联对仗精工，语言清雅。此二联中"花影""鸟啼"皆从虚处着笔，热闹的春意中透出幽静之感。颈联"水垂清霭断，松偃绿萝低"写水从高处落下，隔开蒙蒙薄雾。松树俯下身子，绿萝攀附于低矮的松树之上，无情之物被他写得俯仰有致，脉脉含情。"世上迷途客，经兹尽不迷"赞美此地对人的心灵净化作用，从侧面表现了诗人对晚唐社会动乱的失望和渴望隐逸的情怀。诗歌跳脱了桃花源仙凡的二元对立，描写诗人在武陵漫步的真实感受，塑造了闲淡空远而又饶有生趣的诗歌意境。

桃 花

齐 己

> 齐己（约864—约937），俗姓胡，名得生，湖南益阳人。尝住江陵
> 龙云寺，自号衡岳沙门。性颖悟，善琴棋书法。多次漫游常德桃源一
> 带，留下不少诗篇。著有《白莲集》。

千株含露态，何处照人红。
风暖仙源里，春和水国中。
流莺应见落，舞蝶未知空。
拟欲求图画，枝枝带竹丛。

简 评

　　《桃花》是齐己所作的咏物诗。首联从整体上写桃花，"千株"状桃树之
多，"含露态"形容桃花形如露珠，"何处照人红"反问，哪里有能把人照红的
桃花（唐代崔护有"人面桃花相映红"之句）。言下之意，他看到的不是盛开
的桃花，而是桃花含苞待放的样子。接下来从环境的角度，以仙源里（应是桃
花源）的暖风、水国中的和春为桃花增色。颈联从动物的角度，从虚处着笔
写桃花。因为花儿并未开放，他想象倘若流莺、舞蝶前来桃花林，流莺会失
望得掉下来，舞蝶不知情，也是白来一趟。尾联写自己想要画一幅桃花图，
结果每棵树都像竹子一样，只有光秃秃的树枝，没有花朵。如果是生活中，
我们兴冲冲专程去看桃花，结果看到的却是光秃秃的树枝，恐怕难免有些失
落。但这首诗将失落的情绪处理得很巧妙，带着谐谑意味，表现了齐己的生
活情趣。从语言来看，这首诗把现实与想象相结合，对仗工整，环境烘托很
出色，写得非常漂亮，表现了晚唐诗精工的一面。当我们提到苦吟时，似乎
总在说无病呻吟，其实苦吟诗也有相当不错的作品。这首诗即一例。

咏桃花源景（十首选六）

吕 岩

吕岩（约874年前后在世），字洞宾，号纯阳子，自称回道人。世称吕祖或纯阳祖师，世传"八仙之一"。宋代记载为"关中逸人"或"关右人"，元代以后比较一致的说法，则为河中府蒲坂县永乐镇（今属山西芮城）人，或称世传为东平（今山东东平）人。《全唐诗》存其诗四卷。

桃花溪

东风昨夜落奇葩，散作春江万顷霞。

从此渔郎得消息，溯流直到是仙家。

秦人洞

洞门深锁白云封，九节丹岩第几重。

欲向山中询甲子①，秦人尽日不相逢。

遇仙桥②

几回秦女夜吹箫，洞底松风送寂寥。

不作巫阳云雨梦，却寻仙侣到蓝桥。

---

① 甲子：中国古代用来纪年的一种方法，每个甲子由一个天干和一个地支组成，共60个组合，循环使用。

② 遇仙桥：位于桃花源桃花山，原为横卧涧上的自然岩桥。传为渔人黄道真等人遇仙处。明天启年间，桃源县主簿孙廷蕙修成石拱桥。

仙径亭

紫气南来第一关^①，道人家在白云间。

山门深锁无人到，流水落花春昼闲。

缆船洲^②

笑抛渔艇入苍茫，岂意壶中岁月长。

归到荒洲无觅处，萋萋芳草对斜阳。

归鹤峰

鹤归华表几千年，鸡犬随丹尽上天。

开遍碧桃春不老，千岩万壑锁苍烟。

简评

　　陶渊明《桃花源记》在唐代多被当作遇仙故事，桃花源与道教有着千丝万缕的联系。吕岩所作的组诗《咏桃花源景》有浓厚的神仙道教色彩。诗歌对桃花溪、秦人洞等的描写化用了《桃花源记》以及老子紫气东来、巫山云雨等典故，多处使用了道教话语，譬如"仙家""仙侣""道人""壶中岁月""鹤归华表""鸡犬上天"等等，为诗歌增添了浪漫色彩。有意思的是，吕洞宾竟然也在寻找桃花源中的仙人，而且他面对的竟是"秦人尽日不相逢""山门深锁无人到"的现实。道教的神仙在现实的桃花源也找不到传说中的仙人，这就给桃花源抹上了一层更加神秘、迷幻的色彩。诗中虽未出现神仙的身影，但这组诗仙气飘飘，令人读之，不知不觉忘却了尘俗的烦恼，对桃花源顿生向往之情。值得一提的是，组诗将遇仙桥、仙径亭、缆船洲等纳入，丰富了桃花源诗作的文学意象。

---

① 紫气：祥瑞的光气。多附会为帝王、圣贤或宝物出现的先兆。

② 缆船洲：一说烂船洲，即渔人入桃花源时缆船处，位于沅江上。

送友人归武陵溪

张　蠙

> 张蠙，生卒年不详，字文象，清河（今河北省邢台市清河县）人。唐昭宗乾宁二年（895）进士。曾官校书郎、栎阳尉、犀浦令。王建立蜀，任膳部员外郎、金堂令等职。唐末五代诗人，擅长五、七言律诗，颇有佳作。

闻近桃源住，无村不是花。

戍旗招海客①，庙鼓集江鸦②。

别岛垂橙实，闲田长荻花③。

游春未得意，看即更④离家。

简评

诗歌前三联皆写景：首联以暖色调为主，作者听闻桃源附近的村庄，几乎家家户户都种花，花团锦簇。颔联画风突变：边防军的旗帜正在飘扬，浪迹四方的人聚集在军营之中。庙鼓之上，栖息着乌鸦。这一联的景象寓意着战争与死亡。相比之下，首联中村庄的安宁、美好多么可贵。颈联"别岛垂橙实，闲田长荻花"写橙子结满枝头，压得树枝垂下枝头，闲田之中长着芦苇。这一联看似闲笔，实则写出了田野荒芜的景象，这无疑是战争带来的恶果。尾联发议论：既然游览春光并未趁意，不如看完之后赶紧回家。言外之

---

① 海客：浪迹四方的人。

② 江鸦：乌鸦。"江鸦，一作神鸦。"

③ 荻：多年生草本植物，形状像芦苇。

④ 更：一作是。

意是，外面的世界忧患频频，没什么可留恋的，你不如回到"无村不是花"的家乡，安稳地度过余生吧，这里才是你最温暖的港湾。在这首诗中，张蠙丝毫没有过度渲染离别的悲伤，而是充分站在友人的角度为其考量，写得温暖动人。这首送别诗充分表现了张蠙对友人归家选择的体谅，诗歌不言情而处处真情流露，诗中景语皆情语，确实有其过人之处。

桃源洞①

章　碣

> 章碣（836—905），字丽山，睦州桐庐（今浙江杭州桐庐县）人。乾符三年（876）中进士。曾赋《东都望幸》表达对科场制度的不平，广为传诵。著有《章碣集》等。

绝壁相敧是洞门，昔人从此入仙源。

数株花下逢珠翠②，半曲歌中老子孙。

别后自疑园吏梦③，归来谁信钓翁言？

山前空有无情水④，犹绕当日碧树村。

简评

《桃源洞》借写桃源洞的风景，抒发幽思与感慨。首联以"绝壁相敧"形容桃源洞的洞门神秘而险峻。"昔人"句引出了桃源洞的传说。颔联描述了诗人进入桃源洞的情景。花下逢珠翠，暗示着洞中人生活的富贵、优雅；"半曲歌中老子孙"借写歌曲，表现神仙世界与世俗世界之间的巨大时间差。颈联"圆吏梦"化用庄周（漆园吏）梦蝶的典故，写游桃源的经历。而当他归来，想要向他人诉说他的游历体验时，有谁会相信一个钓翁的话呢？这一联反映了现实与幻想之间的巨大差距。尾联描写无情的流水依旧环绕着当年的村庄，既展现了诗人对美好生活的向往与追求，又表达了他对人生无常与世事沧桑的感慨与无奈。

---

① 《全唐诗》题为《桃源》，据《桃花源志略》改。

② 逢珠翠：一作闻鸡犬。

③ 园吏梦：即庄子梦，指庄周梦蝶。园吏：主管园圃的小官，庄子为漆园吏，后人因以园吏作为庄子的别称。

④ 无情水：一作潺湲水。

题桃源

李宏皋

李宏皋（？—950），一说李宏皋，五代十国时期长沙人。唐末八座善夷之子。善夷左迁武陵，卒官。宏皋为马氏拥入湖湘，授天策学士，官至刑部侍郎。后汉乾祐三年（950）与其弟宏节并为恭孝王马莭所杀。《全唐诗》存诗二首。

山翠参差水渺茫，秦人昔在楚封疆。

当时避世乾坤窄，此地安家日月长。

草色几经坛杏老，岩花犹带涧①桃香。

他年倘遂平生②志，来著霞衣侍玉皇③。

简评

诗作咏史兼咏怀，首联"山翠参差水渺茫"以景起兴，勾勒出桃源仙境般的山水画卷。"秦人昔在楚封疆"遥想当年秦王为统一六国，给百姓带来了何等残酷的灾难。颔联以对比的手法写出了桃花源内外截然不同的世界：桃花源外的秦人，被战争驱赶着，无寸土之地可供容身，"乾坤"都嫌窄；桃花源内的秦人，得以享受和平与安宁，长长久久地安居乐业。诗歌通过对比，间接反映了五代十国时期社会动荡的现实和百姓对和平安宁的渴望。颈联写景，将千余年的历史轻轻带过，时光流逝，桃花源依然是洞天福地。尾联自然流露出归隐的念头，希望将来有朝一日能在此栖居，"来著霞衣侍玉皇"带有浓厚的道教色彩，体现了五代诗歌中常见的避世求仙思想。

① 原注：一作露。
② 《桃花源志略》作"归休"。归休：即今退休。
③ 玉皇：道教称天帝为玉皇大帝，简称玉皇或玉帝。

舟中晚望桃源山①

张　咏

张咏（946—1015），字复之，号乖崖，濮州甄城（今属山东）人。太平兴国五年（980）进士，累擢枢密直学士，出知益州，进礼部尚书。张咏博学多艺，虽列名"西昆体派"中，然诗风雄健古淡。著有《乖崖集》。

仙山初指眼初明，倚棹因妨半日程。

云里未忘寻去路，世间争合有浮名。

岩空阁老松千尺，天静时闻鹤一声。

更谢暮霞怜惜别，满坡红影照峥嵘②。

简评

　　张咏的《望桃源山》作于宫廷之外，这使得他有机会表达自己的真实心声。这首诗不仅体现了技巧之美，也有真挚动人的情感。首联写诗人因为桃源的名气，专程花半日时间来探访仙山。颔联"云里"句对仗工稳。颈联运用"岩空"句描绘了桃源山的壮丽、幽静景色，"鹤一声"以动写静，有王维"蝉噪林逾静，鸟鸣山更幽"之妙。尾联"更谢"句表现了诗人对黄昏落霞满天时的细腻感受，文辞华美。诗歌除颔联含蓄地表现了对浮名的厌倦外，全诗没有直抒胸臆的情感表达。诗歌景中含情，表明非典型西昆体诗亦有较高的艺术水准。

---

　　① 桃源山：又名黄闻山，传为黄洞源黄道真二人闻道处，是桃花源洞天福地的源头，为中国古代四大道教圣地之一。

　　② 峥嵘：此处形容桃花源之美非比寻常。

桃花源①

张　咏

檐下山光砌下苔，人间重遇眼重开。
旧林诸子休贻诮②，已许孤云作计回。

简评

　　诗歌首句"檐下山光砌下苔"写屋檐下的光投射在苔藓上，这束光似乎打开了诗人的"天眼"。"人间重遇眼重开"写他仿佛重新认识了这个世界，进而对这里的一切产生了坚定的好感。"旧林诸子"代表曾经嘲笑过武陵渔人的人。诗人决心直接排除这些人的干扰，已经向天上的"孤云"许愿，还会再来这里。这一联是对《桃花源记》中武陵渔人再访桃花源而不遇的"互文"。尽管武陵渔人再来而不可得，但"我"已经坚定了再来的决心，无论别人如何嘲笑，"我"都不在意。这首诗在立意上推陈出新，以极小的景物概括性地描写大景，体现了宋诗贵"奇"的特点。

---

① 一说作者陶弼，题名《桃源观》。
② 贻诮：谴责，或作移诮。

游桃源观

李含章

> 李含章（960—1024），字明用，宁国府宣城（今属安徽）人。自少隐居土山。好学，工文词，太平兴国六年（981）进士及第。历官知本州，政崇简易，狱讼大省。在郡二年罢。著有《仙都集》。

碧草芊绵一洞春，青苍寒叠五溪云。

山紫乳窦层层秀，路隔桃花处处分。

苔径竹深迷鹤迹，石潭松古漏星文①。

通宵回想尘寰事，好结茅茨②向水滨。

简 评

　　唐代皎然写过寻访桃源观的体验，刘禹锡为桃源观中的道士作伤词，李群玉写在桃源观未能见到仙人的遗憾，李含章《游桃源观》则重在写游玩体验。首联写桃源观春意盎然、云雾缭绕的美景，勾勒出一幅清幽而神秘的仙境画卷。颔联写诗人漫步其间的感受，"山紫乳窦层层秀，路隔桃花处处分"写出了在山径漫步、桃花盛开之时的感受。颈联以苔径竹深、石潭松古，写出了此处的古雅、秀丽、幽静之美，"鹤迹""星文"隐约透露出仙人的气息。尾联抒发作者对尘世纷扰的厌倦和归隐田园的强烈愿望，表达了宋初士人追求心灵自由、崇尚自然的生活态度。诗歌的语言极为秀雅。"层层秀""处处分"等叠词对仗工稳，文采斐然，体现了宋初诗歌辞藻华美、对仗工稳的特点。

---

　　① 星文：即星象。《南齐书·孔稚珪传》："颇解星文，好术数"。李白有诗句"羽林十二将，罗列应星文"。

　　② 茅茨：茅草屋顶。

桃花源诗并序

梅尧臣

> 梅尧臣（1002—1060），字圣俞，宣城（今属安徽）人。皇祐三年（1051）年，赐进士出身，累迁至尚书都官员外郎。梅尧臣的诗以雅淡质朴著称，与欧阳修同为北宋时期诗歌革新运动的倡导者，对后世诗坛有较大影响。著有《宛陵先生文集》。

嘉祐元年，余在京师，邂逅与都官员外郎张侯颛遇于书馆。张语往曾相识于唐俞家，今三十三年矣。因各言出处，张曰："某居武陵，武陵旧迹可具道。始陶潜为记与诗，其后往往赋咏不绝。君之仲父昔尝有作，闻君能诗，愿赋一章，亦当买石刻置岩下。"既重其意，许录幼时所为五言。归阅故稿，颇不惬心，遂别为一章，以塞张侯之请。

鹿为马①，龙为蛇，凤凰避罗麟避罝②。

天下逃难不知数，入海居岩皆是家。

武陵源中深隐人，共将鸡犬栽桃花。

花开记春不记岁，金椎自劫博浪沙③。

亦殊商颜采芝草，难与少长亲胡麻。

岂意异时渔者入，各各同问人间赊④。

---

① 鹿为马：即指鹿为马，故事见《史记·秦始皇本纪》。

② 罝：捕兔子的网，泛指捕鸟兽的网。

③ 博浪沙：地名。在河南原阳县秦阳武故城南。汉张良使力士操铁锥狙击秦始皇于此。

④ 赊：长，久，遥远。

秦已非秦孰为汉，奚论晋魏如削瓜①。

英雄灭尽有石阙，智惠屏去无年华。

俗骨思归一相送，慎勿与世言云霞。

出洞沿溪梦寐觉，物景都失同回槎。

心寄草树欲复往，山幽水乱寻无涯。

简 评

　　诗歌敷演了武陵渔人在桃花源遇到秦人后裔的故事。首句"鹿为马，龙为蛇，凤凰避罗麟避罝"以指鹿为马的故事隐喻秦时政治的黑暗，以龙为蛇写贤人遭到猜忌、冷落，以凤凰避罗、麟避罝写贤人避世，为桃花源中的隐者提供了大的时代背景，写得相当精彩。"武陵"句写桃花源中的隐者"将鸡犬"与"栽桃花"，表明其物质生活与精神生活都非常丰裕。"亦殊商岭采芝草，难与少长亲胡麻"则表明桃花源只是隐居之地，并非仙境。"岂意"句至"出洞"句写渔人入洞、在洞中的见闻及出洞的经过。结尾"心寄草树欲复往，山幽水乱寻无涯"表现对此乌托邦再也无迹可寻的遗憾，寄托了对远离尘世纷扰、自给自足的理想社会的向往之情。与唐代同类题材诗歌相比，梅尧臣将桃花源回归到小农社会的属性，体现了宋诗在唐诗之后求新求变的努力，也为宋以后桃源题材诗歌的发展提供了新的方向。欧阳修、梅尧臣是"平淡论"的提倡者，取法的对象为陶渊明。这首诗体现了梅尧臣诗歌平淡含蓄、朴素自然的特点。

---

　　① 比喻晋魏战乱残酷。

桃源行

王安石

王安石（1021—1086），字介甫，号半山，临川（今属江西）人。庆历二年（1042）进士，累官至同中书门下平章事。他推行新法，对宋代有极大影响。王安石19岁丧父后，曾在江陵、岳阳等地谋生，到过沅江、汉寿、安乡等地，写有《李氏沅江书堂》（李氏书堂为宋代新建，地属当时的龙阳）诗。著有《临川先生文集》。

望夷宫中鹿为马①，秦人半死长城下。

避时不独商山翁，亦有桃源种桃者。

此来种桃经几春，采花食实枝为薪。

儿孙生长与世隔，虽有父子无君臣。

渔郎漾舟迷远近，花间相见因相问。

世上那知古有秦，山中岂料今为晋②。

闻道长安吹战尘③，春风回首一沾巾。

重华④一去宁复得，天下纷纷经几秦？

简 评

文学史上不乏同一题材而名作迭出的例子，王维的《桃源行》、韩愈的《桃源图》与王安石的《桃源行》就是证明。不过，三首诗风格迥异，各有

---

① 望夷：秦宫名；鹿为马：指赵高在秦二世前指鹿为马威胁群臣事。

② 世上：指渔人；山中：指桃花源中人。

③ 长安：泛指历代的首都；战尘：亦泛指秦以后争战之事。

④ 重华：虞舜名。

优长。王维《桃源行》原原本本地铺叙《桃花源记》，自然流畅，全用本色语。韩愈《桃源图》从画写起，流丽雄肆，音调高朗。王安石的《桃源行》则力去陈言，自创新格，以变化争胜。

诗歌首句"望夷宫中鹿为马"写胡亥指鹿为马，说明秦时朝政黑暗，颠倒黑白。"秦人半死长城下"写秦始皇下令修长城，死者枕藉，民不堪命。"避时"句写秦末汉初隐居避世的不仅有商山四皓这样的贤者，还有桃源种桃者这样的普通百姓。"此来"四句写桃花源中与世隔绝、淳朴自然的生活，其中"虽有父子无君臣"是对陶渊明诗中"秋熟无王税"的突破，单刀直入，表明桃花源的本质在于没有等级制度的压迫。"渔人"以下四句极为精炼地叙述了武陵渔人闯入桃花源的经过，略去了其再次返回无法找到的情节。最后四句感叹太平盛世一去不复返，天下纷扰，像秦朝这样暴虐的朝代，已经不知经过了多少朝代，隐喻历代统治者都与秦朝的统治者一样残暴。首尾呼应，富有批判精神。

王安石兼有以政治家、文学家的身份，他不是像寻常诗人通过吟咏桃花源表达避世之思，也不是将桃源视为仙境，而是借此题材批判现实，隐含改革之意。如何在现实世界建立起一个让百姓安居乐业的桃花源，或许才是他的真正用心所在。

巳日泊桃源亭

刘 挚

> 刘挚（1030—1098），字莘老，永静东光（今属河北）人。嘉祐四年（1059）中进士甲科，任冀州南宫令，累官至尚书右仆射。与王安石不合，反对变法。哲宗擢侍御史。论罪蔡确、章惇。累迁尚书右仆射，性峭直，勇于去恶，为谗佞所中，连贬鼎州团练副使，新州安置，卒于贬所。著有《忠肃集》。

桃源亭北值佳辰，桃萼飘残婉晚①春。
缇幕②惜芳林下子，彩衫修禊水边人③。
风谣渐喜南音变，节物偏于久客新。
道不与时当勇去，归心何必计吴莼④。

简 评

诗作首联写正值佳辰，桃源亭旁边桃花飘落。颔联写桃花林中搭着橘红色的帐篷，衣着华美的女性在水边嬉戏，一派春光融融、游人如织的景象。颈联"风谣渐喜南音变，节物偏于久客新"表明这是南方的风俗，与诗人所熟悉的北方上巳节风俗不同。诗中虽然用了"喜"字，但暗暗流露出久客异乡的失落之情。尾联反用晋朝张翰的典故，直接表达归思。"道不同不相为

---

① 婉晚：日将暮，迟暮。
② 缇幕：橘红色的帐幕。
③ 彩衫：绣有花纹的华贵衣裳。修禊：古代民俗于农历上旬的巳日（魏以后固定为三月初三），到水边嬉游采兰，以驱除不祥，称为修禊。
④ 莼：莼菜，多年生水草，嫩叶可食用。张翰在洛阳做官，因秋风起，思念家乡的鲈鱼莼羹，辞官归乡。

谋"，既然与当道者不合，何必找借口才归乡？诗歌看似写春日桃源亭上已节游玩的体验，实则借此表达对政治斗争的厌倦，抒发了深藏于心的归乡之思。

金城（1878—1926）　《桃源归渔》

和桃花源诗

苏　轼

苏轼（1037—1101），字子瞻，又字和仲，号东坡居士，眉州眉山（今四川眉山市）人，祖籍河北栾城。嘉祐二年（1057）进士及第，曾在杭州、密州、徐州、湖州等地任职。元丰二年（1079）因"乌台诗案"，被贬为黄州团练副使。宋哲宗即位后，出任礼部尚书等职，外放治理杭州、颍州、扬州、定州等地。随着新党执政，被贬惠州、儋州。宋徽宗时，获赦北还，病逝于常州。著有《东坡七集》等。

凡圣无异居，清浊同此世①。

心闲偶自见，念起忽已逝。

欲知真一处，要使六用废②。

桃源信不远，杖藜可小憩。

躬耕任地力，绝学抱天艺。

臂鸡有时鸣③，尻④驾无可税。

苓龟亦晨吸⑤，杞狗或夜吠⑥。

---

① "凡圣"二句，典出《传灯录》："沩山云：凡圣同居，龙蛇混杂。"

② 六用：佛教说的六根，即眼、耳、鼻、舌、身、意六者为罪孽的根源。《楞严经》云："当知是根，非一非六，汝须陀洹虽得六销，犹未忘一。"真一：本道家语，指保持本性，自然无为。

③ 典出《庄子·大宗师》："化予之左臂以为鸡，予因以求时夜。"

④ 尻驾：典出《庄子·大宗师》，设想以尻（即臀部）作为车舆，谓以神行，不假外物。

⑤ 苓龟：中药名，即茯苓。其最佳者呈龟形，故称。

⑥ 《罗浮山灵异事迹记》载，麻姑坛有枸杞树，时有赤犬见于树下，或天晴朗时，闻犬吠声。

耕樵得甘芳，齕啮^①谢炮制。

子骥虽形隔，渊明已心诣。

高山不难越，浅水何足厉。

不如我仇池^②，高举复几岁。

从来一死生，近又等痴慧。

蒲涧安期境^③，罗浮稚川界^④。

梦往从之游，神交发吾蔽^⑤。

桃花满庭下，流水在户外。

却笑避秦人，有畏非真契。

简 评

　　苏轼反对唐以来将桃花源视为仙境的说法，理由如下：桃花源中人只是秦人的后代，并非秦人；桃源中人"设酒杀鸡作食"，而神仙不杀生，所以桃花源中人并非神仙；桃花源只是长寿之乡，并非仙境。

　　诗歌"凡圣"以下四句写桃花源并不容易到达，但只要破除心中杂念，本心自见，便可在桃花源中杖藜稍憩。"躬耕"以下八句化用《庄子》中的典故，写躬耕、养生生活，肯定陶渊明尽管与刘子骥一样未能"形诣"——进入桃花源，但在精神领域已经"心诣"桃花源。"不如"以下写自己对桃花源的理解。苏轼素来将仇池视为理想的归途，他已经像庄子一样"一死生"（将生与死视为一回事），近来又能"等痴慧"（将其痴与慧等同看待），现在又被贬到靠近安期生升天的菖蒲涧和葛洪修炼的罗浮山附近，可以随时和他们在梦中神交，除去尘俗之念。诗歌结尾，他嘲笑桃源人只是形体逃离

---

　　① 齕啮：咬。

　　② 仇池：山名。在甘肃成县。本名仇维，因其上有池，故名。苏轼曾在颍州梦见仇池，后收藏了两块仇池石，常常赏玩，他一直将仇池视为理想的归处。

　　③ 蒲涧：即菖蒲涧，在广州城之东北十五里，山半有菖蒲观，跨水有玉鸟阁，即安期生升天之处。

　　④ 《罗浮山记》载，葛稚川入罗浮炼丹，弟子从之者五百余人，置观四所。

　　⑤ 杜甫《过郭代公故宅》云："高咏宝剑篇，神交付冥寞。"

尘俗而思想未能高举，并非真正的知交。

苏轼将陶渊明视为儒释道以外重要的思想资源，肯定其得道的思想境界。这首诗以哲理取胜，反映了苏轼晚年破除世俗陈念、宠辱不惊的心态。虽然苏轼的"仇池"并不具有大同社会的含义，但他塑造了一个属于士大夫的精神乌托邦。士人只需以豁达、积极的态度面对生活，向内寻求，便可通过"心诣"抵达这个理想之乡。

点绛唇·桃源

秦　观

秦观（1049—1100），字少游，一字太虚，号邗沟居士、淮海居士，学者称淮海先生。扬州高邮（今属江苏）人。曾任太学博士、秘书省正字兼国史院编修官。绍圣三年（1096）削秩徙郴州。文辞为苏轼所赏识，为"苏门四学士"之一。著有《淮海集》四十卷、《淮海居士长短句》（又名《淮海词》）。

醉漾轻舟，信流引到花深处。尘缘相误，无计花间住。

烟水茫茫，千里斜阳暮。山无数，乱红如雨。不记来时路。

简评

秦观这阕词重在描写"出""入"桃花源的两个片段。"醉漾轻舟，信流引到花深处"写随船逐波漂流，进入远离尘世喧嚣、如梦如幻的桃花深处。"尘缘相误，无计花间住"写俗人无缘在此花间久住。"烟水茫茫，千里斜阳暮"写在烟水迷蒙之中，离开桃源。"山无数，乱红如雨"以群山、落花渲染悲伤的气氛。"不记来时路"表现对再入桃花源而不得的迷茫。词中并没有明确表现进入花间的是武陵渔人还是诗人。这就造成了一种历史与现实叠加的效果，诗人或许曾在某一瞬间，与曾经有幸一睹桃源真面目并短暂停留，但从此再也无缘进入此间的渔人重合了。他曾体验过如此幸福的境界，但转眼离那幸福又何等遥远。词作于秦观被贬途中或贬居郴州时，表达了追求而不得的感情，隐含了对政治的失望和对仕途的悲慨。

水调歌头·桃源

黄庭坚

> 黄庭坚（1045—1105），字鲁直，号山谷道人，又号涪翁，洪州分宁（今江西修水）人。治平四年（1067）进士。哲宗时以校书郎为《神宗实录》检讨官，迁著作佐郎。后以修史"多诬"遭贬。元符三年（1100），由宜宾被赦出川，到江陵待命，五、六月间游常德，作《武陵》等诗词。回江陵后，书写刘禹锡《经伏波神祠》。

瑶草一何碧，春入武陵溪。溪上桃花无数，花上有黄鹂。我欲穿花寻路，直入白云深处，浩气展虹霓。只恐花深里，红露湿人衣。

坐玉石，倚玉枕，拂金徽①。谪仙②何处？无人伴我白螺杯。我为灵芝仙草，不为朱唇丹脸，长啸亦何为？醉舞下山去，明月逐人归。

简评

词作上阕，词人以"瑶草"开篇，暗示春日武陵溪美得如同仙境。他沿武陵溪而上，穿花寻路，希望在白云深处遇到仙人，又怕花深露重，打湿了衣裳。下阕写他在石头上坐下，倚枕抚琴，期待与谪仙共饮。他只求长生，不愿意做孤高的名士，明白"长啸"亦是徒然。谪仙不至，长生无望，长啸无益，因此即便尘世中有诸多不如意，他还是在明月相伴之中，"醉舞"下山。

这阕词塑造了黄庭坚拙而狂痴、潇洒恣意的形象，充满青春气息。在艺术方面，黄庭坚的最高诗歌理想是自然，即"直寄""无意于文而意已至"。这阕词语言精练、峭拔，体现了既有法度又臻于自然的艺术风格。

---

① 金徽：金饰的琴徽。
② 谪仙：李白的号。

词在北宋多视为侑酒助兴、娱宾遣兴的工具，不宜表现重大题材，黄庭坚并未直接批判现实，而是以对武陵桃花源理想境界的描绘和对谪仙不至、长啸无益的怅惘，含蓄地表达对现实社会的失望。

桃源道士①

唐　庚

> 　　唐庚（1070—1121），字子西，眉州丹棱（今四川丹棱）人。绍圣元年（1094）进士，为宗子博士。绍圣四年（1097）授提举京畿常平。其身世与苏轼有些相似，亦曾贬在惠州，且很佩服苏轼，故有"小东坡"之称。

朝持汉使节，暮作楚囚奔。

路入离骚国，江通欸乃村。

垣墙知地湿，草木验冬温。

寂寞桃源路，行人只断魂。

简评

　　《桃源道士》又作《武陵道中》，后一诗题与诗歌内容更为契合。诗歌首联"朝持汉使节，暮作楚囚奔"以"朝""暮"的对比，触目惊心地展示了政治斗争的残酷。颔联写此地曾是屈原写《离骚》的地方，此地的渔人会唱"欸乃"的渔歌（柳宗元《渔翁》写过"欸乃一声山水绿"）。这一联将武陵道与屈原、柳宗元巧妙联系起来。屈原与柳宗元都是被流放、被贬谪的官员。诗人与他们有着相同的遭遇，内心也有着相似的忧愁。颈联通过物象写冬日湿冷的环境：通过短墙上的印记可知地面何等潮湿，看看草木就可知道冬天何等阴冷。尾联借在寂寞桃源路上踽踽而行的断魂行人，表现诗人内心的悲苦落寞。历来写桃源的诗大都写春日桃花盛开，美不胜收的景象，唐庚诗中的桃源则是一派寂寞、冷清，反映了贬谪者内心无边的凄苦、哀怨。

---

　　① 一作《武陵道中》。

桃源行

汪　藻

汪藻（1079—1154），字彦章，德兴（今属江西）人。崇宁二年（1103）进士，任婺州（今浙江金华）观察推官、宣州（今属安徽）教授、著作佐郎、宣州通判等职。高宗朝除中书舍人，兼直学士院，官至显谟阁学士、左大中大夫，封新安郡侯。后夺职居永州时，绕道过桃花源。其诗自然清丽，不为江西派所拘。著有《浮溪集》。

祖龙门外神传璧，方士犹言仙可得。

东行欲与羡门亲①，咫尺蓬莱沧海隔。

那知平地有青云，只属寻常避世人。

关中日月空千古，花下山川长一身。

中原别后无消息，闻说胡尘②因感惜。

谁教晋鼎判东西③？却愧秦城限南北④。

人间万事愈堪怜，此地当时亦偶然。

何事区区汉天子，种桃辛苦求长年⑤。

---

① 羡门：古仙人名，秦始皇曾派人找他。

② 胡尘：指西晋末年北方少数民族侵入中原地区造成的战乱。

③ 晋室分裂，出现西晋、东晋。鼎：古代传国的重器，象征政权。

④ 却愧：言秦始皇筑长城的目的是抵御北方匈奴，结果晋依然亡于匈奴之手，可见长城是无用的，故曰"愧"。

⑤ 据《汉武帝故事》记载，汉武帝会见西王母，西王母赐武帝食仙桃。武帝拟种桃核于内苑，希望常食仙桃以求长生。

简 评

　　《桃源行》以讽刺统治者求长生为切入点，为桃花源题材诗歌开辟了新的园地。诗歌共十六句，分为两大段。第一段为前八句，"祖龙"以下四句写秦始皇妄想求仙长寿，对百姓不施仁政，二世而亡。"那知"以下两句写统治者千方百计求而不得，寻常百姓在桃花源中避世却平地青云，意外成仙。"关中日月空千古"写统治者妄求长生，不过是黄粱一梦，"花下山川长一身"写桃花源中人本来只是想要避开人世纷乱，反倒获得长生。"中原"以下八句对现实展开批判。统治者不吸取秦亡的教训，导致二帝被俘、山河变色。"谁教"以下两句展开深沉的反思：是谁让晋朝平白地分判称西晋、东晋？"鼎革"意为改朝换代。"晋鼎判东西"暗示宋朝分南北。"却愧秦城限南北"写暴秦虽然无道，也知修长城以抵御北方之敌，宋人却对来自北方的威胁束手无策，令人羞愧。"人间万事愈堪怜，此地当时亦偶然"写当前的形势，比起秦时有过之而无不及，当时的人尚可偶然之间遁入桃源求得安稳，现在即便有桃源亦无济于事。结尾"何事区区汉天子，种桃辛苦求长年"借汉武帝求长生的可笑，隐喻宋徽宗赵佶寻求长生，竟然与汉武帝辛苦种桃而不恤国事相同（宋徽宗大兴道教，自称教主道君皇帝），才使得胡骑长驱直入。诗歌首尾呼应，借古为题，对统治者不恤百姓、不理国事而妄求长生的行为进行了辛辣而巧妙的讽刺。

过桃花洞田家留饮

郑 樵

郑樵（1104—1162），字渔仲，莆田（今属福建）人。因居夹漈山，学者称其为夹漈先生。喜游名山大川，搜奇访古，如遇藏书家，必借留尽读乃去。博学多识，好为考证之学。官至枢密院编修。后官监潭州南岳庙卒。著有《通志》二百卷。

偶从沼渚①过山家，烂漫桃花噪暮鸦。

处处竹篱环草屋，村村鸡犬话桑麻②。

抱琴静听涛声急，对酒闲观月色赊③。

可笑南阳刘子骥，欲寻风景滞京华。

简 评

这首诗写作者偶然路过桃花源，村民留饮，有感所作。诗歌描绘了清新脱俗的田园风光。首联、颔联撷取桃花盛开、暮鸦鸣叫、竹篱草屋、鸡犬桑麻等典型物象，表现了和平、宁静而富有生趣的乡村图景。颈联以抱琴听涛、对酒观月写他在此度过的清雅而美妙的乡居生活。尾联借《桃花源记》中南阳刘子骥的典故，暗示真正的风景不在繁华的京城，而在这朴实无华的乡村。诗歌反映了诗人在乡村中寻求心灵宁静的愿望，语言朴实清新。

---

① 沼渚：水塘边。沼，天然水池；渚，水边陆地。

② 桑麻：代指农事。孟浩然《过故人庄》："开轩临场圃，把酒话桑麻。"

③ 赊：疏朗。

桃　川

王十朋

王十朋（1112—1171），字龟龄，号梅溪，温州乐清（今属浙江）人。绍兴二十七年（1157）状元，历官秘书郎、国史院编修、起居舍人、侍御史，改吏部侍郎，任严、夔、湖、泉各州知州。以龙图阁学士致仕，谥忠文。著有《梅溪集》。

流水桃花世已非，石林烟草尚芳菲。

山中鸡黍聊炊午，眼底风尘且息机。

圣世难招秦晋隐，野心独爱芰荷衣。

寻真不遇空归去，笑指秋风绕翠微。

简评

《桃川》首联写世事变迁，桃花源的石林芳草依然美好。颔联写在山中用着简单的农家饭，暂时忘记了尘世的烦恼。颈联写秦晋之时的隐士洁身自好，即便盛世也不愿出仕。尾联写虽然寻访真人（仙人）不遇，但仙人或许在秋风吹拂的群山之中。王十朋在诗中巧妙地化用了孟浩然"故人具鸡黍，邀我至田家"和《楚辞·离骚》"制芰荷以为衣兮，集芙蓉以为裳"的典故，将田园诗与招隐诗相结合，抒发了归隐田园的心愿，丰富了诗歌的内涵。中国古代的风景诗、田园诗通常与隐逸挂钩。这倒并不意味着士人们真心向往隐士生活（隐士的清苦是大多数人无法忍受的），只是一种萦绕于心头的隐逸情怀罢了。这也是作为隐逸象征的桃花源题材在文学史中具有长久生命力的重要原因。

桃　溪

朱　熹

朱熹（1130—1200），字元晦，一字仲晦，号晦庵、遁叟，婺源（今属江西）人。绍兴十八年（1148）进士，曾任荆湖南路安抚使，累官转运副使、秘阁修撰、焕章阁待制。朱熹是宋理学家、诗文批评家、诗人。乾道六年（1170）奉宋孝宗敕谕苗，过鼎州，赋《过黄塘岭》诗，可能到过桃花源。

涧里春泉响，种桃泉上头。
烂红纷委地①，未肯出山流。

简 评

《红楼梦》第二十三回，宝玉携了一本《会真记》（即《西厢记》）在沁芳闸那边桃花底下坐着细看。一阵风吹来，把树上的桃花吹了一大半下来，弄得满身满书满地皆是。宝玉兜了桃花，来到池边，抖在池内。那花瓣儿浮在水边，飘飘荡荡，流出沁芳闸去了。黛玉说："撂在水里不好。你看这里的水干净，只一流出去，有人家的地方脏的臭的混倒，仍旧把花糟蹋了。"黛玉将大观园视为净土，认为花儿随水流出沁芳闸，便是被糟蹋了。黛玉的看法与朱熹的诗句"烂红纷委地，未肯出山流"表达的意思极为相似。诗歌运用拟人化的手法，赋予了落花以生命。桃花宁愿化为尘土也不肯随波逐流，也是诗人自尊自重人格的象征。

---

① 烂红纷委地：桃花纷纷飘坠地面。

过黄塘岭

朱　熹

屈曲危塍①转，沈阴山气昏。

蝉声高树暗，石濑②浅流喧。

已过黄塘岭，欲觅桃花源。

无为此留滞，驱马逾山樊③。

简评

诗作首联写山路弯弯曲曲，山间的天气阴阴沉沉，描绘黄塘岭的险峻和山气的昏暗，使诗歌开篇便被压抑和沉重的氛围所笼罩。颔联写夏日树高蝉声不响亮（极言树之高），浅水在石头之间激起很大的响声，通过声音的对比，形象化地写出了山行之难。颈联表达诗人好不容易度过了黄塘岭之后轻松愉快的心情，既然最难的路已经走过，那么接下来都是像桃花源那样美妙的地方。尾联议论，既然如此，不必在山中留滞，赶紧驱马越过山边。诗中黄塘岭为现实中的地名，暗喻难走的人生路，桃花源则是对美好生活的隐喻。诗歌给人以启示：漫漫人生路，困难和挫折都是暂时的，总有苦尽甘来的时候。不必流连苦楚，叫苦连天。这首诗融情、理、景于一炉，体现了宋诗特有的理趣。

---

① 塍：小堤，或田间土埂。

② 石濑：水流石间而成的激流。

③ 山樊：山傍，山边。

桃源行

元德明

元德明（约1159—约1206），太原秀容（今山西忻州）人。祖籍鲜卑拓跋氏，入中原后改姓元。元好问的父亲。

山中三月山桃开，红霞烂漫无边涯。

山家藏春藏不得，落花流水人间来。

忆昔携家窜岩谷，秦人半向长城哭。

回头尘土失咸阳，矰弋①徒劳羡鸿鹄。

冬裘夏葛存太朴，小国寡民皆乐俗。

昼永垣篱鸡犬闲，春晴门巷桑榆绿。

渔郎偶到本无心，仙境何缘得重寻。

今日武陵图上看，唯见云林深复深。

简 评

元德明的《桃源行》与韩愈《桃源图》一样，都是诗人看到描绘武陵山水的图画之后所作。这首诗以陶渊明的《桃花源诗并序》为基础，但转换成了观画者的视角，根据题画诗的一般创作规律，原原本本地展现了故事的基本情节。唐人通常将桃源故事处理为遇仙小说，宋人一般更注重从写实的角度、批判现实的角度写桃花源题材。元德明尽管在诗中提到"仙境"，但他将桃花源视为"小国寡民"的理想社会，较为忠于陶渊明的观念。作为鲜卑人，元德明熟知汉族文学，并创作出艺术性相对较强的诗歌，表明入中原后的鲜卑族已经有了相当高的汉文化修养。这首《桃源行》体现了不同民族之间文学、文化的交融。

---

① 矰弋：以丝绳系箭而射。

桃 源

陆 游

陆游（1125—1210），字务观，自号放翁，越州山阴（今浙江绍兴）人。赐进士出身，曾任镇江、隆兴通判。乾道六年（1170）入蜀，任夔州通判。乾道八年（1172），入四川宣抚使王炎幕府。官至宝章阁待制。南宋诗人，其诗今存九千余首。

木缺桥横一径微，断烟残霭晚霏霏。

十年倦客明双眼，五月游人换夹衣。

翠峡束成寒练静，苍崖溅落素鲛飞。

尔来自笑痴顽甚，著处吟哦不记归。

简评

这首诗以细腻笔法表现日常生活的闲适。首联写暮色之中的桃源，"木缺桥横""断烟残霭"写出了现实感，虽不完美，但别有一番意趣。"一径微"令人想起李白的"却顾所来径，苍苍横翠微"，有苍茫之美。颔联由写景转向写人。"十年倦客"隐隐带出诗人未能忘怀国事之意。在诈伪的官场多年，他已经十分疲惫，但来到桃源之中，双眼仿佛亮了起来。"五月游人"则写天气变暖，游客换掉了夹衣，换上了夏装。可以想见，诗人此刻的心情与游客一样，也是轻松愉快的。颈联再次转向身边的景物，"翠峡""苍崖"一低一高，对仗工稳，"寒练静"写江水无波，"素鲛飞"写瀑布冲刷下来的势态，一静一动，煞是好看。尾联表达流连忘返之意。诗歌细节真实丰满，格调开朗明快，是桃源诗歌题材中的佳品。

沁园春·题桃源万寿宫①

葛长庚

> 葛长庚，生卒年不详，字如晦，号海琼子，闽清（今属福建）人。家琼州，后隐于武夷山。初至雷州，继为白氏子，名玉蟾。事陈翠虚九年，始得其道。嘉定中诏征赴阙，对称旨，命馆太乙宫，一日不知所往。在道教中，白玉蟾为金丹派南宗五祖之一，诏封紫清明道真人。著有《海琼集》《道德宝章》《罗浮山志》。

黄鹤楼②前，吹笛之时，先生朗吟。想剑光飞过，朝游南岳，墨篮放下，夜醉东邻。铛煮山川，粟藏世界，有明月清风知此音。呵呵笑，笑酿成白酒，散尽黄金。

知音。自有相寻。休踏破葫芦折断琴。唱白苹红蓼，庐山日暮，西风黄叶，渭水秋深。三入岳阳，再游溢浦③，自一去优游直至今。桃源路，尽不妨来往，时共登临。

简 评

《沁园春·题桃源万寿宫》仅用《沁园春》词谱，与本事不相关。上阕以黄鹤楼前吹笛朗吟开篇，写出了知音唱和的默契。"想剑光飞过"句，描绘了道人洒脱恣意的生活。"铛煮山川"句体现了道家齐物的哲学思想，"明

---

① 万寿宫：即桃川万寿宫，亦称桃川宫，始建于晋代，是桃花源境内最早的建筑之一。

② 黄鹤楼：故址在湖北武汉市蛇山的黄鹄矶，临长江。传说仙人子安尝乘黄鹤过此，故名。

③ 溢浦：也称溢口，即溢城。为溢水入长江之处。汉灌婴于此筑城，故址在今九江柴桑西。

月"句象征着与自然合而为一的冥契境界。"呵呵笑"表现了作者的超然心态。下阕写"知音"不必刻意寻找。这一观点与儒家的"德不孤，必有邻"若合符契，可见儒道思想并非水火不容。词中以庐山、渭水、岳阳、溢浦一系列地名的转换，写出了道人优游江湖的自在生涯。"桃源路"句点题，表明此处为洞天福地，不妨与好友相约，多多来往，时常登临。词写道教中人潇洒恣肆的生活，表现了其豁达豪放、超然物外、与世无争的生活态度。这首词与晚唐时期吕洞宾的诗作都是桃花源题材的诗作与道家有深厚渊源的重要例证。

题桃源图

施 枢

施枢（？—1244），字知言，号芸隐，丹徒（今属江苏）人。端平三年（1236）至淳祐二年（1242）为浙东转运司幕属及越州府僚。工诗，著有《芸隐倦游稿》《芸隐横舟稿》。

山中与世不相关，鸡犬桑麻尽日闲。
傍水桃花春烂漫，误传消息到人间。

简 评

　　这是一首题画诗。从诗歌内容来看，桃源图的基本情节与《桃花源记》基本一致。首联"山中与世不相关，鸡犬桑麻尽日闲"描绘了一幅与世隔绝的田园景象。鸡犬之声相闻，农人忙于桑麻。诗人用"尽日闲"形容此中人的生活状态。在他看来，农人虽身体劳累，但心中无事，其所过的便是闲适生活。下联"傍水桃花春烂漫，误传消息到人间"写桃花傍水而开，春意盎然，不经意间吸引游人来此。"误传"巧妙地透露了桃花源中人与世无争的心态。施枢一生沉沦下僚，他为桃花源图写题画诗，只字不提绘画艺术，而着力描写画中的景象。他并不将桃花源中人视为仙人、将桃花源视为仙境，而是着力描绘"鸡犬桑麻"这类农村生活景象，其根本原因在于，桃花源所象征的和平、安宁、幸福、朴实的生活引起了他的情感涟漪。他向往的，其实只是简简单单的、自食其力的、和平安宁的田园生活。

题桃源图

魏了翁

魏了翁（1178—1237），字华父，号鹤山，邛州蒲江（今属四川）人。宁宗庆元五年（1199）进士，后知嘉定府，因父丧返里，筑室白鹤山下，开门讲学，学者称鹤山先生。官至资政殿大学士，历知潭州、绍兴、福州。著有《九经要义》《鹤山集》等。

伏胜高堂书已出①，窦公制氏乐犹传。
鲁生力破秦仪陋②，商皓终扶汉鼎颠③。
隐者宁无人礼义，武陵匪独我山川。
若将此地为真有，乱我彝伦六百年。

简 评

魏了翁是南宋理学家。他与施枢都是南宋人，虽然所见的《桃源图》不知道是否是同一幅，但所画的内容应该是大致相似的。不过魏了翁反对、否定桃源传说。在他看来，士人应以天下为己任。礼义才是头等大事，隐者不出，礼乐如何代代相传？

诗歌首联、颔联叙事，举例说明秦汉之时的隐士、书生基于大义出山，

---

① 伏胜：字子贱，汉济南人。秦时博士。始皇焚书，伏生将《尚书》藏匿壁中。汉文帝时，伏胜已九十余岁，文帝派太常使掌故晁错往从学，由伏生女儿通传口授，即今文尚书，立于学官。

② 鲁生：汉初，叔孙通欲为刘邦定朝仪，征聘鲁诸生三十余人。见《史记·叔孙通传》。

③ 商皓：即商山四皓，商山的四个隐士，名东国公、绮里季、夏黄公、甪里先生。四个人须眉皆白，故称四皓。

帮助国君治礼作乐，匡扶汉室，治国平天下。颈联、尾联皆为议论，表明隐者不可取。武陵渔人误入桃花源之事如果是真的，那么这件事情给国家带来是祸而不是福。

桃源题材大多与隐逸相关，这首诗别树一帜，反对"天下有道则见，无道则隐"的观念，提倡无论在何种时候，士人都应积极入世。魏了翁以其理学家的身份，将其关于治国平天下的思考融入诗歌之中，使得这首诗不仅仅是对桃源图的题咏，更是对士大夫如何出处这一人生命题的深刻探讨。

桃源图二首

元好问

元好问（1190—1257），字裕之，号遗山。金宣宗兴定五年
（1221）进士，曾任镇平、内乡、南阳等县县令。后入朝为左司都
事、尚书省左司员外郎。金亡，不仕元，在家从事著述，诗词散文皆
工，尤以诗歌成就最高，可和陆游并驾。著有《遗山集》。

物外烟霞卜四邻，武陵不是避秦人。
软红香土君休羡，千树桃花满意春。

金罽氄氄①六月寒，桃花春梦隔征鞍。
青山归计何时办，画卷空留马上看。

简 评

《桃源图二首》其一上联"物外烟霞卜四邻，武陵不是避秦人"将主动
权放在"物"而非"人"的手里，不是"人"寻找居住之地，而是"物外烟
霞"在寻找合适的栖居者。开篇即给人出人意料之感。下联"软红香土君休
羡，千树桃花满意春"写桃花源中真正值得羡慕、赞美的，并不是"软红香
土"所象征的物质世界，而是"千树桃花满意春"所象征的春意盎然的精神
世界。

其二上联"金罽氄氄六月寒，桃花春梦隔征鞍"中"征鞍"表示诗人正
在旅途，只能梦见美丽的桃花源。因此诗中的季节有些奇怪，虽是六月而有

---

① 金罽氄氄：金线与羊毛掺杂在一起织成的毯子，厚实而华丽。罽：毛织的毯
子，羊毛织物；氄氄：细长貌。

悠悠寒意。下联"青山归计何时办，画卷空留马上看"与"征鞍"结合，表明他身处羁旅之中，无法抵达画中的胜景，只能在画卷中欣赏桃花源。诗人虽有心归隐而无法真正实施，流露出无奈、怅惘的情绪。

武陵桃花源历来被视为隐逸之地。元好问的诗也是借景抒情，表达厌弃名利追逐、世俗扰攘之情，希望以自然之气涤荡怫郁之怀，但立意新警，语言清丽脱俗，令人眼前一亮。

齐白石（1864—1957） 《桃花源》

望江南·咏桃源

杨弘道

杨弘道（1189—1271?），一说卒于1272年，字叔能，淄川（今属山东）人。金哀宗时尝监麟游酒税，后仕宋。理宗端平元年（1234）为府学教谕，次年摄唐州司户。寻北迁，流寓济源，不复仕，后卒。工诗，与元好问等皆以诗名，为北方巨擘。著有《小亨集》。

桃源好，鸡黍竟相邀。鸾凤有期朝绛阙^①，风霾未许上青霄，万点落英飘。

茅屋底，何以永今朝？一念不从痴处起，万缘都向静中消，知命也逍遥。

简评

词作借桃源写士大夫的出处选择。上阕将桃源与绛阙、青霄进行对比。桃源寓意在野，象征着隐士生活，绛阙、青霄代表朝堂，象征着荣华富贵。开篇"桃源好"即点明了作者的态度，"鸡黍竟相邀"化用孟浩然《过故人庄》"故人具鸡黍，邀我至田家"，表明桃源之中，人情亲厚，没有尔虞我诈。"鸾凤有期朝绛阙，风霾无计上青霄"表达虽有心步入朝堂，但并没有上升途径的惆怅之情。"万点落英飘"以桃花的飘落象征着理想的破灭。下阕作者自问自答，居于低矮的茅屋之中，当如何度日呢？"一念不从痴处起，万缘都向静中消，知命也逍遥"意为执念、守静、知命，即可实现庄子所说的逍遥。这句词融合了佛、道、理学思想，而以平易语出之，体现了诗人对出处选择的深度思考，由此可窥见金元时期文人的精神和情感世界。

---

① 绛阙：宫殿的门阙。

秦人洞

谢枋得

谢枋得（1226—1289），字君直，号叠山，信州弋阳（今属江西）人。宝祐四年（1256）与文天祥同科进士。德祐元年（1275）以江东提刑、江西招谕使知信州，率兵抗元。城陷后，改名埋姓，逃入建宁山中，抗节隐居。后元朝迫其出仕，将其强行送往大都（今北京），他绝食而死。后人辑有《叠山集》。

来避秦人万事休，鸟啼花落几春秋。
洞门深锁无人到，山自青青水自流。

简 评

《秦人洞》表达决绝的谢世之志。"来避秦人万事休"表示逃离战乱和社会纷争，一切世俗的纷扰都在这里得到了终结。"鸟啼花落几春秋"暗示无论外界如何变迁，桃源中的生活依旧宁静如初。"洞门深锁无人到"象征与世隔绝，"山自青青水自流"则展现了自然界的恒久与不变。不过，谢枋得的谢世之志并未得到世人的尊重。他屡次辞荐而不得，最终被强押入都，绝食而死。乱世之中即便想要保持气节，独善其身，也是不可得的奢侈。谢枋得与文天祥是同科进士。文天祥率兵抗元，绝不投降，绝食而死，名气很大。拒绝作贰臣绝食而死的谢枋得，同样值得敬重。

武郎中桃溪归隐图（五首选一）

许　衡

> 　　许衡（1209—1281），字仲平，河内（今属河南）人。元世祖时，命议事中书省，上书言立国必行汉法，乃可长久。后为集贤殿大学士，兼国子祭酒，培育人才，善教，学者称之鲁斋先生。又领太史院事，与太史令郭守敬改定历法，新制仪象圭表。著有《鲁斋遗书》。

桃溪风景写横披，浑似秦人避乱时。

万树春红罗锦绮，一湾晴碧卷琉璃。

饮中更听琴声雅，静里初无俗事羁。

他日君候归此隐，肯容闲客日追随。

简评

　　武郎中所画桃源归隐图中，有如锦绮一般的万树桃花，有如同琉璃一般的一湾碧水，有饮酒弹琴的隐士，独独没有樵夫渔父。诗歌结尾"他日君候归此隐，肯容闲客日追随"透着热衷于当"帮闲"的味道。元初不少达官、画家都画过桃源图，除了武郎中外，还有商琦、赵孟𫖯及其子，表明在官场中，隐逸其实是很受欢迎的话题。官与隐，最好两个都要，既能避免朝廷的纷争，又能享受闲适的生活。但大部分当官的人是心向田园而不得，只能表达隐逸情怀。最倒霉的是唐末的左偓，"谋官谋隐两不成"，鲁迅说他"是用七个字道破了所谓的'隐'的秘密的。"许衡与吴澄同为元初理学家，都写过桃源题材的诗歌，将他们的同题材诗歌进行对比，可看出其思想境界的明显差异。

桃源行

刘 因

刘因（1249—1293），字梦吉，号静修，保定容城（今属河北）人。元世祖至元十九年（1282），征授承德郎、右赞善大夫，旋以母疾辞归。至元二十八年（1291）召为集贤学士、嘉义大夫，固辞不就。著有《静修集》。

六王扫地阿房起①，桃源与秦分一水。

小国寡民君所怜，赋役多惭负天子。

天家正朔②不得知，手种桃枝辨四时。

遗风百世尚不泯，俗无君长人熙熙。

渔舟载入人间世，却悔桃花露踪迹。

曾闻父老说秦强，不信而今解亡国。

画图曾识武陵溪，飞鸿灭没天之西。

但恨于今又千载，不闻再有渔人迷。

简评

作者以"六王扫地阿房起"开篇，写出了秦王朝的崛起和日益强大。"桃源与秦分一水"写桃花源与秦相隔一水，侥幸得以未受强秦的侵袭。"小国寡民君所怜，赋役多惭负天子"写天子体谅百姓的难处，不征收很重

---

① 秦始皇灭六国，统一中国后不久，大兴土木，建阿房宫。六王：指齐楚燕韩魏赵六国诸侯。

② 天家正朔：天家，帝王之家。正朔，一年的第一天。正，一年的开始；朔，一月的开始。古时改朝换代，新王朝表示"应天承运"，须重定正朔。后正朔通指帝王新颁之历法。

的赋税。这显然与秦朝的实际情况并不相符，更像是诗人对君长的期待。"天家正朔不得知，手种桃枝辨四时"写桃源居民与世隔绝，不知外界的变迁，只以种植桃树来辨别四季。"遗风百世长不泯，俗无君长人熙熙"，表现桃源没有君主，人们和睦相处的淳朴遗风。"渔舟载入人间世"写武陵渔人无意闯入桃花源。"却悔桃花露踪迹"中的"悔"字表明桃花源中人并不希望外界打扰自己的宁静生活。结尾四句表明诗人从未亲至武陵，只能通过图画来了解武陵。可惜从秦朝至今已有千载，却再也无人进入神秘的桃花源。这一议论表达了诗人对桃源这一理想之地的美好想象和对现实世界的无奈。

题桃源图

钱 选

钱选（约1239—1299），字舜举，号玉潭，又号巽峰，吴兴（今属浙江）人。宋理宗景定（1260—1264）年间乡贡进士，元初有"吴兴八俊"之号，以赵孟頫为首。及赵登朝，诸人皆相附致显宦，只有钱选独龃龉不合，流连诗画以终。家有"习懒斋"，因自号"习懒翁"。

> 始信桃源隔几秦，后来无复问津人。
> 武陵不是花开晚，流到人间却暮春。

简 评

这是一首题画诗。唐代也有桃源题材的题画诗，但数量并不多。宋元时期桃源题材题画诗的集中出现，表明这一时期桃源题材已经成为绘画中较为普遍的表现对象。诗中"未信"两句写人们不再相信桃源的真实存在，对其不再问津。"武陵"两句反用白居易《大林寺桃花》"长恨春归无觅处，不知转入此中来"的典故，表明武陵桃花流到人间已暮春，却并非花开得晚，而是因为山中岁月与人间截然不同，暗示桃源仙境的真实存在。该诗通过与世俗之人对桃源的否定进行对比，寄寓了诗人对纯真理想世界的向往，语言平淡而清丽脱俗。

桃源图（三首选一）

王　恽

王恽（1227—1304），字仲谋，号秋涧，卫州汲县（今属河南）人。元世祖中统元年（1260）被辟为详议官，后官至翰林学士、通议大夫，知制诰。大德五年（1301）退职归田。卒谥文定。另有《舟宿桃源县》。著有《秋涧集》《秋涧乐府》。

渊明既号葛天民[1]，流水桃花到处春。
明见笔端闲寓兴，武陵休苦殢[2]渔人。

简评

这首《桃源图》是针对桃源题材的画作有感而发，但并不一定是题画诗。王恽还有一首《题桃源图后》，小序云："至元癸未夏五月二十日，经略史公邀余楼居芜语，仍出示桃源古画二大轴，盖佳笔也。公因询兹事有无，其意果云何者。明日赋此诗以呈。"从序言来看，王恽写《桃源图》诗，乃是因为经略相公（边州军事长官）给他看了两大轴桃源题材的古画，向他询问桃源之事是否真实存在。《桃源图》认为，陶渊明自号"葛天氏之民"，其居所有流水桃花，春意盎然。《桃花源记》显然只是他兴之所至，塑造出来的地方。诗歌结尾，诗人不说渔人对武陵桃花源有执念，而说武陵有执念，一定要滞留渔人在桃花源中，何苦来哉？这是翻空出奇之语，表明了诗人尚"奇"的特点。

---

[1] 葛天民：葛天氏的臣民。葛天氏，传说中远古帝号。在伏羲之前。陶渊明《五柳先生传》："无怀氏之民欤？葛天氏之民欤？"省作"葛天"。

[2] 殢：滞留。

谒金门·题吕真人①醉桃源像

刘 埙

> 刘埙（1240—1319），字起潜，南丰（今属江西）人。博览工诗文，元武宗至大四年（1311）为南剑州学官，后为延平路儒学教授。著有《隐居通议》《水云村稿》《英华录》。

春正媚，闲步武陵源里。千树霞蒸红散绮，一枝高插髻。

飞过洞庭烟水，酩酊莫教花坠。铅鼎温温神谒帝，何曾真是醉。

简评

桃源题材的绘画，在宋元时期大量出现，但从已有题画诗来看，表现的内容基于《桃花源记》，以大幅山水为主。刘埙的《谒金门·题吕真人醉桃源像》则向读者提供了桃源题材的新形式。诗中"闲步武陵源里""飞过洞庭烟水"写出了吕洞宾飘逸的姿态，"酩酊"塑造了吕洞宾的醉态，"何曾真是醉"则写出真人的醉态只是看似醉而已，实则是飘逸。词作以景寓情，以情带景，既展现了桃源仙境的自然之美，又深刻揭示了吕真人物我两忘的精神境界，笔致生动飘逸，令人心驰神往。

---

① 吕真人：即八仙之一的吕洞宾。

过桃川宫

郭 昂

郭昂（约1229—约1289），字彦高，彰德林州（今河南林州市）人。稍通经史，尤工于诗。至元二年（1265），上书言事，受器重，授山东统军司知事，转沅州安抚司同知。累官广东宣慰使，卒于官。

桃花流水五云间①，咫尺仙凡隔往还。
白鹤不来华表在②，翠鸾飞去玉箫闲。
战尘满眼何时了，云驾无由得暂攀。
六载苦辛谁与问，瘴烟空染鬓毛斑。

简 评

诗歌以桃花流水、瑞云缭绕开篇，"咫尺仙凡隔往还"点出了仙凡之间的鸿沟。颔联以白鹤、翠鸾的离去，象征仙人已经不再，此地徒有仙人遗留的物品。"战尘满眼何时了"将笔触转向现实，对战争迟迟无法结束而感到茫然。"云驾无由得暂攀"写作者希望随仙人远去，但苦于没有机会。尾联写作者征战六年，无人过问其中苦楚辛酸，唯有南方的瘴烟染白了两鬓的头发。诗歌表达了对战争的厌恶和对和平的希冀。正因为人类社会一直都有战争，安宁、和平的桃花源才显得格外的珍贵，受到世世代代人们的歌咏与向往。

---

① 五云：本书第30页有注。
② 华表：古代立于宫殿、城垣或陵墓前的石柱。柱身往往刻有花纹图案。

题商德符学士桃源春晓图①

赵孟頫

> 赵孟頫（1254—1322），字子昂，号雪松道人，湖州（今浙江吴兴）人。子昂本宋宗室，秦王赵德芳之后，宋亡家居。入元，程钜夫荐之入朝，官至翰林学士承旨。他是元代著名书画家，诗词文章皆有功力。著有《松雪斋集》。

宿云初散青山湿，落红缤纷溪水急。

桃花源里得春多，洞口春烟摇绿萝。

绿萝摇烟挂绝壁，飞流淙下三千尺。

瑶草离离满涧阿，长松落落凌空碧。②

鸡鸣犬吠自成村，居人至老不相识。

瀛洲仙客知仙路，点染丹青寄轻素。

何处有山如此图，移家欲向山中住。

简评

商琦的《桃源春晓图》失传，好在借由赵孟頫的题画诗，读者可大致了解其内容。诗歌根据画面的空间布局，采用了由远及近的写法。"宿云"句写出了桃花洞外春山、春水的湿润气息。"桃花源"以下句写桃花洞口的景象。春烟缭绕之中，绿萝挂于绝壁之上，飞瀑淙淙。"瑶草"以下两句写桃花源山涧之中青草茂密，长松落落。"鸡鸣"句写桃花源中的村庄，鸡鸣

---

① 商琦，字德符，元代画家，与赵孟頫、高克恭并称"元初三杰"。有《春山图》传世，现藏于故宫博物院。

② 离离：分披繁茂貌。落落：高峭不凡貌。

狗吠增添了生活气息，"居人至老不相识"则表明这里并不是陶渊明笔下的《桃花源记》中的桃源，而是小国寡民的世界，具有道家色彩。"瀛洲"以下四句，表达了诗人希望隐居于此的愿望。作为宋宗室后裔，赵孟頫在元朝入仕，虽仕途显赫，但内心深处仍怀有对故国的怀念和对隐逸生活的向往。这首诗展现了《桃源春晓图》春意盎然、仙气氤氲的景象，兼具形式美与意韵美。

明　王恒　《桃源图》

画桃源

赵孟頫

桃源一去绝埃尘，无复渔郎再问津。
想得耕田并凿井，依然淳朴太平民。

简评

商琦、赵孟頫都是元初著名画家。前一首是赵孟頫为商琦的《桃源春晓图》写题画诗，这首则很可能给自己所画的桃源图作题画诗。"桃源"两句写桃源与世隔绝，"无复"句化用陶渊明《桃花源记》的典故，暗示着这一理想之境难以寻觅。"想得"两句是作者的想象。桃花源中的人们依然过着耕田、凿井的农耕生活，依然是淳朴的平民百姓。整首诗语言质朴，寄寓了诗人对社会大动乱之后安宁平静生活的渴望。

和桃源行效何判县钟作

吴 澄

> 吴澄（1249—1333），字幼清，人称草庐先生，抚州崇仁（今江西崇仁县）人。元武宗至大元年（1308）召为国子监丞，迁翰林学士。通经传，关于《易》《书》《诗》《礼》皆有著作，著有《吴文正集》100卷。

冀州以北健蹄马，一旦群嘶庐霍下①。

睢阳不遇双貂公，总是开关迎拜者。

燎原焰焰春复春，不惟捧水惟益薪。

海门浪拂会稽圻，血泪交流草莽臣。

举手日边远与近，不知官守何人问。

仲连未即蹈东海②，元亮③至今尚东晋。

桃源深处无腥尘，依然平日旧衣巾。

拟学渔郎棹舟入，韩良宁忍终忘秦。

简评

诗作以"冀州"开篇以马起兴，通过描绘马群奔腾的场景，暗喻蒙古大军南下，时局动荡。"睢阳"两句写大军没有遇到像唐末睢阳之战中张巡、许远那样的殊死抵抗者，众人反倒争相谄媚。暗示北方失守，元人直驱南下。"燎原"两句写火势越来越大，众人不但不捧水灭火，反而添薪使火势

---

① 庐、霍：均为春秋时古国名，故地分别在今湖北南漳和山西霍县境。

② 即鲁仲连逃隐海上。

③ 元亮：陶渊明的字。

更大。"海门"两句以悲壮的笔触，描绘了江苏、浙江忠臣义士的悲惨遭遇。

"举手"句以下，假想了一个美好的世界：在那里，鲁仲连不必为逃名而蹈海，陶渊明所写的桃源"无腥尘"，人们依然穿着"平日旧衣巾"，过着宁静祥和的生活。诗歌结尾，诗人化用了张良刺秦的典故，表明他虽然想要学武陵渔人棹舟入桃源，但他忘不了国恨家仇，不可能选择隐逸生活。《和桃源行效何判县钟作》虽然是一首唱和诗，却写得大气凛然，表现了文人的铮铮铁骨，富有批判精神。

仙　源

周　权

> 周权（1275—1343），字衡之，号此山，处州（浙江丽水）人。游京师，呈诗翰林学士袁桷，深受器重，袁引荐为馆职。另有《桃源图二首》。著有《此山集》。

桃花悄无有，仙源渺何许。
流水清于铜，松色与崖古。
长林莫萧飕，似与幽人语。
翛然①卧空庵，清猿夜深雨。

简评

《仙源》首联写桃花仿佛静悄悄藏起来了，令人找不到缥缈的桃花源，出人意表，营造出神秘莫测的氛围。颔联以清澈的流水和古老的松崖描绘出桃源的纯净与古朴。颈联写林间的风声仿佛在与隐士低语，增添了画面的声音与动感。尾联笔锋一转，写诗人卧于空寂的庵中，听着深夜雨声中的清猿啼叫。全诗简淡从容而意蕴深长，充满诗情禅意。

---

① 翛然：无拘无束。

桃源图

傅若金

> 傅若金（1304—1343），一说1342年，初字汝砺，改字与砺，新喻官塘（江西新余）人。弱冠游湖南，荐为岳麓书院直学。以异才荐，佐使安南。遂归，除广州路儒学教授，卒于官。著有《傅与砺诗文集》。

闻说避秦地，花开忘岁年。

偶逢渔父问，长使世人传。

丘壑浑疑幻，林庐或近仙。

至今图画里，惆怅武陵船。

简 评

元人大量创作桃源题材的诗歌及题画诗，表达了对和平、安宁生活的向往，反过来也表明，现实世界的不安定、动乱，给士人的心灵带来了巨大的冲击。这首诗所写的《桃源图》内容大抵与《桃花源记》相同，带有淳古的味道。诗中首联以传闻开篇，令人遥想《桃花源记》中避世秦人超然物外、岁月静好的生活氛围。颔联写通过渔父之口，桃源的故事传颂千古。颈联写图中景物的丘壑和林庐让人疑心其为幻境、仙境，尾联以图画中的武陵船为引子，表达对桃源仙境的不可再得的惆怅与留恋，凸显其对仙境的向往。

桃源图

吴师道

> 吴师道（1283—1344），字正传，婺州兰溪（今浙江兰溪）人。英宗至治元年（1321）进士，官至礼部郎中。吴诗崇尚平易自然，清新飘逸，有隐士风。著有《礼部集》《吴礼部诗话》。

翠嶂青溪远近春，柴荆鸡犬接比邻。

花开酒熟身无事，便是桃源画里人。

简 评

诗歌前两句写画中的景象：无论远处的山峦还是近处的溪水，到处春意盎然。村民们比邻而居，简陋的篱笆一座搭着一座，鸡犬相闻。后两句发表议论：只要在桃花盛开的时间，不忙于俗事，有闲情温酒，便是桃花源画中之人。言外之意，何必要去在乎桃花源的有无？何必一定要去桃花源里隐居？享受生活中的乐趣，你便是桃花源里的秦人。这首诗与宋代无门开慧禅师《颂平常心是道》所云"若无闲事在心头，便是人间好时节"意趣相似。陶渊明《桃花源诗》结尾云："借问游方士，焉测尘嚣外。愿言蹑清风，高举寻吾契。"千载而下，吴师道可算是陶渊明的"契友"。

桃源行题赵仲穆①画

萨都剌

> 萨都剌（约1272—约1355），字天锡，号直斋，蒙古族，生于雁门（今山西代县），后定居宛平（今属北京）。元泰定四年（1327）进士，任淮西江北道经历等职。一生行旅，喜览名山大川。著有《雁门集》。

长城远筑阿房起，黔首②驱除若蝼蚁。

谁知别有小乾坤，藏在桃花白云里。

桃花重重间白云，洞门锁住千年春。

男耕女织作生业，版籍不是秦家民。

桑麻鸡犬村村屋，流水门墙映花竹。

无端渔父绿蓑衣，带得黄尘入幽谷。

主人迎客坐茅堂，共话山中日月长。

但见花开又花落，岂知世上谁兴亡。

明朝渔父归城市，回首云山若千里。

再来何处觅仙踪，恨满桃花一溪水。

简评

这是萨都剌题于赵仲穆所绘桃源图上的一首诗。诗歌分为三部分。第一

---

① 赵仲穆：即赵雍，字仲穆，赵孟頫次子。元代画家。官至集贤待制，同知湖州总管府事。

② 黔首：庶民，平民。《礼·祭义》："明命鬼神，以为黔首"。孔颖达《疏》则说因以黑巾裹头，故称黔首。

部分自"长城"句至"谁知"句，写秦朝暴政，百姓被驱，如同蝼蚁。桃花源藏在桃花白云里，别有小乾坤。第二部分从"桃花"句至"但见"句，描绘了桃源仙境的幽美与宁静，展现了桃源居民自给自足、不受外界干扰的和谐生活，充满诗意。渔父闯入打破了桃源的宁静，但主人热情地迎接渔父，在茅堂之上与之共话。此间只有花开花落，世上的兴亡更替与这里无关。"明朝"以下四句，写渔父出洞回到城市，云山千里的桃源仙境已难以寻觅，只留下满腔的遗憾与惆怅。诗歌以情动人，婉转清丽。

桃花源

黄　溍

黄溍（1277—1357），字晋卿、文晋，义乌（今浙江）人。元仁宗延祐二年（1315）进士，任台州宁海县丞、诸暨州判官，皆有治绩。后任应奉翰林文字、侍讲学士、同知制诰，兼国史院编修官。至正八年（1348），除翰林直学士、知制诰同修国史，寻兼经筵事。著有《文献集》。

山容惨惨将为雨，云气垂垂欲傍花。
莫问前村何处觅，垂萝盘石即仙家。

简　评

黄溍《桃花源》的结构与唐诗《清明》非常相似。前两句都写雨。《清明》前两联写纷纷细雨，行人欲断魂。《桃花源》前两联写山雨欲来之前水雾濛濛的样子。"山容惨惨将为雨"为远景，云雾低垂，山容惨惨。"云气垂垂欲傍花"为近景，云气在花间萦绕。既然山雨欲来，行人自然着急寻找避雨之处。"莫问前村何处觅，垂萝盘石即仙家"与"欲问酒家何处有，牧童遥指杏花村"有异曲同工之妙。《清明》诗中，顺着牧童手指的方向，行人的视角被拉向远方杏花深处。黄溍则仿佛能够读心，已然猜透行人"欲问"的心思，告诉他"垂萝盘石"就是前村所在，也是仙人居所。此诗虽然结构上不脱《清明》的模子，但对春雨欲来的景象描写细致生动，体现了对《清明》的继承与发展。作者对桃花源的描绘不拘泥于《桃花源记》的记载，点到即止，结尾有留白的意味。

山家（四首其二）

黄镇成

> 黄镇成（1287—1362），字元镇，号紫云山人、秋声子等，邵武（今属福建）人。以圣贤之学自励，荐授江南儒学提举，未上任而卒。著有《尚书通考》《秋声集》。

家住桃花源上村，编松为屋鹿为群。
匡床①尽日临门坐，闲看青山起白云。

简 评

《山家》（其二）写出了隐士山居生活的幽静、清雅，表现了超然的心境与禅意。"家住桃花源上村"开篇明义，指出诗人隐居的村庄如同桃花源般美丽。"编松为屋鹿为群"展现了诗人生活的简朴与自然。鹿为道教神仙的坐骑。鹿群为诗人"编松为屋"的简陋居所蒙上一层仙意。"匡床尽日临门坐"透露出他是真正的隐士。王维《终南别业》云："行到水穷处，坐看云起时。偶然值林叟，谈笑无还期"，黄镇成则是林叟本人。他不必"行到水穷处"，在家门口的匡床之上或坐或卧，就能"闲看青山起白云"。诗歌语言清丽，富有隐士的消散情趣。

---

① 匡床：方正安适的床。《商君书·画策》云："是以人主处匡床之上，听丝竹之声，而天下治"。

题桃源春晓图

张以宁

> 张以宁（1301—1370），字志道，号翠屏山人，福建古田人。元泰定四年（1327）进士，至正年间官至翰林侍读学士。明洪武初，任侍讲学士。其诗清健，著有《翠屏集》。

溪上桃花无数开，花间春水绿如苔。

不因渔父寻源入，争识仙家避世来。

翠雨流云连玉洞，丹霞抱日护瑶台。

幔亭亦有虹桥①约，问我京华几日回？

简评

张以宁与赵孟頫的题画诗不同，并不拘泥于画中景象，而是借题画表达自己的隐逸情怀。《题桃源春晓图》首联"溪上桃花无数开，花间春水绿如苔"描绘了春日桃花流水、充满勃勃生机的景象。颔联翻空出奇，而人们并非因为渔人才来此地，而是因为早就知道这是仙人避世之所，纷纷来此。颈联以翠雨流云、丹霞抱日的奇幻景象，描绘了桃源仙境的瑰丽神奇。尾联化用道教典故，以仙人问其京华归期，暗写桃花源仙人留他住在此仙源之中。诗歌语意新奇，风神秀朗，体现了青年才子的俊逸之气。

---

① 幔亭：用围幕围成的亭子，《云笈七签》记载，地官武夷君每年八月十五日在武夷山上置幔亭，于化虹桥通山下与村人会面。虹桥：拱桥。

桃源图

唐　肃

唐肃（约1328—约1373），字虔敬，一说字处敬，越州山阴（今浙江绍兴）人。通经史，兼习阴阳、医卜、书数。洪武三年（1370）召修礼乐书，擢应奉翰林文字。科举行，为分考官。免归。著有《丹崖集》。

犬鸡人物总秦余，千树桃花护隐居。

不识三章新约法，犹藏万卷未烧书。

水通烟涧才容棹，山暖晴岩可命车。

不似阿房三百里，楚人一炬便成墟。

简评

　　这首《桃源图》重点不在写景，而在写史。首联写桃花源是秦朝遗留下的一片净土，桃花如同守护者一般，环绕着隐士的居所。颔联写此中之人不知道汉代刘邦与咸阳百姓的"约法三章"，没有遭到秦始皇焚书坑儒之祸，还保存着上万卷未被烧毁的秦朝古籍。这是唐肃的特别之处。历来人们都将桃花源的人视为农民，忙于鸡犬桑麻，从未写过此中有读书人。颈联写只有很小的小船才能通过山涧，但进入山洞之后，豁然开朗，山岩晴暖，车马可行，写出了大自然的鬼斧神工。结尾再次咏史，此处没有战争，不像秦末之时，绵延三百里的阿房宫被楚人项羽一把火烧毁，成为废墟。桃花源并非仙境，它只是战争的幸存者。这首诗从历史的虚处着笔，控诉了战争给人类文明、社会带来的巨大灾祸，凸显了桃源仙境的美好与珍贵，寄托了诗人对理想社会的追求和对现实世界的深刻反思。

桃源图

华幼武

华幼武（1307—1375），字彦清，号栖碧，江苏无锡人。少有盛名，终身不仕。工诗，著有《黄杨集》。

流水桃花世外春，渔郎曾此得通津。

当年只记①秦②犹在，不道河山又属人③。

简评

诗作"流水"句以流水、桃花意象，勾勒出世外桃源春意盎然的景象。"渔郎"句化用《桃花源记》中渔郎误入桃花源的故事。"当年"以下两句笔锋一转，桃花源中的人只记得秦朝，没想到政权又已更迭，山河换了主人。曾经一统六国的强秦，在历史的洪流中，也不过是短短的一瞬。华幼武一生大部分时间在元朝，晚年经历元明鼎革的历史巨变。或许受到反元战争的现实因素影响，他对桃源图发出深沉感慨，对战争与和平的人类社会基本命题展开深刻思考。

---

① 原注："一作说"。

② 原注："一作春"。

③ 指已经改朝换代。

桃　源

刘　崧

刘崧（1321—1381），字子高，江西泰和人。洪武三年（1370）举经明行修，召为兵部职方司郎中。迁北平按察司副使，有异政，拜礼部侍郎，擢吏部尚书。寻致仕归，逾年，再征为国子司业，卒于任上。谥恭介。豫章人尊其为明江西诗派的鼻祖。著有《槎翁诗文集》。

青林被重冈，苍石立绝涧。

冥冥松风回，高蔓弱可绾。

驱车鹤岭下，沮洳湿危栈①。

微茫烟霞集，披靡杉筠间。

高秋灏气②豁，秀色纷属盼③。

芸芸澼纩子④，涉水恒及骭⑤。

山女行负薪，结发垂两丱⑥。

年丰粳稻足，食狙刍与豢⑦。

呼吏不及门，征租少稽慢⑧。

银坑重茶赋，往往先月办。

---

① 沮洳：即沮洳，地低而湿。危栈：高高的栈道。危：高。
② 灏气：弥漫于天地之间的大气。
③ 属盼：盼望、向往。
④ 澼纩：漂洗衣物的女子。澼：漂洗。纩：丝棉絮。
⑤ 恒及骭：遍及小腿。恒：遍及。骭：胫骨，也指小腿。
⑥ 两丱：两角。丱：两角貌，形容旧时儿童束发的形状。
⑦ 食狙：贪食。刍与豢：即刍豢，牛羊犬豕之类的家畜。
⑧ 稽慢：怠慢，耽误。

缘山八九家，火耕习薅铲①。

土屋桑树高，鸡鸣日方晏。

清霜落原菽，夕露沾畦苋。

吁嗟避秦人，历世乃多患。

岂知太平俗，铠甲未尝擐。

永宜旷士②怀，乐此谢游宦③。

种桃实无事，荷耒乃不惯。

穷源愁日暮，流水方汕汕④。

叹息行险艰，南云送凉雁。

简评

　　该诗分为三段。第一段从"青林"句至"高秋"句，写驱车入桃源，于山路所见之景。第二段自"芸芸"句至"清霜"句，写山女漂洗衣物、负薪，山民火耕薅铲等生活场景，真正触及桃源山区百姓的日常生活。以上所写皆为真实的桃源。第三段自"吁嗟"至最后，写《桃花源记》中的避秦之人，诗人羡慕他们没有经历过战乱的祸患，甚至没有穿过铠甲。元末政治腐败，农民起义蜂起，江西地区战乱频仍。刘崧经历过这些战乱，他是真的非常希望能够找到一个这样和平而又安宁的地方终老，告别官场，但他旋即否定了自己的想法。因为真正的山居生活，他早已不可能适应了，"种桃实无事，荷耒乃不惯"。他不可能真的扛着锄头去种桃、去劳作。诗歌以山路艰险、大雁南归结束，含蓄地表达了他对游宦的无奈，对家乡的思念。诗由登山写来，严整有序。"清霜落原菽，夕露沾畦苋"等诗句富有诗意与生活气息，鲜明不隔。诗歌对仗工整协谐，具有正平典雅的特点。

① 薅铲：薅，拔去杂草；铲，用锹或铲子削平、撮取或清除。

② 旷士：心胸开阔的人。

③ 谢游宦：告别官场。

④ 汕汕：用抄网捕鱼，一说群鱼游水的样子。《诗经·小雅》："南有嘉鱼，悉然汕汕"。

木兰花慢·桃源

梁　寅

梁寅（1303—1389），字孟敬，号石门先生，新喻（今江西新余）人。元末累举不第，后征召为集庆路儒学训导。归里，结庐于石门山。著有《石门词》。

爱山中日月，春渐去，又还来。望水绕人家，云生窗户，岫转峰回。层层绛桃千树，似丹霞散绮映楼台。世上从教桑海，人间自有蓬莱。

渔郎未必是仙才。偶尔到天台。喜相问相邀，山中肴蕨，树里尊罍。何便寻归路，是风波险处未心灰。要似秦民深隐，桃花只好移栽。

简评

此词上阕写桃花源的美景。"爱山中日月"直抒胸臆，"水绕"句将无情之物写得顾盼有情。"层层"句写桃花盛开，如云霞映照楼台，极为美好。下阕写得颇为诙谐。渔郎虽然偶然到了桃花源，却不是个成仙的材料。到了如此仙境，竟然要寻归路，可见对于世间的风波还没心死。结尾他提醒秦人，如果想要不被发现，一定要将桃林移栽，否则容易泄露天机。这阕词将武陵渔人遇到避世秦人的故事与刘晨、阮肇天台遇仙的故事融为一炉，表达了词人对桃花仙源的向往。

桃花流水

叶子奇

叶子奇（约1327年—1390年前后在世），字世杰，号静斋，浙江龙泉人。从王毅游，闻理一分殊之旨，知圣贤之学，以静为主。以荐授巴陵主簿。著有《草木子》《太玄本旨》及《静斋集》。

渔郎得事无藏机，桃源遂使人间知。

武陵老仙亦欠事，水流却遣飞花随。

此间别有天一片，松萝漠漠开烟霏。

外人无用问服食，胡麻饭熟芜菁①肥。

简 评

这首诗中提到的"渔郎""武陵"都源于《桃花源记》，"胡麻饭熟芜菁肥"则源自《刘阮遇仙》的典故。与梁寅《木兰花慢·桃源》一样，叶子奇也将刘阮遇仙故事与武陵渔人故事结合在一起。诗人将避世秦人的后裔称为"武陵老仙"，"水流却遣飞花随"，埋怨老仙"欠事"不应该让桃花随水流出武陵源，与梁寅建议秦人将洞口的桃林移栽立意基本相同。桃花源如此美好，不应该让外人进入。这种心态或许有其现实的因素。桃源题材为他们提供了一个出口，使得不宜宣之于口的心曲可以得到隐晦的表达。

---

① 芜菁：蔬菜名，又名蔓菁，俗称大头菜。

宿桃溪方翁家赠别

王 偁

> 王偁（1370—1415），字孟阳，福建永福（今永泰）人。为"闽中十子"之一。洪武（1368—1398）中领乡荐，永乐（1403—1424）初授翰林检讨，参与编修《永乐大典》。学博才雄，最为学士解缙所重视。后以缙事连及，死于狱中。著有《虚舟集》。

清溪一带缘桃花，春来水上流胡麻。

东风寻源泛瑶草，云中远见山人家。

于兹水木相含景，袅袅松杉乱天影。

少焉林壑众籁鸣，巾舄①飞来片云冷。

二三老翁住东陂，薜衣霜雪垂两眉。

自言入山岁已久，不知人世今何时。

传闻有客惊还喜，共荐清泉饭松子。

烟林雾筱②不逢人，碧草苔花应满地。

问余何事在尘间，那识山中日月闲。

涧户聊同鱼鸟醉，石床常伴云霞眠。

乍逢灵境真堪悦，区缘未谢还成别。

别后重来定几时，梦绕溪边绿萝月。

简评

这是作者回赠借宿主人的诗。诗歌描绘了桃花源美好的风光，用意在

---

① 巾舄：头巾和鞋子。

② 雾筱：云雾中的小竹子。

于赞美主人居所环境的清幽美丽。诗中"二三老翁住东陂，薜衣霜雪垂两眉"意在赞美主人长寿。"春来水上流胡麻""传闻有客惊还喜，共荐清泉饭松子"中的胡麻、清泉、松子看似简朴，实则是仙人的服食之物，有感谢主人款待之意。"问余何事在尘间，那似山中日月闲"表现了诗人对于尘世纷扰的厌倦和对山中宁静生活的钦羡。结尾"别后重来定几时，梦绕溪边绿萝月"流露出诗人离别的不舍和对在此度过的美好生活的眷恋。诗歌将神话与现实紧密交织，写景处皆是写情，写神话亦是写实，给人以自然美和人情美的双重享受。

桃源洞

丁鹤年

丁鹤年（1335—1424），字永庚，号友鹤山人，回族，生于武昌，西域色目人。喜作五言、七言近体诗。晚年学佛。著有《丁鹤年集》《丁孝子诗集》。

误入桃源去路赊①，武陵春老重咨嗟②。

渔郎去后无消息，回首东风几度花。

简 评

诗歌仅截取《桃花源记》中武陵渔人离开桃源之后的场景来写，宛如特写镜头，展现了一个被世人遗忘的世界。首句"误入桃源去路赊"写渔人忘记了回去的路，"武陵春老重咨嗟"写得有些沉重。"春老"即暮春之意。苏轼《望江楼·暮春》云："春已老，春服几时成？"意为暮春将至，春服何时准备好。"渔郎去后无消息，回首东风几度花"写渔人去后再无消息，东风（即春风）吹过，花儿开放，因无岁历记，谁知道又过了多少年呢？诗歌写出了岁月漫长之感，赞叹之中，暗含一丝惋惜。自从武陵渔人离开之后，武陵桃花源被世人渐渐遗忘，只有东风知道它的存在。桃花源不再被世人所知，它的存在也就成为一道谜题。诗歌立意新颖，暗含哲理，或与诗人晚年的学佛经历有关。

① 赊：遥远。

② 咨嗟：叹息。

桃洞春风

应履平

应履平（1375—1453），字锡祥，号东轩，浙江奉化人。建文二年（1400）进士，授福建德化县令，改吏部稽勋司郎中。永乐十四年（1416），出知常德府。宣德二年（1427）迁贵州按察使，正统三年（1438）擢云南布政使，经征麓川功，擢支南布政使。著有《东轩集》。

武陵溪口蔼芳华，飘出东君①几度花。

点笔随波流树雨，落红满地扫晴霞。

渔舟吹入人惊问，鸡黍招邀事可夸。

堪笑当年贤太守，何劳五马访仙家。

简评

此诗首联以桃花随溪水流出，描写武陵溪口的春日之景。颔联写桃花从树上飘落，宛如下了一场花雨，随波逐流；落在地上的桃花，犹如漫天的红霞。"流""扫"二字精准地描绘出了花儿飘落及落在地上的情形。颈联写武陵渔人进入桃花源，受到热情款待之事。尾联写南阳太守刘子骥徒劳，无缘得访仙家。诗歌基本化用了《桃花源记》的故事情节，并无深刻的立意，但前两联写桃花飘落的情形极为传神，体现了诗人在创作方面的才华。明代诗人往往重视诗歌技巧的锤炼，某些句子颇似唐人，但缺乏唐人蓬勃的生命力，创造力不足，往往有句而无篇，这首诗就是典型的例证。

---

① 东君：司春之神。

桃花洞

薛瑄

薛瑄（1392—1464），字德温，号敬轩，河津（今山西运城）人。永乐十九年（1421）进士，官至礼部右侍郎。以理学著称于世，然喜为诗，风格挺拔自然。晚年迁居湖南湘阴，尝游桃花源。卒谥文清。著有《薛文清公全集》。

松风两袖暖香微，下马寻幽款洞扉。
流水有声穿石窦，落花无数点苔衣。
岩头树挂玄猿啸，涧底人惊白鹿归。
怪得仙家闲岁月，暂时游览也忘机①。

简 评

诗歌首联写诗人在晴日来到桃花洞，松风阵阵，有微微暖香迎面拂来。诗人下马寻幽，款启洞扉。次联写洞中有流水穿过石洞、花儿飘落在苔藓之上。颈联写洞外山岩之上有黑色猿猴啸叫，洞中人被外来之人惊吓，白鹿迅速离开。这些难得一见的景象使得诗人心情非常放松。尾联抒情，他感叹难怪神仙会一直悠闲地居住在山中，度过漫长的岁月，因为即便只是暂时在这样的环境中也能忘却机心。《四库全书总目提要》称薛瑄的诗"冲淡高秀，吐言天授，有陶（陶渊明）韦（韦应物）之风"。这首诗"冲淡"有之，"高秀"则似有过誉之嫌。

---

① 忘机：忘却计较或巧诈之心。指自甘恬淡，与世无争。

桃源道中

方 向

方向，生卒年不详，字与义，安庆府桐城（今安徽桐城）。成化十七年（1481）进士，擢南京户科给事中。弘治（1488—1505）初，劾大学士刘吉等11人，而诋宦官陈祖生尤力，为陈所陷，谪官，终琼州知府。著有《素亭稿》《一庵稿》等。

桃源西望是辰州，两境中分五置邮。
征旆影①随红树渡，断桥水带夕阳流。
关山迢递②孤臣路，风物凄凉满地秋。
半世飘零竟何事，独骑瘦马重回头。

简评

这首《桃源道中》首联"桃源"句以地理划分点题，颔联"征旆"句通过对光影和色彩的描绘，写出行旅的萧瑟之感。"征旆"二字格外悲壮。虽然是朝廷命官，但作为谪臣，有何威风可言？只是更增添了一层悲凄。"关山"句将"孤臣"的处境与秋天的凄凉并提，情景交融。尾联"半世"以自问的方式，抒发了诗人对半生漂泊的无奈。"独骑瘦马重回头"一句写出了诗人处境的微妙：他前途未卜，即便思念故土，也只能以回望的姿态表现内心的眷恋。这首诗与宋代诗人唐庚的《武陵道中》非常相似，都是谪官赴任道中所作，描写秋冬之际的景色，表达了诗人内心无尽的凄凉和孤独。

---

① 征旆：古代官吏远行所持的仗旗，旗帜末端形状像燕尾的饰物。

② 迢递：遥远。

过桃川宫

韩　阳

韩阳，生卒年不详，字伯阳，浙江山阴人。永乐（1403—1424）年间举人，历苏、松二郡司训，转丹阳教谕。被荐擢南监察御史。论奏不避权要，杨溥时长吏部，推阳学行可师表一方，乃授湖广按察金事，提督学政。后以广西布政使致仕。著有《思庵集》。

桃花仙洞远尘寰，洞里仙人尽日闲。

花落水流春已老，碧云犹锁万重山。

简 评

该诗前两句描绘桃花洞远离尘世喧嚣，洞中仙人悠闲自在。第三句"花落水流春已老"透露出对时光流逝的感慨，"春已老"是暮春的意思，也象征时光流转的迅速。"碧云犹锁万重山"以云和山的远景来凸显桃花洞的神秘。整首诗没有刻意描写桃川宫的格局、设施，只是突出了其所处位置的幽静，仿佛绘画的有无相生之法，给读者留下了遐想空间。

桃花源纪游（三首选一）

刘 诚

刘诚，生卒年不详，字则明，直隶广平府鸡泽（今河北省邯郸市鸡泽县）。弱冠登进士第，擢翰林院检讨，升秀王府长史。多所启沃，著《千秋金鉴录》以献。秀王薨后，改宁国府同知，迁湖广布政司参议。卒于官。

及此秋光早，相期访避秦。
未论岩壑古，且与烟霞亲。
驿路飘黄叶，渔洲望白蘋。
寥寥村店外，洞时想遗民。

简评

这首诗以纪游为主题。首联点明季节为早秋，"避秦"点明此次游玩带有怀古之意。颔联"未论岩壑古，且与烟霞亲"一虚一实。"未论"句从虚处表现岩壑的古老，"且与"句表达了诗人自然美景的亲近和欣赏。颈联"驿路飘黄叶，渔洲望白蘋"对仗工稳，写出秋日山水之美，隐隐有萧索之感。尾联抒发怀古之思，诗人在寥落的村店之外想象避世的秦人，为读者留下了遐想的空间。诗歌叙述、写景、抒情融为一炉，将秋日美景与怀古之思表现得淋漓尽致。

探桃洞偶成

陈士本

> 陈士本，生卒年不详，字颉仙，号立之，江苏武进人。曾官湖广布政司参议，兼按察司副使，分巡常德郡事。

　　偶来探得翠微①浓，白石青松翳万重。
　　山鸟似犹啼往事，渔翁无复见前踪。
　　云霞片片飞空谷，薜荔层层护远峰。
　　为访洞门何处是，幽岩惟有碧苔封。

简　评

　　"桃洞"即桃源洞，传说中武陵渔人通过小洞进入桃花源。宋代诗人王十朋等也曾探访桃源洞。可见探桃源洞在诗人中是颇为流行的雅事。首联点明桃源洞所在之处，青翠的群山被白石、青松覆盖。颔联虚实结合，山鸟飞过，诗人联想到飞鸟可能在诉说往事。此处虽有桃洞，却不复见渔翁。虚处带出《桃花源记》的故事。颈联写景，云霞片片，飞过空谷；薜荔层层，仿佛守护着远处的山峰。尾联叙事与抒情相融合，诗人并未见到真正的桃洞，由此猜想，应该是碧苔封锁了洞口。诗歌对仗工整，叠词的运用非常出彩。"山鸟似犹啼往事"后来被吴恭亨用作桃花源二门的楹联上联。下联是唐代崔护的"桃花依旧笑春风"。楹联隐含风光依然、人事多变的感慨。

---

　　① 翠微：轻淡青葱的山色。

题桃源图

沈 周

沈周（1427—1509），字启南，号石田，晚号白石翁，长洲（今江苏苏州相城区）人。擅画山水花鸟，影响很大，形成"吴门画派"。其诗不主一家，缘情随事，或沉郁顿挫，或清新雅丽。著有《石田先生集》等。

啼饥儿女正连村，况有催租吏打门。

一夜老夫眠不得，起来寻纸画桃源。

简评

《题桃源图》写遇到荒年，村里到处都是啼饥号寒的儿女，小吏连夜打门催租。身为粮长的沈周听了一夜的敲门声，不得不赶紧爬起来画画。诗歌的结尾"起来寻纸画桃源"意味深长。桃花源中之人"秋熟无租税"，作者却因小吏催租而不得不赶紧起来画桃花源。倘若在上者能够体恤百姓，为百姓分忧，那画中的桃源，不就是人间天堂苏州吗？正因为在上位者不能体恤百姓，人们才需要从画中寻找慰藉。这句诗里有幽默，有讽刺，也有不得已的自我解嘲。

桃源洞

包 裕

包裕（1437—?），字好问，广西桂林人。明成化十四年（1478）
进士，历任抚州推官、监察御史、贵州巡按、云南按察副使、河南
按察佥事等职。置身官场，淡泊名利，"凡事务通民情"。著有《拙
庵稿》。

闻说桃源有洞天，到来风景却茫然。

惟闻绿树啼黄鸟，未见红桃泛碧川。

渔父止言秦隐逸，世人咸讶晋神仙。

个中消息如参透，黄白飞升①总浪传。

简评

此诗大意是：我听说桃花源别有洞天，看了之后却觉得非常一般。绿
树之上有黄鸟啼叫，但溪水之上并没有桃花飘落。《桃花源记》只提到了秦
人避世隐于此处，世人却纷纷惊讶，晋朝渔夫遇到的是神仙。假如我们能够
参透其中的奥妙，就会知道，世传所谓道教的黄白飞升之术，不过是浪得虚
名，以讹传讹罢了。这首诗反映了包裕的唯物主义立场。自唐代韩愈《桃源
图》以来，秉承这一立场的人并不多见。

---

① 黄白飞升：概指道家种种所为。黄白，指道家所谓炼丹化成金银的法术；飞
升，指凡人化没成仙，此处指瞿童升仙事。

桃川洞

恽　巍

恽巍（1470—1527），字功甫，江苏武进人。弘治十五年（1502）进士，由户曹历湖广兵备副使。从王守仁用兵，多有方略。在武昌智擒叛魁赵燧，中丞毛伯温荐以自代。刘瑾索其赂不得，削其功，罢归。

暮鸦栖尽暮云凝，十里桃花阻胜登①。
流水落花春事渺，野烟芳草客愁增。
秦无故老知修短，晋有渔郎说废兴。
剪烛篷窗劳想像，一轮江月坐来升。

简评

暮色中乌鸦归巢，桃花盛开，阻隔了尘世喧嚣。桃花随流水渐渐远去，羁旅之人看野烟芳草，徒增愁绪。避世的秦人与世隔绝，对外界发生的一切都浑然不知，无意闯入的晋代渔夫告诉他们朝代更迭的史实。诗人夜不能寐，在小舟的篷窗之中剪烛花，想象着千年前的晋代渔夫与避秦之人会面的情形。窗外，一轮江月正在天空中悄悄升起。后两联以"废兴"代表人世的沧桑，江月代表永恒的时间，两相对比，伤感之情陡增。同时，这两句诗化用了《桃花源记》，李商隐《夜雨寄北》"何当共剪西窗烛"，张若虚《春江花月夜》"江天一色无纤尘，皎皎空中孤月轮"等典故或诗句，带来语简而意长的艺术效果，令人回味无穷。

---

① 此句意思：十里桃花景致优美，令人流连，以至耽搁了登山览胜。

游桃源洞

马文升

> 马文升（1426—1510），字负图，河南钧州（今禹州）人。景泰二年（1451）进士，次年（1452）授监察御史，历巡按山西、湖广，风裁甚著。弘治（1488—1505）年间，累官吏部尚书，时年已八十。正德（1506—1521）初，朝政移入中官，遂乞去。文升有文武才，长于应变，有边功，重气节。卒谥端肃。著有《西征石城记》等。

桃花源接武陵溪，咫尺仙家路欲迷。
翠柏凌霄山鸟下，碧云栖树野猿啼。
缆船洲上江风细，白马江头水月低。
指点秦人旧踪迹，萧萧方竹断桥西。

简 评

该诗首联写桃源的地理位置，"咫尺"一词巧妙地表达了桃花源与尘世的距离，虽近在咫尺，却又如同仙境般难以寻觅，突出了神秘感。颔联写山景，"凌霄""栖树"两个动词将树、云写得富有生机。山鸟从翠柏中飞下，野猿在树上啼叫，更显跳脱。颈联为水景。"缆船洲""白马江"为地名对仗，"江风""水月"为物名对仗，"细"与"低"为形态对仗，写出了夜晚月映江水、微风习习的景象。尾联以陌生人问秦人踪迹，带出桃花源记中的"秦人"，"萧萧方竹断桥西"以景结束，古意盎然。《游桃源洞》不言向往隐逸，而将隐逸之情写得入微入化，毫无世俗气息，仿佛是深山之中多年不问世事的隐士所写，可见其诗歌修养之深。

桃源图①

孙一元

孙一元（1484—1520），字太初，自称关中（今陕西）人。或云其为安化王宗人。王坐不轨诛，故变其姓名避难。尝辞家入太白山，因自号太白山人。踪迹奇诡，携铁笛鹤瓢，遍游名胜。正德间就居乌程，与刘麟、龙霓等结社倡和，称"苕溪五隐"。

溪上春风笑语温，溪头春水涨新痕。

中原逐鹿②人谁是，桃叶桃花自一村。

简 评

明代正德时期复古诗文的阵地由京师分散至全国各处，复古思潮由此席卷宇内，进入新的发展阶段，复古诸子的政治、文学清誉也愈加高涨。孙一元与其他人在吴中赠答往来，成为这一时期复古派地方性交游酬唱的代表。桃源之境成为诗人笔下的盛世，诗绘一幅春来溪水一再上涨，形成一道道新痕迹的溪上流水图。溪上人家在春风里不断发出欢声笑语，在山溪桃林中自成一统，管他谁人逐鹿中原，这种情形也是诗人理想所在。

---

① 该诗收录（嘉靖）《常德府志》二十卷之卷十九《艺文志》，明人陈洪谟纂修。

② 中原逐鹿：比喻争夺天下。《史记·淮阴侯列传》："秦失其鹿，天下共逐之。"鹿，喻指帝位。

桃花源（四首选一）①

何景明

何景明（1483—1521），字仲默，号大复山人，河南信阳人，弘治十五年（1502）进士，授中书舍人。官至陕西提学副使。与李梦阳齐名，并称"李何"或"何李"。敢和当时贪婪的大贵族、大官僚做斗争。著有《何大复先生集》。

神宫矗飞观，结构倚层邱②。

上翳③万年树，下映千尺流。

仙踪久已没，百代传其由。

荒途横白云，寥寥④安可求。

简　评

本诗开篇着眼桃花源中依山势而建的"神宫""飞观"，将人为的精巧雕琢与自然的鬼斧神工巧妙结合，直观地带领读者身临其境，仿佛远眺桃源。第二句将视线拉近，桃花源内古树流水相映成趣，"万年树"极言其高大翁郁自成一方天地，"千尺流"写出了因地势纵横造成的水波奔腾的冲击感，读者置身其中感受到了动静结合的视听美感和沧海桑田的历史厚重感。面对如此桃源美景，今人不禁抒发寻仙的向往之情，但此地流传着求仙的故事。末句重回作者自身处境，行旅之苦难以被眼前的美景完全消除，自身的宦途

---

① 诗收录于清人唐开韶、胡焯编纂《桃花源志略》卷八。

② 此句指依山势建造楼阁。

③ 翳：本义是"华盖"，即有羽饰的车伞遮蔽、掩蔽，《醉翁亭记》有"树林阴翳"。

④ 寥寥：空虚、寂寞、孤单，唐宋之问有"移疾卧兹岭，寥寥倦幽独"。

仿佛被一朵朵白云横亘在前，捉摸不透；诗人内心空虚寂寞，一次次叩问自己所求究竟为何？如何实现抱负？本诗情景交融，融情于景的同时不忘主客相映，既有纵情山水的怀抱，也有品味山水的遐思。

过桃源洞^①

何景明

清晨骑马到山根，云是当时避世村。

鸡犬^②有声喧白昼，桃花无雨落黄昏。

苔深洞口云参树，日满岩头鹤哺孙。

致说秦人都不见，由来渔父口中言。

简 评

诗作首联以"清晨骑马到山根"为开篇，为接下来遇见桃花源村以及其中风景描写做了铺垫；颔联从"鸡犬有声喧白昼"，极写农家日常生活之丰富多彩以及黄昏时分桃花村无雨的天气状态；颈联"苔深洞口云参树"描写了洞口的详情以及仙鹤优游恣意、人与自然和谐相处的情状。三部分内容规行矩步，意脉前后勾连，正可谓是"位置森严，筋脉联络"；而中间部分急转直上，最后描写了秦人生活状态其实仅仅是渔人口中之语，幽怨、轻快、惊奇的情绪在一瞬间交融起来。

---

① 诗收录于清人唐开韶、胡焯编纂《桃花源志略》卷八。

② 鸡犬：象征宁静与和谐，陶渊明诗中有"鸡犬相闻"的描写。

桃花洞①

戴 冠

戴冠（1485—1525），字仲鹖，信阳（今属河南）人，一作吉水人。正德三年（1508）进士。为户部主事，上疏极谏，贬广东乌石驿丞。嘉靖元年（1522）复起，曾受官山东提学副使，以清介闻。尝从何景明学诗，著有《邃谷集》。

林壑②有真趣，不在浅与深。

景物有特赏，不分古与今。

我来桃花洞，拂石张素琴③。

一鼓众山响，逌然④清我心。

幽泉鸣石涧，谷鸟喧晴岑⑤。

仙源此可契，何用泛舟寻。

简评

自晋末陶渊明《桃花源诗并记》之后，历代文人歌咏桃花源之事的篇什便层出不穷。戴冠的《桃花洞》就是利用这个传统题材加以发挥，凭着自己的想象，作了一番再创造。全诗依旧坚持历来桃源诗以景象描写为主的传统，夹杂议论。洗削神仙氛围，而着眼于现实风景。既表达了静谧生活的向

① 诗歌出自清人唐开韶、胡焞编纂《桃花源志略》卷八。

② 林壑：山林涧谷，引申为隐居之地，唐人皇甫冉《赠郑山人》："忽尔辞林壑，高歌至上京。"

③ 素琴：不加装饰的琴。

④ 逌然：宽缓、悠闲。

⑤ 岑：代表山峰、高峰，或者代表众多、重叠。

往，又道出了希望有淳朴平等社会的愿景。诗中反映出诗人深受唐朝山水田园派诗人王维、孟浩然的影响，诗中有画、有声，幽泉林涧、琴声飘荡、谷鸟喧嚣，似闹而实静。

明　居节　《桃花寻源》

秦人洞①

朱应登

> 朱应登（1477—1526），字升之，江苏宝应人。弘治十二年（1499）进士。诗宗盛唐，与李梦阳、何景明等称"十才子"，诗调高古，所至以文学饰吏事，历陕西提学副使，迁云南参政，致仕卒。著有《凌溪集》。

石濑潺湲去不回②，春风岁岁碧桃开。
洞门窈窕③云长锁，只许渔郎一度来。

简评

朱应登因诗习六朝，故而诗歌多体现出诗风清婉，词采瑰丽的特点，对人生的思索、乡愁，具有极强的画面感，令人回味无穷。溪水潺潺，春风中桃花朵朵，一幅秀美的桃花烟雨图展现在我们面前，洞门窈窕一度被锁，只有渔郎曾经到过。整个诗歌都流露着一丝淡淡的忧伤，超尘而脱俗，别有一番韵味。

---

① 诗歌出自清人唐开韶、胡焯编纂《桃花源志略》卷八。
② 石濑：石上的流水。潺湲：形容流水缓慢。
③ 窈窕：不仅形容女子的文静美好，也用来形容宫室的幽深。

遇仙桥①

朱应登

自信经过路不迷，百花潭水②断桥西。
重来已隔人间世，惟有闲云渡晚溪。

简评

　　正德九年（1514）朱应登经湖南、入滇担任云南按察司副使，所以《遇仙桥》应作于该段时间。诗作开篇将自身与渔人作了对比，即目所见的"百花潭""断桥"极具特色，行至此处绝不会如渔人一般误入深处而忘却返程。此地的一方山水令他暂时忘却了宦游的辛劳和贬官的愁苦，想起桃源身处的和乐景象，自身仿若身处其间如"闲云"一般随风飘荡，悠然地渡过夕阳映照下的溪流，将旅途的奔波写得诗情画意。本诗重点在一个"迷"字，"路不迷"但"心迷"，诗中的桃花、潭水、闲云、晚溪无不令人心驰神往，诗歌语言温婉细腻，表现出豁达、高雅的情趣。

---

① 诗歌出自清人唐开韶、胡焞编纂《桃花源志略》卷八。
② 潭水：即水潭中的水，水潭指深水池。

桃　源①

林　俊

> 林俊（1452—1527），字待用，号见素，福建莆田人。成化十四年（1478）进士，官刑部员外郎。尝上疏请斩妖僧继晓，并罪中贵梁芳。世宗时累官刑部尚书。朝有大致，必侃侃陈论，中外想望其风采。谥贞肃。著有《见素文集》《西征集》。

百里人家断复连，烟岚②一簇俯晴川。

江干渔父坐来见，洞口桃花望里妍。

斗雨泉声双槛外，凌秋松色夕阳边。

药炉丹灶今如许，可得重论晋魏年。

简评

　　该诗开篇便是一幅"烟岚人家"图，错落分布的农舍上升起袅袅炊烟，将自然的山岚与人间的炊烟巧妙地联结在一起，洋溢着一派生机。颔联拉长思绪古今相应，如今会见渔人不禁想到那位误入桃花源的渔夫，自己也仿佛穿越千年，跟着一起探望桃源洞内的生活景象。颈联声色结合，置身其中听见门外水流声，看着远处夕阳图，秋日村庄的宁静与安闲在诗人笔墨渲染下表现得淋漓尽致。尾联古今融合，面对如此景致，曾经用于修仙追求长生的药灶丹炉被抛在了何处？魏晋时期兵荒马乱的年代此地人们又是如何生活呢？作者以特定的艺术方法传达对社会的评价，形成独特的在自然审美与人生思考中抒发情感的写作风格。

---

①　该诗收录（嘉靖）《常德府志》二十卷之卷十九《艺文志》，明人陈洪谟纂修。

②　烟岚：指山里蒸腾起来的雾气。唐代李绅《却望无锡芙蓉湖》："水宽山远烟岚迥，柳岸萦回在碧流。"

桃源晚泊①

王守仁

> 王守仁（1472—1529），字伯安，别号阳明，明浙江余姚人。弘治十二年（1499）进士，官至南京兵部尚书，封新建伯，谥文成。正德元年（1506）因忤宦官刘瑾被贬龙场驿丞。瑾诛，移庐陵知县。两过武陵，曾游桃花源，讲学潮音阁。著有《王阳明全集》《传习录》《大学问》。

去春②烟雨沅江暮，此日沅江暮雨归。

水漫远沙村市改，舶依旧店主人非。

草深廨宇③无官住，花落春房有鸟啼。

处处韶光④萧索甚，正思荆棘掩岩扉。

简评

桃花源有着深厚的隐士文化传统，此地累积的隐逸文化以及承载滋生隐逸文化的自然环境，已经构筑起集体无意识的隐逸"文化场"，潜移默化地影响着后来的士大夫文人。王阳明也受到了这个文化场的影响，深厚的隐逸文化使得他总心心念念。诗中从"烟雨"至"暮雨""草深"至"花落"，诗歌中大量运用雅色，形成庄严肃穆、悠远澄淡的苍茫意境，令观者心境趋于宁静。

---

① 《桃花源志略》《王阳明全集》均有《沅江晚泊二首》，此诗为其中第一首。

② 《王阳明全集》为"去时"。

③ 廨宇：官舍。

④ 韶光：美好的时光，多指美丽的春光，唐王勃《梓州郪县兜率寺浮图碑》："每至韶光照野，爽霭晴遥。"

桃源洞①

王守仁

桃源②在何许，西峰最深处。
不用问渔人，沿溪踏花去。

简评

　　此诗的画面想象构建在陶渊明《桃花源记》上，以桃源在何处发问，自答在远处西峰之中。相对于原作中描绘了武陵渔人、桃花林、溪水、缤纷落英等人、物景象，画面饱满、引人想象，阳明绝句构图中较为明显的意象仅有一山、一溪而已，而"渔人"形象亦被一句"不用问渔人"舍去，将原作的充实刊落为简笔。作者想通过此诗向学生传达的，无外乎顺从良知、以心为师的意思，但若是不知典故，其诗中之意或许会因稀薄的语言、嶙峋的画面而显得难以捉摸。

---

① 选自《常德文征》，《王阳明全集》未收入。
② 桃源：指诗题中的桃源洞。

过桃源二首①

何孟春

> 何孟春（1474—1536），字子元，号燕泉，湖南郴州人。弘治六年（1493）进士。师李东阳，学问赅博。迁右副都御史，巡抚云南。嘉靖初升任南京兵部右侍郎，途中诏任吏部右侍郎，不久升为吏部左侍郎。"大礼议"起，孟春上疏力争，又偕百官伏阙号泣，夺俸调南京工部，引疾归。谥文简。著有《何燕泉诗》等。

其一

桃源洞里雨潇潇，风景何年更寂寥。

不是秦人肯轻出，深山无处避征徭。

其二

桃花源上即通津②，谁谓桃源别有春。

寄语秦人今圣世，不妨归作太平民。

简评

何孟春所生活的时代是明王朝开始腐朽下滑的时期，政治黑暗，官僚腐败的社会现状使得何孟春经世致用的思想不能得到有效的发挥。故诗虽描写桃源世界，但是依旧对明王朝的盛世抱着期望。然因弊端丛生的现实所刺

---

① 诗收录于《何文简文集》卷七以及清人唐开韶、胡焯编纂《桃花源志略》卷八，清人卞宝第、李瀚章修，曾国荃、郭嵩焘纂《湖南通志》卷二十三。

② 通津：四通八达之津渡。皇甫冉《西陵寄灵一上人》："西陵遇风处，自古是通津。"

激，由此而产生了"吏隐"情怀，虽居官而向往隐逸，虽希图避世，又因物质生活的需要而不愿失去利禄的吏非吏、隐非隐的处世行为。何孟春对陶渊明很是推崇，他常以陶诗韵脚写诗，并化用其中的句子，继苏轼之后，再一次高度标举陶诗文的文学史地位。

明　宋懋晋　《桃源山居》

仙源图①

顾鼎臣

> 顾鼎臣（1473—1540），字九和，昆山（今属苏州）人。弘治十八年（1505）进士第一，授修撰，累迁内阁首辅。世宗好神仙术，鼎臣进《步虚词》七章，优诏褒答。明代词臣，以青词结主知，自鼎臣始。寻以礼部尚书兼文渊阁大学士，入参机房。谥文康。著有《未斋集》。

仙家②寂寂洞门闲，鹤伴孤云去复还。

只有桃花留不住，远随流水到人间。

简 评

　　"仙家""孤鹤"等道教典型意象进入诗歌，体现出亦幻亦真、亦虚亦实的特色。开篇前两句写诗人观图时见孤云野鹤，洞内仙家早已隐遁而去，空留桃源遗迹供尘世凡人观赏。后两句笔锋一转写随流水飘零的桃花仿佛来自仙界，仿佛随流普度世间。此处的桃花成为仙凡相通之物，看见水中花让人暂时忘却尘世烦忧、仙境可求的希望便重新燃起。作者善于借助此类意象巧妙地抒发超然物外的情趣，道教意象在诗歌中的自觉呈现，是诗人情感的自觉外化，语言清新自然却余味无穷。诗人追求飞鸿般的自由自在，借修仙以实现精神自由。

---

① 诗歌收录于清人唐开韶、胡焯编纂《桃花源志略》卷八。

② 仙家：指仙人、神仙或与道教相关的神秘力量，亦指仙境或修仙者的居所。

过桃川①

毛伯温

> 毛伯温（1482—1545），字汝厉，江西吉水人。正德三年（1508）进士，嘉靖中期累官兵部尚书，征安南有功，加太子太保。后以防事削籍归，疽发背死。穆宗立，复官赐恤。天启初进谥襄懋，著有《毛襄懋集》。

驹隙②成今古，桃源信有无。

昔人能避世，此日自通衢③。

山峻云封树，秋深水满芦。

奔驰竟何济，下马一长吁。

简 评

毛伯温一生经历正德、嘉靖两朝，正是明代政治、思想比较混乱和复杂的时代。这一时期，皇帝、内阁和内官之间的关系一直在变化着。正德期间，皇帝沉迷于享乐，朝政由刘瑾等太监把持，迫害着与其对立的官员们。而嘉靖年间，内阁党争不断，内阁大臣们不断变换，尤其到了后期，嘉靖皇帝崇尚道学，故诗人亦受此影响。桃源自陶渊明后，成为后世对理想社会的向往和寄托的意象。诗人引用这个意象，表达其对于桃源生活的向往与追求。

---

① 诗收录于《东塘集》卷四，《四库全书存目丛书》集部第63册。

② 驹隙：喻时光易逝。

③ 衢：指四通八达的道路。

桃源行①

欧阳重

> 欧阳重（1483—1553），字子重，江西庐陵人。正德三年（1508）进士，授刑部主事。为官正直，刘瑾窃柄，百官趋附，重独不顾。张锐、钱宁掌厂卫，连构缙绅狱，重皆力与之争。累擢右佥都御史，巡按应天，后改巡云南。因劾黔国公沐绍勋与镇守中官杜唐，为所拘，遂罢归。

王泽已竭鏖戎马，秦并晋禅分天下。

桃源非远亦非深，乃有秦时避秦者。

移唐及晋春复春，五季群雄如析薪②。

当时此地久内属，亦有地外称藩臣。

武陵奇远不征近，南宫真伪空相问。

深山无处避青苗③，解悼重芜悲魏晋。

桃川有路非红尘④，桃宫有客著黄巾。

脱令仙迹尚不免，吁嗟贡赋那先秦。

简评

　　这首《桃源行》不同于以往王维、刘禹锡等抒发想象构筑仙凡有别的桃源仙境，而是根植现实，描写地处荒僻但仍难以摆脱政权控制、需缴纳赋

---

① 选自嘉庆《常德府志·常德文征》。

② 五季：唐宋之间的后梁、后唐、后晋、后汉、后周五代。析薪：各起炉灶。

③ 青苗：即青苗钱，一种税赋。

④ 红尘：佛教、道教指人世间。

税的深山农民，纪实性特色更为显著。开篇四句追溯桃源先民们为逃避暴秦之乱世，代代相守着这块宝地。这应和了靖节先生在《桃花源记》中"避秦时乱"和《桃花源诗》中"嬴氏乱天纪，贤者避其世"的记述。后八句着重关注先民们隐居桃源后外部朝代的变迁，此后重新将此地纳入政权统治，故写道"当时此地久内属，亦有地外称藩臣"。现实的"青苗"赋税再次沉重地落在这些辛勤耕作的百姓肩上。末四句抒发议论，即便地理环境已偏僻难寻，但贡赋的负担仍需由身居此地的百姓承受，理想中的"仙迹"终究难以在现实中存在。

游桃川宿村舍①

苏志皋

> 苏志皋（1493—1569），字德明，号寒村，固安（今属河北）人。嘉靖十一年（1532）进士，授湖广浏阳知县，调任江西进贤县。官至右副都御史。著有《寒村集》。

为访前溪路，熹微②日已斜。

入山逢隐士，隔岸见桃花。

绕屋千竿竹，连空万缕霞③。

同来相问讯，朝代又谁家。

简评

明代文人在官场失意之时，常效仿陶渊明回归田园的方式回归园林，以园林作为自己的私人空间，在园林中医治从外界的公共空间那里遭受的心灵创伤。明人涉奇好险的游记风尚促成"桃花源"的仙境化，诗人自拟陶渊明，进入桃源世界，其中之人询问此时是何朝。溪路、落日、隐士、桃花、竹林、房屋、桃花、彩霞等意象衬托出桃源世界之静谧美好，是诗人所向往之理想场所。

---

① 清钱谦益《列朝诗集》集录、清王崇简辑《畿辅明诗》、清陈田《明诗纪事》戊签卷一八收录此诗。

② 熹微：光明。

③ 缕霞：袅袅的烟篆。宋惠洪《启明轩次朗上人韵》："霞缕萦经轴，烟丝减篆文。"

泛桃川①

陆　垹

> 陆垹（1504—1553），字秀卿，浙江嘉善人。嘉靖五年（1526）进士，嘉靖十五年（1536）以刑部郎中来常德任知府。后以才优调知武昌，官至右金都御史，巡抚河南。著有《陆箓斋集》《箓斋杂著》。

黄冠自劚②桑麻场，征夫点马到逃亡。

如何四海为家日，空复令人思太康③。

瞿童树子夹路青，道士向余指飞升④。

蛇根⑤不逐惊雷化，却被春风吹又生。

简评

　　诗作第一首末句"太康"当为桃花源的代称。在陶渊明的笔下，晋时武陵渔人偶然到桃花源，发现了避世的秦人。该诗大意是：一位农夫在桑麻间辛勤耕作，突然面临朝廷征召，惊吓得立刻逃亡。在被迫四海为家的时候，他只能徒劳地遥想晋时的桃花源。桃花源中的农人可以安稳地种地，平静地度过一生。他只有这么卑微的愿望，但也不可能实现。这首诗以农夫的悲惨命运，引出了桃花源，突出了苦与乐的对比。"空复"二字，写得极为

---

　　① 诗歌收录于清人唐开韶、胡焯编纂《桃花源志略》卷八。

　　② 黄冠：农夫之冠。劚：用刀斧砍。

　　③ 太康：有两种解释：一是夏启的儿子叫太康，暴虐无道；一是晋武帝统一了中原，史称"太康之治"。此诗题为《泛桃川》，当为桃花源的代称。

　　④ 指瞿童在大栗树旁灭没化去、脱凡成仙。

　　⑤ 蛇根：弯弯曲曲的树根。

悲凉。

第二首则直接写桃花源中童子瞿童升仙故事。诗人来到了桃源，看到了瞿童当年飞升之处。这棵大树并没有跟随着瞿童成仙，但春风来临，它又萌发了新的生机。诗歌化用白居易"春风吹又生"句，表现了自然的顽强生命力。对于作者而言，成仙是偶然的，自然界的生机才是必然的。道教的长生之术固然吸引人，但它是虚妄的。因此作者真正赞美的，是"春风"，是如蛇根一般的老树，又有了新的生机。

诗歌虽然没有明显的情感流露，但所有的情感都蕴含写景之中。不言情而情见乎辞，不批判而自有态度。王夫之认为诗歌有"不情之情"，这两首诗就是很好的例证。

桃 源①

邹守愚

邹守愚（？—1556），字君哲，福建莆田人。嘉靖五年（1526）进士，曾任河南左布政使。时师尚诏陷归德，率兵平之，晋户部右侍郎。卒赠右都御史，谥襄惠。著有《俟知堂集》。

风雨来清夜，孤亭客思深。

谁为青眼②客，先寄白头吟③。

万里瞻云泪，平生报国心。

驱车如有待，莫惜此登临。

简 评

嘉靖二十六年（1547），李默、邹守愚所编《全唐诗选》以儒家传统诗教为宗旨，强调诗歌的教化功用，倡导温柔敦厚、雍睦和平之风，重视诗歌对人性情的归正与涵养作用。其对盛唐以后诗人，特别是晚唐诗人高度关注，在明中期的诗歌复古思潮中弹出异响，客观上为中晚唐诗的传播起到重要推动作用。诗歌中体现了儒家积极入仕的理念，一心报国的真挚之情。

---

① 诗歌收录于清人唐开韶、胡焞编纂《桃花源志略》卷八。

② 青眼：与"白眼"相对，表示对人的喜爱、重视或尊重。

③ 白头吟：乐府楚调曲名。

秦人洞①

崔　桐

崔桐（1478—1556），字来凤，号东洲，通州海门县（今属江苏南通）人。正德十二年（1517）进士，官拜翰林院编修、太仆寺少卿、礼部右侍郎、督学副使、福建参政、浙江副使、辰沅兵备等。著有《东州集》。

仙扉双掩势嵯峨，沙径逶迤有客过。
虎穴霾云②笼玉树，鹊桥移影泻银河。
绝怜白昼生雷雨，不卷青天扪薜萝③。
当日隐沦何处问，几回皓首④叹蹉跎。

简评

本诗首联写即目所见之景，山势相连宛如仙界大门半掩半张，有过客仿佛穿梭于仙凡两界。后两联中出现的玉树、鹊桥、银河、雷雨、青天等意象，将眼前的美景仙境化，"笼""泻"两词将人世与仙界相融，眼前所见一隅只不过是神仙世界的延伸，青天白日突然打雷下雨，不禁令人叹服自然的强大威力，诗人也逐渐理解了隐士们求道修仙的行为。尾联表明诗人并未沉醉其中无法自拔，人可以追求与自然长生但不可蹉跎岁月，仍应把握大好时机一展抱负。全诗语淡而味却不薄，不钩奇抉异而又洗脱凡近，颇具孟浩然"一气浑成者，兴趣所到，忽然而来，浑然而就，不当以形似求之"的意趣。

① 诗歌收录于清人唐开韶、胡焯编纂《桃花源志略》卷八、明人李春熙辑《道听录》。
② 霾云：浓云，乌云。
③ 薜萝：被借用来指代隐者或高士的衣服和住所。
④ 皓首：年老白头。

桃　源①

蒋　信

蒋信（1483—1559），字卿实，号道林，武陵龙阳（今常德汉寿）人，明代著名理学家。嘉靖十一年（1532）进士。授户部主事转兵部员外郎，不久出任四川佥事，升贵州提学副使，后告病归。著有《蒋道林文粹》九卷。

初穿草径荒，渐历林峦好。

深烟昏洞门，紫蔓②缠丹灶。

鸟下各为群，麋游③别成道。

谁传真隐心，与世清烦燥。

简评

诗歌开篇描写穿过杂草丛生的荒芜小路，所见山林、树木，一片美好的景象。而后写黄昏之下，烟雾缭绕使得秦人洞门口恍惚，紫色的藤蔓缠绕着树枝，小鸟各自纷飞，曾经繁华之景如今已是荒芜。前三句移步换景，随着游历的逐渐深入诗人的心绪也随之发生变化，从一开始着眼"林峦好"到后来的"别成道"，由喜转忧，美景无法宽慰对家国命运的深切担忧。末两句不禁叩问何为"真隐心"，如何超然物外抛却对俗世凡尘的殷切关怀，能够真正实现身与心的双重自由？全诗展现了作者突破身心桎梏、问隐求道的心路历程。

---

① 诗见（明）徐学谟纂《湖广总志》、（清）卞宝第、李瀚章修，（清）曾国荃、郭嵩焘纂（光绪）《湖南通志》、清人唐开韶、胡焞编纂《桃花源志略》卷八。

② 紫蔓：一种植物，唐代杜审言有"绰雾青丝弱，牵风紫蔓长"。

③ 麋游：是指繁华之地变为荒凉之所，暗示国家沦亡。

桃花源①

文徵明

> 文徵明（1470—1559），名璧，字征明，以字行，更字征仲，自号衡山居士，人称衡山先生，长洲（今苏州）人。久试不第，五十四岁荐授翰林待诏，三年而归。画学沈周，名列"明四画家"。与祝允明、唐寅、徐祯卿并称"吴中四才子"。著有《甫田集》等。

桑麻鸡犬②自成村，天遣渔郎得问津③。

世上神仙知不远，桃花只待有缘人。

简 评

诗人以萧然之心态取材陶渊明诗文，描绘桃花源图境，创作了《桃源问津图》《桃花源图》等多幅桃源题材的绘画作品，同时书写了《桃花源》等诗文，以此表达对生命的感悟，对浮名的厌弃，对渊明之乐追求的旷达心情。这首诗歌真实地表达了他的隐居志向以及对桃花源世界中无统治力干扰、自由而无忧生活的向往。

---

① 文徵明《甫田集》卷二。

② 桑麻鸡犬：形容乡村的宁静和安详，通常用来描绘田园风光和乡村生活。

③ 渔郎得问津：典出《桃花源记》。

桃花树下忆桃花源（八首选一）①

许宗鲁

> 许宗鲁（1490—1559），字东候，一字伯诚。陕西咸宁（今陕西西安）人。正德十二年（1517）进士。嘉靖初，任湖广提学佥事，以义倡士，楚风益振。后以佥都御史巡抚保定，又抚辽东。致仕归。著有《少华集》。

槿篱②斜跨涧，桃径故临溪。

秦客仙源杳，渔郎旧路迷。

凉风生碧树，细雨湿丹梯。

隐约烟霏外，萧然春鸟啼。

简评

诗人描绘了自己坐在桃花树下想象桃花源的场景：木槿花开，桃枝临溪，这是秦人归属之地。打鱼之人在此迷路，凉风细雨，烟雾升起，突然听见鸟啼声音，一片寂静之中产生闹声。诗人借想象中的美丽风景表达对安逸田园生活的向往之情。明人喜唐诗，诗人亦不例外，故在诗歌中可见唐诗之影子。尤其是王维的桃源诗，践行了"诗中有画，画中有诗"的诗歌创作理念，虽是写景，但是为我们留下了一幅优美的桃源风景画。

---

① （明）许宗鲁撰《少华山人文集》卷八。

② 槿篱：植木槿以为篱。木槿：落叶灌木，其花朝开暮敛。

次桃花溪韵①

刘　麟

刘麟（1474—1561），字元瑞，一字子振，江西安仁人，后流寓长兴。弘治九年（1496）进士，累官工部尚书，致仕归。曾设想建楼以居，但力不能及，悬篮舆于屋梁上，卧其中，名曰"神楼"，文徵明以此绘图相赠。谥清惠。著有《刘清惠集》。

洞口阴阴草树迷，神仙只在小桥西。
声名不到秦堪避②，如此桃花如此溪。

简评

明成化以后，社会环境相对祥和安定，明代社会经济文化逐渐繁荣起来，物质生活也日趋丰富，已没有国初那样严格的文禁，有了一定的物质基础，加之相对宽松的政治环境，文人们便寻求一种超脱的生活方式。诗中桃花、秦人洞、草树，小桥，一组意象让人浮想联翩，一幅俊美的山林景象顿时映入眼帘。这首诗读来清新自然，充分展现了刘麟寄居林下的悠游洒脱的生活。他的隐居生活使得他以陶渊明为学习对象，故在诗歌中多模仿学习。诗人的隐逸情怀在诗中被表现得淋漓尽致，他热爱着这样的生活，并尽情享受着这样的生活给他带来的乐趣。

---

① 该诗收录（嘉靖）《常德府志》卷十九《艺文志》，明人陈洪谟纂修。
② 堪避：指桃洞深藏，"声名"未外传，世人莫知，足可以避秦。

桃源洞①

龙翔霄

> 龙翔霄（1496—1569），字泰渠，号潜之，武陵（今常德）人。正德十四年（1519）举人，任阆中令，后迁南京户部郎中，任程番知府。贵阳旧志将他列入名宦，称他"德威茂著"，并督建黔城，"民感盛德"。

征途风雨暗千山，策杖来寻古洞②间。

小憩顿空尘土念，半生犹堕利名关。

种桃岁久客重到，采药云深人未还。

何日钓船山下泊，醉余高枕听潺湲③。

简评

诗人一生辗转官场，此时寻找到桃源洞，故在诗中发出名利是虚无的，无法真正满足内心需求的感慨。种桃人、采药人尚未归来，闲适静谧的生活让人向往。诗中描绘出诗人认为最适合自己的生活方式是隐居在河边，虽然钓不到鱼，但至少可以享受宁静的闲适生活，酒醉后听溪水流动，山泉流水似乎也有情意，轻轻地送来潺湲的声音，恍如在枕畔流淌，安逸美好。这首诗反映出诗人对人生价值的独特理解，即真正的幸福不在于追求名利，而在于内心的平静和自由。

---

① 出自《沅湘耆旧集》，清人邓显鹤辑，清道光二十三年（1843）邓氏南村草堂刻本，清人唐开韶、胡焯编纂《桃花源志略》卷八。

② 古洞：即桃源洞，比喻隐藏在深处、不为人知的地方。

③ 潺湲：典出《九歌·湘夫人》："观流水兮潺湲"。

桃冈祠①

赵贞吉

> 赵贞吉（1508—1576），字孟静，号大洲，四川内江人。嘉靖十四年（1535）进士，授编修，历监察御史。忤严嵩，先谪迁，后夺职。隆庆元年（1567）被起复为吏部左侍郎，历任礼部尚书，文渊阁大学士。寻与高拱不协，乞休归。以诗文与杨升庵、任少海、熊南沙被称为明朝"蜀四大家"。著有《文渊集》。

种玉遥辞渡海居，种桃新满避秦墟。

青青林卧观无②始，濯濯壶天养太初③。

霜藿瓦盆鹦啄粒，石田磁瓮象耕书④。

我来问道分离黍，正是渔郎一渡余。

简 评

诗作首联顺承桃源求仙的传统，两个"种"字将秦汉时期隐居其中躲避战祸的行为与长生求仙相结合，两者都要求隐者远离凡尘，在相对封闭的自然环境下生活。颔联与颈联分别加以阐发，首先是修道要求隐者亲近自然，在高卧林泉的过程中体会万事万物的本源所在，进而领会生命本真与生活真相，内心脱离外物的束缚，在相对的安适中达到精神的绝对自由；而后对隐居桃源的群体生活加以描绘，人们蓄养家畜，耕田种植，烧窑做瓷，以取得必要的生活物资，为追求精神自由打下坚实的物质基础。尾联在哲理上对这

---

① 诗见（明）赵贞吉撰《赵文肃公文集》卷四。

② 观无：探究事物的本源。老子认为"无，名天地之始；有，名万物之母"。

③ 太初：道家指道的本源，《庄子·知北游》："外不观乎宇宙，内不知乎太初。"

④ 典为"象耕鸟耘"。古代传说舜死苍梧，象为之耕；禹葬会稽，鸟为之耘。

一生活模式加以阐释。在诗人心目中儒道的融合是桃源理想的魅力所在，既实现了内心的安顿，又解决了生存的后顾之忧，在自然、自在的生活中方能实现内心的通达自由。

秦人洞①

张时彻

张时彻（1500—1577），字维静，号东沙，鄞县（今属浙江）人。嘉靖二年（1523）进士，累官南兵部尚书，以倭入寇，勒令致仕。归里后寄情文酒而不忘用世之志。著有《芝园定集》。

桃花深处即仙山，石室珠林尽日闲。
道士空留丹灶穴，渔郎②曾叩白云关。
满天风雨客初到，绕径烟霞鹤未还。
欲问隐沦无处所，隔溪流水自潺湲。

简评

作者以田园隐逸的淡泊情怀观察和描绘山水，因此山水往往取清淡柔美的一面，"清淡制景"和此种景物在观赏者心中引发的恬淡的感情融合在一起。在诗人的笔下，无论是田园还是山水，都带有隐逸生活的思想投影，都有隐逸者审美主体的情绪烙印。在诗中，没有罢官归田的苦恼、怨愤，只有归田生活的平静与安详。全诗不做正面的心绪描绘，借景抒情，从侧面表达了诗人自得其乐的平和心情和安闲享受归田生活的娴雅情趣。

---

① 诗见（明）李春熙辑《道听录》。
② 渔郎：指避世隐居者，象征着对现实世界的逃避和对理想世界的追求。

岁暮由桃花源入滇①

徐中行

> 徐中行（1517—1578），字子舆，号龙湾，天目山人，湖州长兴
> 人。嘉靖二十九年（1550）进士，授刑部主事。入李攀龙、王世贞等
> 诗社，称"后七子"。累官江西左布政使。卒于官，人多哀之。著有
> 《青萝馆诗》《天目山堂集》。

桂水余初涉，桃源即旧图。

残霞明古渡，落日满平芜。

晋记还今古，秦人定有无。

台荒青嶂合，洞阌白云铺。

羁宦②天逾远，怀仙岁欲徂。

迷津不可问，揽辔③重踌躇。

简评

徐中行对田园生活的描写不及陶渊明自然、质朴，难以摆脱文士身份
的束缚，缺少对田园生活的切身感受，更多只是表现归隐的快乐和雅趣。
同时，陶渊明的诗歌已经到了情、理、景融合的境界，而作者的诗思较为浅
薄，仅仅是表达自己的心境。所以在诗歌中始终存在一种矛盾：一方面希望
能够尽显自身才能，匡扶社稷，铲奸除恶，为太平盛世献一己之力；另一方
面残酷的现实，使他追求陶渊明那样的淡然超脱，实现道家的"逍遥"境界

---

① 诗见于（明）徐学谟纂（万历）《湖广总志》卷八十五。

② 羁宦：旅居为官。

③ 揽辔：谏止君王履险。

抑或是佛教的"清净"。也正是这样的矛盾无法克服其复古主张的局限，徐中行虽然追求雅趣，但未能达到真正的雅，在其创作中只是表现出对雅的追求。

元　王蒙　《桃源春晓图》

送杨山人还访桃源

宋登春

> 宋登春（1517—1584），字应元，河北新河人。年二十余即弃家远游，晚依其兄子，居江陵之天鹅池，自号鹅池生。徐学谟守荆州，深敬礼之。后学谟致仕归。登春访之吴中，买舟浮钱塘，径跃入江死。所著诗称《宋布衣集》。

晶晶高踪客①，翩翩野鹤姿。

白云思振举，沧海怨归迟。

赋惜扬雄老②，歌怜宋玉悲③。

花源春最好，不是避秦时。

简评

作者向往远离城市繁华、喧嚣，享受安静闲适的乡野生活。此诗体现出了他对无拘无束的田园生活的眷恋。他的隐逸旨趣还与访道成仙有着千丝万缕的联系，诗中将"高踪客"形容成野鹤，闲逸致远，扬雄、宋玉等典故的使用反映出现实中的困顿失意，故将精神寄托到了无拘无束的仙境，借此抒发他遁世、超脱凡尘的隐逸情怀。诗歌语言简淡平易，少有华丽辞藻的运用，让人联想到"桃花源、武陵溪"式的隐逸生活。

---

① 晶晶：明洁貌。高踪客：行迹高卓者。

② 扬雄（前53—18）：西汉蜀郡成都人，字子云，少好学，长于辞赋。明张溥辑其文为《扬侍郎集》。

③ 宋玉：战国时楚国人，继屈原之后的又一位浪漫主义诗人，《九辨》是其代表作。

桃源舟中

万士和

> 万士和（1516—1586），字思节，号履庵，江苏宜兴人，祖籍安徽凤阳。嘉靖二十年（1541）进士，隆庆四年（1570）以礼部左侍郎引疾归，万历元年（1573）起为礼部尚书。与张居正不睦，谢病去。居正没，起南礼部尚书，不赴。谥文恭。著有《履庵集》。

使车日日拥尘埃，若个秦人避地来。

江水自流容客玩，桃花依旧向春开。

天心①代谢从前古，人世荣枯递劫灰②。

十载浮沈今住脚，肯因迷路又疑猜。

简 评

　　万士和早年间因与张居正政见相左，故在写诗的时候多次表达了归心禅悦的心情，并从中可知其对佛禅也是甚为熟悉的。诗人其后更是过起了远离尘嚣、回归自然的田居生活。诗中描写流水带客、桃花依旧的场景，表现人世间盛衰的转变与自然界景物的盛极必衰，蕴含着哲理。诗人喜欢接近大自然，陶冶情操，获得类似陶渊明"采菊东篱下，悠然见南山"的情感体验。于是，一方面他用儒家的精神来支撑自己的理想，另一方面又试图到佛、道思想中去寻求心灵的慰藉。

---

　　① 天心：天帝之心意。

　　② 劫灰：指那些在毁灭天地的劫难中保存下来的珍贵物品，象征着历经劫难后的宝贵和珍贵。

桃源阻风二首

万士和

骤雨①浪翻鸥没，急流风打舵回。
桃花春逐何处，洞口云封不开。

耳目忉忉②应接，功名得得沈酣。
山势云连云断，客情湖北湖南。

简 评

　　骤雨翻打之中的海鸥起起伏伏，激流团簇之中的小船儿若隐若现，桃花盛开之下，洞口难以寻找。诗歌中体现出浓厚的隐逸情结，隐逸是以个体精神的自由来保持人格与自身价值的相对独立，是中国士阶层特有的文化现象，中国士大夫不论是显达还是困厄，都有着浓浓的"归去"情结。诗人同其他隐者一样，在仕途得意时，他们心中为隐逸保存着一块清静的自留地；当仕途陷入困顿，归隐更成了他们最后的精神支柱。诗歌描写恍惚之中功名难寻，只看远山与云朵连接，纵情山水之间，忘却短暂的世俗尘扰，佛教的兴盛不但在心灵层面上对士人的隐逸起到了推波助澜的作用，更是在地理位置层面上为隐士提供了最佳去处——山林。

---

① 骤雨：指忽然降落的大雨。
② 忉忉：形容忧愁。

秦人洞①

王用汲

王用汲（1528—1593），字明受，福建晋江人。隆庆二年（1568）
进士，官户部员外郎。万历间张居正葬其亲，湖广诸司毕会。巡按御
史赵应元独不往，被劾除名。用汲仗言上书，居正大怒，削用汲籍。
居正死，累官南刑部尚书。谥恭质。

才入云林境便殊，危桥方竹引苍衢②。
幽栖③自足清凡骨，莫问神仙事有无。

简评

作者因弹劾张居正被贬官，故人生遭遇坎坷。此诗虽短却留下了深刻的
哲思，首先开篇诗人描写了进入山林，林中环境的不同，危桥、方竹，却有
无限的路径和可能性，清幽的环境可以安放诗人惆怅的心灵。诗歌表达了对
自然美景的赞美和对超脱世俗生活的向往。因此，"莫问神仙事有无"也可
以理解为对超脱世俗、追求心灵自由的一种表达。它提醒人们不要过分关注
那些虚无缥缈的事物，如神仙是否存在，而是要专注于自身的修炼。此句不
仅仅是对神仙有与无的质疑，更是对人生发出的感慨、哲思。

---

① 诗见清人唐开韶、胡焯编纂《桃花源志略》卷八。
② 苍衢：指四通八达的道路。"苍"表示广阔、辽阔，而"衢"则指道路。
③ 幽栖：幽僻的栖止之处，指一个幽静、偏远的地方，适合居住或隐居。

桃川上官（二首选一）①

江盈科

江盈科（1553—1605），字进之，号绿萝山人，湖南桃源人。明万历二十年（1592）进士，先后历任长洲县令、大理寺正、户部员外郎、卒于四川提学副使任上。明晚期文坛公安派的重要成员之一，反对"文必秦汉、诗必盛唐"说法，极力赞成"灵性说"。著有《江盈科集》。

白云一片锁孤村，隔岭时时啸断猿。

瀹鼎池荒游水蛭，空心杉老长云孙②。

黄冠③只解缘南亩④，丹灶何人辟正门。

欲学长生无处觅，《参同契》⑤在共谁论。

简评

万历二十六年（1598）的改官是江盈科仕途上的一次挫折。经此打击，他的进取之心几乎彻底淡漠了，所谓"无心更与时贤竞，散发聊便卧上皇"。所幸大理寺正这样的闲职为他提供了实现"吏隐"理想的某些客观条件，如有足够的空闲时间让他可以舒展身心，畅遂生机。在失落的情绪和充

---

① 诗歌出自清人唐开韶、胡焯编纂《桃花源志略》卷八。

② 云孙：八代后之孙，泛指远孙。喻久远，若浮云。

③ 黄冠：一指道士之冠，转为道士之别称。一指农夫之冠。

④ 南亩：南亩向阳，利于农作物生长，古人田土多向南开辟。后人泛指农田为南亩。

⑤ 《参同契》：又名《周易参同契》，汉代魏伯阳作。以周易、黄老、炉火三家相参同，借《周易》爻象附和道家炼丹修养之说，为丹经之祖。

裕的闲暇双重作用下，江盈科选择将"闲懒"作为吏隐的最佳状态。"闲"带来的"懒"在他看来已是超越佛、道的人生之最高境界。隐居山林之中，读《周易》，躬耕于南亩，诗歌中体现出诗人参禅悟道、悠闲自在的生活状态。

清　查士标　《春暖桃溪》

过桃源洞①

徐　媛

徐媛，生卒年不详，字小淑，长洲（今江苏苏州）人，副使范允临妻。好吟咏，与陆卿子相唱和，吴中士大夫望风附景，交口誉之，流传海内，称为"吴门二大家"。著有《络纬吟》。

古洞香幽苔色斑，仙人归去佩珊珊②。
武陵溪上桃花路，嫩日清风③燕子闲。

简评

诗人随夫赴任亲临桃花源，见到秦人洞口清幽，青苔在洞口台阶上生长的景象。青苔常出现在幽静的环境中，渲染了环境的幽静。紧接着描写仙人归去时，发出玉佩碰撞的声音，缓慢轻盈的样子令人着迷。最后描写武陵溪边，桃花在道路旁盛开，鲜艳美丽，阳光明丽，清风送爽，燕子闲飞，体现出诗人对美好生活的向往和对丈夫的深情厚谊。

---

① 作者自注："随夫赴云南督学任经此。"其夫范允临，字长卿，万历进士，仕至福建参议，工书画，与董其昌齐名。

② 珊珊：形容衣裙玉佩的声音，引申为轻盈、舒缓的样子，如月光下花影摇动的样子。

③ 一作岁岁春风。

桃源峰①

张九一

> 张九一（1533—1598），字助甫，号周田，河南新蔡人。嘉靖三十一年（1552）进士，官湖广参议。累至右金都御史，巡抚宁夏。著有《绿波楼诗集》。

一丘一壑②坐消忧，洞里秦人半白头。
四月桃花沿涧吐，始知春向此中留。

简评

诗歌开篇描写了桃花源美好的隐居场所，"一丘一壑"表达出士人对自然山水的热爱，紧接着描述生活在此的秦人已经白发苍苍，惆怅之情开始弥漫，美好的生活也逐渐消失。作者用美好的景物淡化惆怅之感，四月的桃花沿着溪流的两边盛开，最后化用杜牧《题扬州禅智寺》"始知春向此中留"，表明原来最美好的春天留在了桃花源。诗歌表达了诗人对春天美好景象的留恋和赞美，同时也寄托了诗人对美好事物能够长久留存的愿望。

---

① 诗歌出自明人张九一撰《绿波楼诗集》卷十二。
② 一丘一壑：原指隐者所居之地，出自《汉书·叙传上》："渔钓于一壑，则万物不奸其志；栖迟于一丘，则天下不易其乐。"

桃花源和靖节韵①

袁宏道

> 袁宏道（1568—1610），字中郎、一字无学，号石公，又号六休，湖北公安人。万历二十年（1592）进士，历任吴县知县、礼部主事、吏部验封司主事、稽勋郎中、国子博士等职。万历三十八年（1610），以吏部验封司郎中告归。提出"独抒性灵，不拘格套"的性灵说。著有《袁中郎全集》等。

一笑叩烟岚，白云今几世。

桃花不肯流，溪水无情逝。

窍开混沌亡，朴散羲黄废②。

青山一舍邮③，仙家偊④来憩。

白头老黄冠，茧手⑤事耕艺。

呵呼随里胥，鞭苔了官税。

岫老鹧鸪斑⑥，溪浅琉璃吠⑦。

日供冠裳驺，宁晓芰荷制。

缅想紫芝人，骖云几相诣。

---

① 诗歌收录于《袁宏道集笺注》，万历三十二年（1604）作。

② 混沌：代表天地未开辟前的自然状态，象征着"无为"和"模糊"的状态。羲皇：指伏羲氏。

③ 舍邮：驿馆。

④ 偊：形容一个人走路孤零零的样子。

⑤ 茧手：因摩擦而生有硬皮的手。

⑥ 岫：山涧。陶渊明《归去来辞》："云无心以出岫，鸟倦飞而知还。"

⑦ 琉璃吠：即吠留璃，宝石名，也叫璧流离。唐释慧琳说："楚语宝名也。"

洞府帘堂深，云霞空凛厉。

天上一昏旦，人间百余岁。

宇宙何不有，谩劳作聪慧。

迂儒饱世情，俗肠非境界。

纷纷辨伪真，等为方内①蔽。

常闻列子②风，可以驾烟外。

长驱入仙林，偏觅心所契。

简 评

　　陶渊明任真适性开田园一派，被誉为"古今隐逸诗人之宗"。袁宏道懒于仕宦，崇尚自然本真的思想无疑受到陶渊明的重要影响。陶渊明诗歌天然本色的语言，不假雕饰、恬淡自然的文学风格，也对袁宏道的创作产生了很大影响。袁宏道欣然隐入山林，其目的之一就是"长驱入仙林，遍觅心所契"。该诗多次引用老庄之典故，促使诗歌少却了"鸡犬相闻"的田园生活之感，增加了"求仙炼药"的仙界色彩。袁宏道承继前人赋予桃源的隐逸文化基因，通过想象使这个可进入的现实空间变得仙气缥缈，成为一个亦真亦仙的空间复合体。

---

① 方内：世俗。

② 列子：人名，即列御寇，其书也称《列子》，又名《冲虚真经》。

入桃花源（四首选一）①

袁宏道

花户当云辟，跸门临水关。

何年骑马客，踏断采芝山②。

古井沉烟雾，空潭③洗面颜。

丘陵时变海，一度到人间。

简评

　　诗歌描述了诗人进入桃花源的所见所想。首联写实景。桃花源的入口，仿佛隐藏在云端的花丛中。驿站门就在水关附近。颔联回顾作者曾骑马踏断汉川（今湖北省汉川市）采芝山的经历，表现其为求仙而付出的单纯努力。颈联再次回到现实，如今来到桃花源，他看到古井深处烟雾缭绕，用清澈的潭水洗净了面上的风尘。尾联诗人反用东晋葛洪《神仙传》中沧海桑田的典故，写丘陵变成大海，来到人间。意为经过漫长的时间历程，曾经神秘不可见的桃源，如今已在他身边，触手可及。这首诗在过去与现在、现实与想象（神话）之间来回穿梭，表现了桃花源给处于宦海生涯低迷期中的诗人所带来的欣喜，抒发了其对时空之"变"的深刻思考。

---

　　① 诗歌收录于《袁宏道集笺注》，这首（组）万历三十二年（1604）作，收于《潇碧堂集》卷七。

　　② 采芝山：位于汉川（今湖北省汉川市）。相传楚怀王曾于此梦游阳台与神女相会，故此山又称阳台山、仙女山。

　　③ 空潭：形容自然景观的清澈和深邃，唐代王维《过香积寺》："薄暮空潭曲，安禅制毒龙。"

花源道中纪游并示文弱①

袁中道

袁中道（1570—1623），字小修，湖北公安人。万历四十四年（1616）进士，先后担任过徽州府教授、国子监博士、南京礼部主事、南京吏部郎中等职。我国古代文学流派——"公安派"的领袖。作品今人辑为《珂雪斋集》。

绿萝如篆刻，锋刀驳云雾

下临百尺潭，丹碧写练素②。

沿溪望前村，都似避秦处③。

停舟入花源④，携筇⑤临水步。

桃花千树红，花深迷往路。

带月石间流，夜深响瀑布。

清坐淡忘归，一山滴浩露。

简评

作者在诗歌中描述了与友人一同游玩桃花源的经历，开篇即写桃源外围的环境，云雾缭绕，远眺所见百尺深潭与天边云峰相映成趣，空间书写极

① 万历三十九年（1611）重游桃花源时所作，文弱是杨嗣昌的字，为作者友人，同游桃花源。

② 练素：白绢。

③ 避秦处：陶渊明《桃花源记》有"自云先世避秦时乱"之语，故称。

④ 花源：《桃花源记》有"忽逢桃花林，夹岸数百步，中无杂树，芳草鲜美，落英缤纷"之句。"入花源"以下的描写即由此写实。

⑤ 携筇临水步：携着筇杖沿着溪水步行。筇，一种实心的竹子，可以做手杖。

为开阔辽远。而后着眼景物颜色，一"碧"一"素"二字引山水美景入画，仿佛仙人在白色绢帛上提笔描绘青绿山水，极富自然生趣。先行舟后步行进入桃花源，粉色桃花、碧绿潭水、白练飞瀑、清冷月光、山间浩露等尽收眼底，强烈的视觉与听觉冲击，伴随着气温、湿度的变化，读者仿佛随行亦身临其境地感受了桃源生活的闲适，突出了隐居此地内心的宁静安逸。

［朝鲜］安坚（1400—1470）　《梦游桃源图》

桃源（二首选一）①

王一翥

王一翥（1592—1668），字子云，号补庵，湖广黄冈（今属湖北）人。崇祯时举于乡，后隐庐山智林。能诗，善真草书。他和王追骏是明末清初之际的复社成员。清入关后在庐山脚下隐居十余年，后归隐故乡巴水。著有《智林村稿》。

伤心何年洞，此洞非十洲。

仙藏恐不深，绛桃空树头。

住世一世忙，来山万山幽。

驹鸣草间去，暮雀声啁啾②。

老农说田水，聊如读庄周③。

事业渺白日，聚散逐河流。

道路苦四体，别离盈双眸。

惟余一寸心，世外相绸缪④。

春悲我行远，我念山应秋。

青山可藏骨，生死握一筹⑤。

西去复西去，往哲多殷忧⑥。

---

① 诗歌收录于清人唐开韶、胡焯编纂《桃花源志略》卷八。

② 啁啾：鸟鸣声，唐王维《黄雀痴》有"到大啁啾解游飏，各自东西南北飞"。

③ 庄周：道家学派的主要代表人物之一，创立了庄学，对后世哲学思想产生了深远影响。

④ 绸缪：指情意殷勤。

⑤ 筹：一更，即古代夜间报更用的计时竹签。

⑥ 殷忧：深切的忧虑。

简 评

　　诗作以"悲"字为主，表面书写桃源，实际写尽家国悲苦。在时代的动荡中体认到生命的脆弱与价值的荒谬，促使诗人意识的觉醒。在这种环境下，诗人不再执意于现世与道德、历史的视域，而具有一种终极性的追问，走向个体人格的最终归宿。陶渊明的诗歌有不少玄学的痕迹，比如"有生必有死，早终非命促"，但玄学的诗歌大多充满玄理，有些无趣，而陶渊明则突破了他们的影响，在诗歌中展现了一种独特的个体经验与普遍的情感追求，有一种生机勃勃的抒情意味。王一翯亦受佛教和道教影响很深，他把哲学经验转换为审美态度，以此逃避现实的苦难。

桃溪夜月①

岳 岱

> 岳岱（1497—1574），字东伯，自称秦余山人，又号漳余子，江苏苏州人。隐居阳山。善画能诗，尝采时人诗为《今雨瑶华集》。

可怜武陵溪②，本自仙源③水。
渔舟昔因缘，未尽岩壑美。
石门今已迷，月照千峰里。

简 评

诗中开篇的"可怜"为可爱之意，表达了对这个理想之地的向往和怀念，暗示了诗人对美好、宁静生活的追求和向往。"武陵溪"本是"仙源水"，曾经的渔舟偶然遇见，然而却未曾完整观看仙源的美好场景，石门如今都已寻找不到，只有冷清的月光照射在桃花峰之上，清冷惆怅。同时诗人通过"可怜"一词，流露出一种惋惜之情，可能是因为现实中的美好难以持久，或者是因为自己无法亲身体验这种美好。诗歌不仅表达了对武陵溪美景的赞美和向往，也蕴含了诗人对美好生活的追求和对现实的无奈之情。

---

① 载《常德文征》，为《武陵精舍》六首中的第三首。

② 武陵溪：源自《桃花源记》。象征清静幽美、避世隐居的理想之地。

③ 仙源：《桃花源记》中描绘的理想社会称为桃花源，仙源也常用来指代这样的理想境地。

渔仙洞①

樊良枢

樊良枢，生卒年不详，字南植，号致虚，江西进贤人。万历三十二年（1604）进士，知仁和县，历刑曹，出为云南副使，改浙江。著有《樊致虚诗集》。

群仙从此去，双锡几时归。
万壑②迎秋爽，千林驻落晖。
洞高敧③客枕，山翠点僧衣。
坐看孤云起，天青一鹤飞。

简 评

诗作开篇"群仙从此去"意味着神仙们从桃花源离开，其实也象征着一种超脱和自由。在中国传统文化中，神仙往往被视为超脱尘世、自由自在的存在，他们的离开可能象征着对世俗束缚的摆脱和对更高境界的追求。紧接着描绘山间的沟沟壑壑到处被树木覆盖，秋风吹来，飒飒作响，树林中笼罩着落日余晖，山色翠绿，描绘了桃花源的外部景观。"坐看"句化用王维"行到水穷处，坐看云起时"，此诗的"坐看云起"不仅描绘了一种自然景象，更象征着一种淡然恬静的心态，寓意着在面对生活中的困境和挑战时，能够保持冷静和从容，静观其变，不急于介入或改变现状。

---

① 诗歌收录于清人唐开韶、胡焞编纂《桃花源志略》卷八。
② 万壑：是形容峰峦、山谷极多。
③ 敧：这里的敧是动词，相当于"靠、倚"。

观刘禹锡桃源洞书壁①辄题二绝

邹元标

> 邹元标（1551—1624），号尔瞻，号南皋，江西吉水人。官刑部观
> 察政务，因责张居正夺情，被廷杖，谪都匀卫（今贵州都匀县）。去
> 都匀，经常德，游桃花源。居正死，召拜给事中。上书论时政六事，
> 又被谪南京。光宗立，累官至左都御史。著有《愿学集》。

古今迁客长卿才，大字犹存碧鲜隈。
我比朗州流更远②，残碑看罢首重回。

逸句玄都谁为裁③，十年楚水④倍堪哀。
夜郎⑤此去迢迢道，休讶刘郎后亦来⑥。

简 评

作者因怜张居正谪戍都匀卫。都匀为沅江上游清水江畔少数民族聚居之
所。邹元标前往都匀，桃源是其必经之地。刘禹锡因"八司马事件"被贬朗

---

① 作者见到的可能是万历三年（1575）湖广巡抚赵贤重刊的刘禹锡贬朗州司马游
桃花源所题写的"桃源佳致"石碑。

② 作者谪戍贵州都匀，其地比刘禹锡贬朗州更偏远荒凉。朗州：此处指刘禹锡。

③ 刘禹锡《玄都观看花》："玄都观里桃千树，尽是刘郎去后栽。"因语涉讥刺，
再次被贬出京。

④ 指刘禹锡谪居朗州十年。

⑤ 夜郎：汉武帝时期，夜郎被汉朝征服并设置为牂牁郡，封夜郎侯为王。唐、晋
在贵州设置过夜郎郡。贵州石阡、湖南新晃先后设置过夜郎县。

⑥ 刘禹锡玄都观看花并题诗被贬出京，重被召回后，又写下《再游玄都观》。

州（即今常德）十年，其间多次往来桃源，流连山水，写下很多有关桃花源的诗，所题桃源佳致碑至今仍留存桃花源。刘禹锡尽管不以书法著称，但这四字写得风神凛凛，作者看到隐在苔藓中的刘禹锡题字，赞美其有司马长卿之才。而诗人流放之地比刘禹锡更远，刘禹锡的题字碑让他一步一回头。第二首则写刘禹锡十年流放并未磨损他的斗志。他回到长安即写下《元和十年自朗州召至京戏赠看花诸君子》。邹元标被贬都匀古夜郎地域，他勉励自己也要像刘禹锡一样保持乐观不屈的意志，这就是诗中"休讶刘郎后亦来"的用意。

桃源道中①

谢肇淛

谢肇淛（1567—1624），字在杭，号武林，福建长乐人。明代重要的博物学家、诗人、藏书家等，同时还是闽中诗派代表人物。万历二十年（1592）进士，除湖州推官，后迁工部郎中，终广西右布政使。著有《五杂俎》《长溪琐语》《文海披沙》等。

春风篱落酒旗闲，流水桃花映碧山②。

寄语渔郎莫深去，洞中未必胜人间。

简评

谢肇淛心胸坦荡，所行所至皆有吟咏，是晚明闽派作家代表。其诗雄迈苍凉，写实抒情，清朗圆润。诗中诗人一反前人向往桃花源的理想世界，发出"洞中"与"人间"孰胜孰好的感慨，反映了闽中诗人独特的感慨。晚明时期，文学思潮涌动，思想活跃，士人们个体意识的觉醒，重视个人思想，肯定人性本真。其次主张"实用"，这种思潮在明朝末期逐步占了上风。此诗中亦体现出"实用"思想。

---

① 该诗收录于《小草斋集》，又称《谢工部诗集》续集卷一。

② 碧山：青山。

桃源洞二首①

钟　惺

> 　　钟惺（1574—1624），字伯敬，号退谷，竟陵（今湖北天门）人。万历三十八年（1610）进士，历官礼部郎中，后升福建按察使司佥事，提督学政。钟惺少有才名，能诗善画，与谭元春同为竟陵派领袖。诗倡性灵，但流于幽深孤峭，颇受后世人攻讦。著有《隐秀轩集》。

商山海上②半秦民，何独桃源是避秦？

满洞仙人③一渔子，翻疑渔子是仙人④。

桃花一水出何期？一日惊闻所未知。

归问渔郎洞中事，桑麻鸡犬甚无奇。

简评

　　这是一首辩证有关桃源传说的诗，纯以议论出之，而饶有诗味。开篇二句，言避秦的很多，隐于商山的"四皓"是避秦，逃于海上的田横等五百人也是避秦，没有听说他们成了仙，只有避秦来到桃源的，被人们说成是

---

　　① 诗歌收录于清人朱彝尊编选《明诗综》、清人唐开韶、胡焯编纂《桃花源志略》卷八。

　　② 商山海上：此句意为秦皇暴政，到处有避秦的人，哪里只有桃花源有避秦的人呢？

　　③ 仙人：王维《桃源行》有"初因避地去人间，及至成仙遂不还"。第一次把桃源洞中的人说成仙人。

　　④ 渔子：捕鱼的人。在桃花源中的人看来，渔夫反倒成了仙人。

"初因避地去人间，及至成仙遂不还"。诗人以诘问的方式，否定了这种荒唐的传说。后两句似在回答自己的诘问，又像以疑似之语、谬悠之辞，解释这种现象，到底是避秦来此的是仙人，还是以"捕鱼为业"的渔子是仙人？在诗人看来，似乎渔子更加值得怀疑。这就进一步否定了有关桃源的荒唐传说。第二首则是描写了陶渊明所描述的鸡犬相闻的田园生活并没有什么可惊奇的。两首诗自然爽朗，完全没有险字怪韵；议论新颖，完全没有"鬼趣""兵象"。至少从这首诗来看，后人对竟陵派"鬼趣"之类的批评，未必都在理。

游桃源洞①

郭显忠

> 郭显忠，生卒年不详，字步武，号同竹，河南太康人（今河南省太康县）人，万历五年（1577）进士。官至南京太仆寺卿。万历三十七年（1609）与县令黄涞一起赞助僧人于桃花山顶建大士阁，奉祀大士像。

白马②春摇渡，桃花旧发丛。

仙源澄晚照，野草衬残红。

秦晋浮云邈，江山望眼空。

迷津③何事问，四海已同风。

简评

诗人应邀赞助僧人在桃花山顶修筑佛像，给桃花源这一传统道家文化场所增添了佛家色彩。诗中描述了隐者、儒士与僧人在此汇聚，同览桃源洞的景象。开篇写白马渡水、桃花艳丽之景，人间与世外、现实与理想间形成了鲜明的对比，传递了诗人对尘世之外的向往、对自然山水的热爱。后两句写天色渐渐暗淡，夕阳余晖映照在落霞上，使得野草泛红。诗人身处当下，与秦晋时代相隔甚远，曾经出现过的美好浪漫的桃花源世界已渐行渐远，由此表达了生不同时、欲寻不得的感叹。最后笔锋一转，既然"仙源"难求，那么便该把握当下，打造人间的现实桃源，实现四海同风的理想。

---

① 诗歌出自《沅湘耆旧集》，清人邓显鹤辑，清道光二十三年（1843）邓氏南村草堂刻本，清人唐开韶、胡焞编纂《桃花源志略》卷八。

② 白马：白马雪涛，为桃源八景之一。

③ 迷津：指找不到渡口，多指使人迷惘的境界。

小春陪学使王岵云游桃花源①

郭显忠

江雾连山气未寒，桃川访古共盘桓。

避秦人话千年事，之楚客追半日欢。

洞口桃花春寂寂，源头活水路漫漫。

吹笙君自非凡品，白马绿萝②好纵观。

简评

  诗歌展现了一幅雾气弥漫的生动画卷：远山近江，桃花山川，源头活水。桃花源不仅是陶渊明对理想社会的向往，也成为无数文人墨客笔下的创作灵感。在唐代，如王维、李白、刘禹锡等许多诗人都曾以桃花源意象创作诗歌，进一步丰富和发展了这一主题。入明以后，桃花源从最初的避世隐逸象征，逐渐演变为对美好生活的向往和追求，诗句"之楚客追半日欢"表达了人们从世俗层面对桃花源的欣赏，反映了人们对通过游览桃花源而享受快乐时光的向往。佛教、道教、儒学等多重文化信仰因素融为一体，使得桃花源成为安养休闲的仙源之地。

---

  ① 诗歌出自清人唐开韶、胡焯编纂《桃花源志略》卷八。王岵云即王在晋（1564—1643），字明初，号岵云，太仓（今江苏苏州）人，中国明代文学家。

  ② 白马绿萝：典出南宋赵蕃《绿萝道中》："人间白马渡，世外绿萝山。"

行桃源道中憩于桃花源（二首选一）①

谭元春

> 谭元春（1586—1637），字友夏，竟陵（今湖北天门）人。天启七年（1627）举乡试第一。赴京参加会试时，卒于旅店。谭与钟惺同为竟陵派领袖。反对拟古，主张抒写性灵。著有《谭友夏合集》。

千桃夹一径，未开已光辉。

何必自秦人，肯种即芳菲。

高壑②蓄春雨，杂与泉源飞。

磴磴③挂声响，升降之际微。

萝木交湿光，幽独④穿翠围。

敛步随钟返，风雷司岩扉。

简评

到明代，江南、江北名"桃源"的地方甚多，都是附会《桃花源记》所描写的境界而取的。这种附会之风，实乃趋热之俗。各处标榜"此乃桃源"，不知反而埋没了自己。何必是秦人种的桃花，今人种的桃花依旧鲜艳，显然，这首《行桃源道中憩于桃花源》是一首含意深刻的、可作各种理解的哲理诗。形象是常青的，概念是灰色的。"桃源现象"令人思考，从这

---

① 诗歌收录于清人唐开韶、胡焯编纂《桃花源志略》卷八。

② 壑：指坑谷或深沟。

③ 磴：指山路上的石台阶，同时也用于登山的石路、山岩上用木架成的路。

④ 幽独：孤独，指静寂孤独、默然自守的状态。

现象是可以得出各种理性启示的。这诗以形象的手法写出了"桃源现象"的几个方面，包含的道理和教训是多方面的，读者可因时、因地、因境况的不同，作出不同的理解。

再游桃源即事次友人韵①

杨嗣昌

> 杨嗣昌（1588—1641），字文弱，一字子微，自号肥翁、肥居士，晚年号苦庵，湖广武陵（今湖南常德市）人。万历三十八年（1610）中进士；崇祯十年（1637）任兵部尚书；十一年（1638）改礼部尚书，进兼东阁大学士，入参机务。著述颇丰，今人辑有《杨嗣昌集》。

不离眠食事，所至纳清幽。

戴笠耸烟影，摊书溅瀑流。

静言鱼忽上，孤响雁相酬。

半月湾前石，无兹勒碣②游。

简 评

此诗开篇交代了创作缘由，万历四十一年（1613），诗人与袁中道、李纯元等好友同游桃花源这一清幽动人之地。诗作将笔墨集中于自己所钟爱的景物，如潺潺溪水、孤雁鱼动、摊书瀑流等动静结合的意象描绘，体现了诗人绘景如画的艺术追求。诗中既记录了诗人即目所见之景，也提及了奉和交游之事，"孤响雁相酬"既是对自然物象的写实，又饱含着好友间深情厚谊的珍惜。末句看到水中之石，联想此次游览应当加以记录，首尾呼应，再次点明本诗的写作缘起。

---

① 诗歌收录于清人邓显鹤编纂《沅湘耆旧集》、清人唐开韶、胡焞编纂《桃花源志略》卷八。

② 勒碣：刻碑。碣：圆顶的石碑。

秦人洞桃放，寻览陶碑二首①

罗其鼎

> 罗其鼎，生卒年不详，字耳臣，湖南桃源人。崇祯十三年（1640）进士，任行人司行人。清军进关后，其鼎挺身而出，募集义军，以光复自任。南明亡后，亲至长沙，与何腾蛟共筹国事，力图偏安。回县后制军饷，制器械，军威大振。终因劳累过度患疾病逝。门人私谥贞易先生。

夹岸缤纷②世外栽，嫣然一笑向谁开。
晚妆自着深红色，不是佳人醉里来。

五柳③庭前手自栽，桃花相识此中开。
白云频向碑间卧，为爱先生归去来④。

简 评

陶渊明一方面追求个体生命的安全，保持人格的相对独立，一方面从未放弃精神层面兼善的努力。他的《桃花源诗并记》通过描绘一个无横征暴敛、无甲兵征战、无勾心斗角、无繁文缛礼的美好世界，以呈现自己的理想社会模式。历代文人作家常对桃源作神仙洞天的别解，然深谙其中寓意的也大有人在，诗人便是其中之一。诗歌描绘了陶渊明所创造的桃花源世界，一

---

① 诗歌收录于清人唐开韶、胡焯编纂《桃花源志略》卷八。
② 陶潜《桃花源记》有"夹岸数百步""落英缤纷"句。
③ 陶潜《五柳先生传》有"宅边有五柳树，因以为号焉"句。
④ 陶潜有《归去来兮辞》。

个理想状态中的世界。东晋与晚明社会同样动荡漂泊，诗人希望在现实社会中通过自身努力，打造一个没有纷争没有战乱的桃花源式的偏安社会，力图实现陶渊明的理想。

傅抱石（1904—1965）　《桃源行舟图》

桃源洞（六首选二）

张镜心

张镜心（1590—1656），字孝仲，号湛虚，晚号晦臣，河北磁州人。明天启二年（1622）进士，官至兵部尚书。马士英、阮大铖用事，辞去官职。顺治时历荐不起，晚年闭户注《易》，究极生命之旨，自称云隐居士。著有《易经增注》等。

赤日播炎州，云封洞自幽。
歌风①非剑起，仙客已回头。

渭水②非关钓，秦人岂见家。
纷纷溪上客，终日说桃花。

简评

因作者曾为军中高官，保持着良好的军人情怀，故当天下大变之际，虽行经桃源却无心游玩，蕴含着壮志难酬的遗憾之情。其一讲的是天下大乱，英雄趁势而起，即便在被云雾遮蔽的幽洞之中，仙人也不再甘于寂寞，对人间频频回首。其二则引周文王曾拜访渭水边垂钓的姜太公，邀请他入朝辅政这一典故，委婉传达出得到帝王赏识的希冀与渴望，希望能拥有姜太公一般的机会。同时，通过山水、云雾、桃花等意象描绘，营造了一种超脱世俗的氛围，以景写情，衬托自己具有贤士般高洁傲岸的品格与安邦定国的理想。

---

① 歌风：典出汉高祖刘邦《大风歌》，今江苏沛县仍有歌风台遗迹。

② 渭水：象征贤士的隐居和等待机会，说的是"姜太公（在渭水）钓鱼，愿者上钩"的故事。

秦人洞

宁　诰

宁诰，颍州（今安徽阜阳）人。顺治十六年（1659）进士，授常德府推官，后以裁缺，补上海知县，建书院。致仕归。

何处仙源有路通，石门深锁白云中。

心清泌水①犹堪隐，地僻商山②岂易穷。

洞口花留秦代月，溪头人醉楚天风。

莫云避世难忘世，烟外晴空起晓鸿。

简评

　　本诗开篇即表达对仙源的向往，但通往仙境之路远在白云深处，凡夫俗子自然难以轻易寻得。颔联笔锋一转由外追寻转而向内探求，直书内心如清水般干净澄澈，即便如隐士般身处商山偏僻之地，内心只要不为外物牵累，便能固守安宁闲适。颈联写桃源外流水纯净清澈，洞口仿佛还留着秦代的花和月，水边伫立着向往沉醉于昔日光景的人，展现出了如画般的自然景象，令人心驰神往。尾联则直抒胸臆，坦言避世之人未必全然忘却世间，"烟外晴空起晓鸿"升华了该诗的主题。全诗表达了对自然山水的赞美与喜爱，传递了积极向上的精神追求。值得注意的是，"水"意象的运用体现了诗人愿在自然山水中净化凡尘俗心的主动追求。

---

　　① 泌水：《诗经·陈风·衡门》云："泌之洋洋，可以乐饥"，描述了泌水（比水）流淌的景象。泌水在这里不仅是自然景观，更是心灵的慰藉和精神的寄托。

　　② 商山：前有注。

桃源洞

佟凤彩

佟凤彩（1622—1677），字高冈，正蓝旗（今属内蒙古）人。顺治元年（1644）任香河知县。历任贵州、四川、河南巡抚，所莅有声。著有《栖友堂集》。

天台①别有路，桃洞尚存源。
　　渔子忘情后，游人空自言。

简评

　　此诗简短却又蕴含了作者的深刻思考。诗歌开篇描写了两处地名，一是天台山，刘晨、阮肇遇仙之处；二是桃源洞，武陵渔人误入避秦之人后代所在的地方。这两处地方都有遗迹所存，似乎只要前去，就能拥有类似的际遇。诗人虽是一名满族诗人，但是对于桃源等汉族隐逸文化了解颇深，并希望能有所践行。他曾在干戈兵火之余，"留心仁义礼乐之宗，尊儒重道"，献俸薪，募集资金，先行修复成都府学，祭祀孔子及其诸弟子，主动延续文化石室流风遗绪，开清代主政四川者恢复蜀中文教之先河。

---

　　① 天台：山名，在今浙江天台县北，系仙霞岭中支。相传汉代的刘晨、阮肇曾在此采药，遇到仙人。

桃花溪

汪　虬

汪虬，生卒年不详，字云声，安徽繁昌人。康熙九年（1670）进士，授江西峡江县令。康熙二十三年至二十七年（1684—1688）任桃源县令。在赴比部主政途中病逝。

鸥浴晴波戏夕曛①，落霞千片水中分。
渔人问后津②偏隐，洞口溪头只白云。

简评

诗作前两句营造了惬意悠闲的氛围，春天到了，天气暖和了，鸥鸟在水中嬉戏，夕阳西下，晚霞倒映在水中，十分美好，桃源自渔人出来后就再也找寻不到，桃源洞的外面唯有潺潺流水倒映着朵朵白云。诗人在诗中并没有表达出对于桃源难寻的伤感，而是像说一件寻常事一般，整首诗的重点在于景色的美好恬静以及诗人看见这样的景色而生出的欢喜之情。诗歌风景描写如同画卷一般，写出了桃源外景之美以及内景无法观赏的些许叹息。

---

① 夕曛：黄昏时分太阳落山后的余晖。常用于描绘傍晚的美丽景色，带有一种宁静和温馨的氛围。
② 津：渡口。

缆船洲

汪 虬

桃花溪水自沦漪^①，一系扁舟日月驰。
待向芳洲^②回首望，出山不似入山时。

简评

　　此诗通过描写桃花溪幽美的景色和作者坐船游览的场景，抒写向往世外桃源，追求美好生活的心情。诗由远外落笔，写桃花盛开，溪水自流，一叶扁舟，随日月漂流，隔烟朦胧，其境若仙；然后镜头转换，写回望芳洲，山水漂移，出山与入山的差异。全诗构思婉曲，布局巧妙，笔触轻快，情韵悠长，对《桃花源记》的意境运用得空灵自然、含着蕴藉，创造了一个饶有画意、充满情趣的幽深境界。

---

　　① 沦漪：水上的波纹，即微波或水生微波。出自《诗·魏风·伐檀》："河水清且沦漪。"
　　② 芳洲：芳草丛生的小洲，《九歌·湘君》有"采芳洲兮杜若，将以遗兮下女"。

桃源行并序①

魏裔介

魏裔介（1616—1686），字石生，号贞庵，又号昆林，直隶柏乡（今河北省柏乡县）人。生于明万历四十四年（1616），明崇祯十五年（1642）中举，清顺治三年（1646）中进士，选庶吉士，官至吏部尚书、保和殿大学士、太子太保。前后所奏二百余疏，多关国家大体。治程朱理学，与魏象枢时称"二魏"。著有《兼济堂文集》等。

昔晋有高士陶渊明，置身三代，叹其身遭刘宋禅代之际，世人莫已知也，故作《桃花源记》，缀之诗以自明其苦处。其文云："此中人语云：'不足为外人道也。'"呜呼，非此中人，足道乎？又云："刘子骥亲往未果，后遂无问津者。"呜呼，非其人，津可问乎？唐人如王摩诘、刘梦得、韩退之等，皆以桃源为神仙，而东坡亦不能辩，以为渔人所见乃避秦之子孙，是皆无异于说梦也。余尝熟读陶集，偶有所见，拟作数句。虽词意肤浅，庶几窥于作者之意云尔。

渊明自谓羲皇②人，作为诗记拟避秦。

秦人宋人一而已，诈力篡弑不足询。

柴桑自有桃源渡，洞口云深落英聚。

鸡犬同有古音声，衣裳不作新制度。

此中避世可千年，春花秋月自娟娟③。

---

① （清）魏宪辑《百名家诗选》卷一，清康熙魏氏枕江堂刻本。

② 羲皇：指伏羲氏。伏羲氏，又称太昊，被认为是人类文明的始祖。

③ 娟娟：明媚美好的样子。

峡中不知人何事，世人遥望惟青山。

山色溪光终不改，武陵白云自相待。

却笑世人欲问津，避秦之宅①竟安在？

简 评

唐人及之后，常常将"北窗""羲皇"并称，如卢照邻"还思北窗下，高卧偃羲皇"，岑参"有时清风来，自谓羲皇人"，李白"清风北窗下，自谓羲皇人"等，促使其在唐宋时代完成经典化，形成相对固定的搭配。诗人亦观察到这些诗歌，但是并未落入俗套，而是提出自己的观念。诗歌开篇否定陶渊明并非"羲皇"人，紧接着指出，从秦至于东晋之间爆发的战乱并非一次，如何确定渔人所发现的田园理想之地即避秦之人所建立的呢？诗人在诗中提出新见，即桃花源中没有神仙，其中生活之人并非避秦之人子孙。诗歌立意新颖，使得陶渊明及其笔下的桃花源脱离了自东晋以来的仙源等传说，别开生面。

---

① 避秦之宅：源自《桃花源记》，用来指代避世隐居的地方，也象征着理想的境地。

桃花源图①

李 渔

> 李渔（1611—1680），原名仙侣，后改名渔，字谪凡，一字笠鸿，号笠翁，浙江兰溪人。康熙时流寓金陵。著一家言，能为唐人小说，尤精谱曲，时称李十郎。著有《风筝误》等传奇十种。

不识此何地，常于纸上逢。

桃花来水上，鸡犬②在云中。

简评

　　李渔与陶渊明二人都是幼年早慧，善作诗文，尊崇道统的同时又钟情于老庄之学。李渔先后兴造的伊园、武林小筑等寓所，差可比拟靖节笔下之桃源屋舍，而且二人同样有过躬耕的经历。诗人并没有到过桃源，却常常在画中可以看见。根据诗中所述，这幅画的桃花随流水漂出，鸡犬被画在了云中，意味着桃源被群山白云遮蔽，里面的事物自然也被遮蔽。诗中描绘了桃花、流水、鸡犬、白云，简单的五言绝句勾勒出诗人所见的画卷中的桃花源。

---

① 诗见《李渔全集》第二卷，浙江古籍出版社，1992年版，第285页。

② 鸡犬：本书第125页有注。

春暮李郡伯招诸公游桃源洞①

车万育

> 车万育（1632—1705），字与三，号鹤田，邵阳（今湖南邵阳县）人。康熙三年（1664）进士，官至兵科给事中。在谏垣二十余年，拒请谒，发积弊，当路严惮之。著有《历代君臣交儆录》及杂著诗文。

晴郊初试马，亦似为春忙。

不及桃花发，犹余洞口香。

苔含昨夜雨，莺啭隔林簧②。

到处吟应遍，诗逋③未易偿。

简评

诗歌描绘了诗人与姓李的地方长官及友人一同游览桃源洞，大家都进行了诗歌创作，诗人因此也欠下诗债，故作此诗。开篇描绘春天郊外的车马往来，象征着春天的到来和生命的活力，似乎是在为春种而忙碌，来不及等到桃花盛开，已经闻见洞口花香弥漫，昨夜雨痕留在了苔痕之上，远处森林有莺叫声婉转悠扬，看到这美丽的春景图，文人们纷纷作诗，作者也因此而留下诗歌。诗歌以空灵淡泊的意境，表达了诗人在初春季节中的闲适心情。

---

① 诗见清人邓显鹤辑《沅湘耆旧集》、清人唐开韶、胡焞编纂《桃花源志略》卷十。

② 簧：乐器中有弹性的薄片，用以振动发声。

③ 诗逋：诗债，文徵明《闲兴》："催诗逋似催租欠，胥史在门何可逃？"

去桃源赋诗四首

巫桢孙

> 巫桢孙，生卒年不详，广德州（今属安徽）人。进士，康熙四十六年（1707）任桃源县令，一载后擢升文学政事。任桃源县令时，免科耗，减税额，重修劝善寺、复斗桥。《去桃源赋诗》为巫桢孙离任时作，对桃源山、水充满留恋之情。

敬谢桃川水，澄清①自彻底。
兼无涸与盈②，出没我怀尔。

敬谢桃川月，晦阴俱不汩。
吾心别有天，惺惺③常如揭。

敬谢桃川竹，怀芳殊众族。
扶筇任所之，中外如君足。

敬谢桃川松，走盘如幻龙。
秦人携手去，不爱大夫封。

---

① 澄清：通常指水静而清，形容水的清澈透明，王维《青溪》："漾漾泛菱荇，澄澄映葭苇。"

② 涸与盈：指代一切事物的两种相互对立、消长的力量。

③ 惺惺：聪明、机警，如刘基在《醒斋铭》中写道："昭昭生于惺惺。"

简 评

前两首诗歌中借助月、水两个意象写出了诗人的眷恋之情。诗人感谢桃源的水，清澈无杂质，且没有干涸和满溢的时候，就像自己向往的品质一样，"我心别有天，惺惺常如揭。"诗人认为自己的心如桃川月一样纯洁。后两首诗感谢桃川的竹林、松树。竹是"四君子"之一，象征着刚直、谦逊和不屈不挠的精神；松树，陶渊明在《饮酒·其八》中以霜降后的青松自比，展现其在逆境中显现的高洁品格。诗人借此描绘出自己具备水、月、竹、松的高贵品节，同时也表达出对桃川的喜爱之情。

游桃源洞

俞益谟

俞益谟（1653—1713），字嘉言，号澹庵，别号青铜。祖籍直隶河间府（今河北河间），因先辈参军到陕西，曾祖父时又迁居宁夏西路中卫广武营（今青铜峡广武），入籍宁夏。康熙十二年（1673）登进士，官至两江督标中军副将。撰修《康熙朔方广武志》。

非访秦人岂觅仙，为寻幽胜向桃川。

残诗半剥千年碣，曲径深迷二月烟。

游屐①任经苔自古，鸣弦不住水常涓。

平生结得仙灵契②，归去何烦早著鞭。

简评

此诗又名《游桃源纪事诗碑》，诗人俞益谟常以一位军将形象为史书记载、为世人所知，此诗中亦以文学的方式表现了他的壮志豪情。全诗结构工整严密，首联交代自己并非探访隐居的秦人，也并非寻找传说中的仙境，而是为了观赏幽静之景，故向桃川深处前行，点明了诗人去往桃川之缘故。颔联写诗人看到残诗、断碣，曲径通幽处烟雾弥漫，记录了游桃源洞途中的景致。颈联描写诗人穿着游山屐踩踏在古苔之上，听见湍湍水流声经久不息，表明此时诗人已经进入山中。尾联诗人在路上即与仙人之间产生相通的心灵感应，故何必着急回去呢？

---

① 游屐：指游山屐。这种屐设计独特，上山时可去掉前齿，下山时则去掉后齿，便于攀登。

② 仙灵契：指与仙人之间存在的前缘和情分，表明双方有着超越普通人的联系。

过桃源

陈一揆

陈一揆，字衡宅，号孟岩，龙阳（今汉寿）人。年十四，县、府、道试冠军，诗文脍炙一时。中经乱离，遂废举子业，辟墅城南，以读书、论文为事。尝参湖广提镇幕，多所筹划。参与撰修《龙阳志》和《湖广通志》。著有《沧浪集略》《瓿余》《瓢余》等集。

才将一叶谢波臣①，颓堞荒垣②晋与秦。

眼底山川怡过客，梦中鸡犬忆先民。

问津桃洞津疑隐，带雨梅溪雨恰匀。

姓字好通先吏案，花前宿酿不焦唇③。

简 评

诗歌首联描写作者起初乘船沿水路进发，而后弃舟上岸徐行，如东晋时期的渔夫刚刚进入桃源世界，但眼前所见的皆是"颓堞""荒垣"景象，如同被秦晋时期的战火洗礼一般，百姓生活仍困苦不堪。颔联描写目光所至的山川美景，脑海想象的鸡犬相闻，这一切不过是过眼云烟。颈联描绘了问津、桃洞、梅雨、溪流等景象，使人似乎进入想象中的桃源世界。尾联诗人描写桃花酿酒，描绘了一个理想世界，诗人所向往之，然现实却并非如此，"姓字好通"一句表明此中依然存在着俗世的人情世故，所谓桃源理想世界似乎只存在于想象和传说之中。

---

① 波臣：古人设想江海的水族也有君臣，被统治的臣隶，称为波臣。此处实为波神。

② "颓堞"指倒塌的城墙，"荒垣"则指荒废的墙壁，两词组合在一起，整体传达出一种凄凉、荒凉的氛围。

③ 焦唇：喻干燥到极点。

题桃源问津图送志尹

周起渭

> 周起渭（1665—1714），字渔璜，贵阳人。康熙三十三年（1694）
> 进士，累官詹事。工诗，时姜宸英、汤右曾、顾图河等，以诗、古文
> 负盛名，起渭相与角逐，所作《万佛寺大钟歌》，时推杰作。

五百年前事若何，断蛇①失鹿②两消磨。

桃花本自秦时种，溪水宁知汉祀多。

我故笼中羡高鸟，君徒画里著烟蓑。

仙源偶值还乡路，聊把新诗寄棹歌。

简 评

　　诗歌开篇设问，秦晋相距长达五百年间，导致桃源人避世的具体事项
又是什么呢？之后用"断蛇失鹿"两个典故，指秦末暴政、楚汉相争、汉
朝建立等一系列动荡导致民不聊生，让百姓没有办法生存，从而选择避祸桃
源。"桃花本自秦时种，溪水宁知汉祀多"，说明桃源里的桃花是秦时期种
下的，里面的人不知后来的朝代。而一溪之外生活的人们多供奉着汉朝设立
的祠堂，对比突出了桃源的封闭性。第三句直抒胸臆，将"桃源""隐者"
比作"鸟笼""高鸟"，自己愿诗意地栖居于桃花源中成为一名高士，友人也
挥毫泼墨，以丹青妙笔描绘了想象中的桃源生活场景，诗画结合，相映成

---

　　① 断蛇：指汉高祖刘邦斩蛇起义事，《汉书·高帝纪赞》："汉承尧运，德祚已盛，
断蛇著符，旗帜上赤，协于火德，自然之应。"

　　② 失鹿：比喻天下无主，《史记·淮阴侯列传》："秦失其鹿，天下共逐之。"裴骃
集解引张晏曰："以鹿喻帝位也。"

趣。末句将视线拉回当下，友人即将归乡，路上恰巧路过两者内心皆向往的桃源地界，交代了写作缘由，希望这首诗陪伴着友人，宽慰舟行途中的孤单寂寞。全诗语言通俗易懂但意境开阔，虽未着墨桃源内的生活场景，但留给人无尽的想象空间，畅叙送别之情的同时不忘抒发高逸之志，是一首不可多得的佳作。

桃源早行

陈养元

陈养元（？—1723），字鹿山，号芷滨，武陵（今常德）人。康熙三十二年（1693）举人，知宁国县，有善政，县人为之建生祠。雍正元年（1723），大学士张鹏翮上疏推荐，征为贤良，而养元已卒。著有《鹿山诗文集》传世。

花溪不见旧时红，崖断①云连有路通。

十里荒鸡②催晓梦，马蹄正踏万山中。

简评

这是一首游览诗，诗人来到桃源时并不是桃花盛开的时候，故而溪水未红（溪水漂浮着桃花花瓣，故而溪水为红色）。远处高山上的断崖似乎与云相连，"早行"的意思是诗人出行的时刻尚早，十里的鸡鸣催着人们起床，而作者的马蹄却早已踏着群山，体现了作者游览心情之畅快。与那些执着于桃源的诗人不同，诗人认为桃源的神仙生活未必会比现实生活要好，诗人心中的桃源就是有好山好水可以欣赏的地方。

---

① 崖断：陡峭的山崖，唐周贺《寄新头陀》："远洞省穿湖底过，断崖曾向壁中禅。"

② 荒鸡：指三更前啼叫的鸡。旧以其鸣为恶声，主不祥。

偕友游秦人洞值雨宿洞前村舍

罗人琮

> 罗人琮，生卒年不详，字宗玉，号紫萝，湖南桃源人。顺治十八年（1661）进士。官至四川道监察御史。后以揭发江南臬司崔维雅贪污案，虽崔被惩办，人琮亦遭反噬，免职归里。著有《最古园集》二十四卷，《四库总目》及《紫萝山人集》。

烟雨空濛走洞口，村舍山光摇户牖①。

层磴嵯峨②穷追攀，长吟相看但携手。

坐听狐猿啸流泉，猿声啾啾泉涓涓。

秦人不放桃花去，东风一夜飞榆钱③。

来朝人事便陈迹，醉过春华谷雨天。

简评

诗歌描写了诗人与友人共游桃源洞遇雨，之后共宿桃源附近村舍的遭遇。开篇描写烟雨朦胧，村舍房屋的窗户映照出的灯光摇摇晃晃，昏暗的环境中如同星星般。紧接着写远看桃源山峰险峻、巍峨高耸，坐在台阶上，听孤猿啼叫，猿声啾啾，凄切尖细，泉声涓涓，缓慢流动，表达出悲哀、孤独、凄凉和思乡的情感。秦人不肯让桃花流出桃花源，一夜风吹榆钱纷飞，过去的是是非非，在春天雨声中缓慢消失。诗人作为桃源人，抒发了向往隐逸、田园生活的情感，诗歌弥漫着一股淡淡的悲伤之感。

---

① 户牖：门窗或门户，《老子》云："凿户牖以为室，当其无，有室之用"。

② 层磴：层层叠叠的台阶，"嵯峨"形容高耸、险峻的样子。

③ 榆钱：榆树的果实。榆树未生叶前先生荚，形似旧钱而小，连缀成串，故称。

舟发桃源

查慎行

查慎行（1650—1727），初名嗣琏，字夏重，后更名慎行，字悔余，晚号初白，浙江海宁人。康熙四十二年（1703）进士，授编修。康熙十八年（1679），查慎行入幕从军，取道南京，溯江而上，由汉口至荆州，经安乡、常德、桃源、辰阳、沅州、铜仁，抵达贵阳。于康熙十九年（1680）春经武陵，作有《三闾祠》《武陵送春》。《舟发桃源》当在此之后。

武陵溪口朗江湾，花落鹃啼①血正殷。

楚甸②回看惟见水，蛮程从此始登山。

分灾小劫推移过，避世遗风想像还。

但使耕桑能复业，仙家原自在人间。

简评

诗歌首联描写行舟到桃源时为春末夏初，溪水清、桃花落、杜鹃啼，寥寥几笔，勾勒出了桃源的基本环境。颔联中"楚甸""蛮程"一水一路，表明水路结束，即将开始翻山越岭的陆行。颈联描写几百年间，在桃源避世的人们躲过了许多的劫难，料想桃源这一隐居之地至今仍保留着先民初入时的风尚传统。尾联推而广之写劫难过后，忙于耕种的普罗大众若可以回归原来生活的话，那么仙境本就在人间了。作者本身就是一个有山水意趣的人，"笠檐蓑袂平生梦，臣本烟波一钓徒"，他的梦想便是成为渔人，不理这世间纷争，以清风明月为伴。

---

① 鹃啼：源于杜鹃鸟的悲切啼叫，象征着人的思念之苦或悲怨之深。

② 楚甸：犹楚地。唐代刘希夷《江南曲》："潮平见楚甸，天际望维扬。"

满江红·坐秦人洞小憩

李　绂

> 李绂（1675—1750），字巨来，号穆堂，江西临川人。康熙四十八年（1709）进士，由编修后转任内阁学士等职。雍正间历任广西巡抚、直隶总督，以参劾河南巡抚田文镜得罪下狱。乾隆初起授户部侍郎。著有《穆堂类稿》及续稿别稿等。

洞口云封，剩几树桃似醉，若果是秦人在此，应逢不避，满腹疑团牢不破，石扃①深锁终朝闭。有神仙故事，话当年，兴和废。

龙蛇字，诗词贵，楼阁中，苔衣会。遇诗僧渔父，踏青拾翠。溪上潺湲浇石髓②，竹阴个字青成对。空踟蹰③，搔首问渊明，应疣赘④。

简评

诗人坐在秦人洞小憩，洞口云封，只剩几棵桃树，洞口的石门始终闭紧，留下了许多神话故事，令人满腹疑团，若遇到仙人当问个明白，与之共话兴废。下阕描写桃花源的碑刻文字，诗词书写，不止在楼台阙宇之中，更是在青苔桃溪。接着诗人想象跟随诗僧渔人进入桃花源世界，脚踏青苔，碧绿青翠，石上溪水潺潺流淌，声音动听，阳光照下来，地上竹叶的影子宛如许多的"个"字，成双成对。诗人在此却踟蹰不前，不知如何面对，挠头想问渊明先生，却又觉得多余。表现了诗人在秦人洞的所见所思，颇为有趣。

---

① 石扃：指石造的墓室。泛指石造之室。比喻极坚固的防守设施。

② 石髓：指石钟乳，常被古人用于服食，甚至可以入药。唐代杜审言《和韦承庆过义阳公主山池》云："玉泉移酒味，石髓换粳香"。

③ 踟蹰：来回走动。

④ 疣赘：赘肉。比喻多余无用的东西。

游桃源

徐　铎

徐铎（1693—1758），字令民，号南冈，江苏盐城人。乾隆三年（1738）进士，累官山东布政使。著有《易经提要录》《书经提要录》《书经提要录》等。

开尽桃花余碧游，羽人邀我上丹坲^①。
一村鸡犬浑相识，六代风烟为小留^②。

简 评

诗歌描写了诗人游桃源的场景，桃花开尽、凋零，我也要去游览桃源，羽人邀请我进入神仙居住之地，体现出诗人寻求超脱之意。接着写村里的鸡犬与我都相识，"六代风烟"为我稍作停留。诗歌表现我与桃源仙境物我相契、其乐融融的景象。当然，羽人也好，六代风烟的暂留也好，自然都源自作者的想象。不过，当想象中的事件与现实中的空间重叠，何尝不是一种怀古的美好方式呢？

---

① 羽人：道家学仙，因称道士为羽人。丹坲：神话中的神仙之地。
② 六代：有三种说法，一指黄帝、唐、虞、夏、殷，周六个朝代；一指夏殷、周秦、汉魏；一指三国吴、东晋、南朝的宋、齐、梁、陈，也称六朝。此处指第三种。小留。喻停留时间短暂。

游桃花源寄友人

胡先琅

胡先琅，生平不详，字海南，安徽泾县人。

万古沅湘①水，花源几曲深。

田园无旷土，桑竹自成林。

此际耽幽兴，何人悟道心。

我生惯飘泊，结契②有知音。

简 评

这是一首寄友人诗，前两句描述了桃源内外的环境，沅水、湘水流淌千年，桃花源掩映其中，桃源内没有荒芜的土地，桑竹成林，说明桃源环境之理想。末两句则是抒发作者的情思，这次出行沉迷于桃源，又有什么人能悟得自然之道呢？最后一句是对友人说的，我生性习惯飘泊，然而有幸得你这个知音，借书信传达自己对于友人的高度赞赏和万分想念。陶渊明的《桃花源诗》的末句云："愿言蹑轻风，高举寻吾契。"同样也出现了"契"字，渊明想要乘轻风去寻找和自己志趣相投之人，而诗人却已经有了友人这个知己，即使生性漂泊也不离群索居。

---

① 沅湘：沅水和湘水的并称，亦代指湖南，典出《楚辞》。

② 结契：古代中国的一种契约制度，也被称为结盟、结义或结拜。

题桃花流水画册①

黄　任

黄任（1683—1768），字莘田，福建永福人。康熙四十一年
（1702）举人，知四会县。工书，尤工诗，芳馨悱恻，名重一时。著有
《香草笺》《秋江集》。

桃花灼灼②水潺潺，隔断千山与万山。
生怕渔郎漏消息，不流一片到人间。

简评

　　根据诗题，我们可以知道这是题在画册前的诗，画册的内容应当是桃花
与流水，而且是桃源里的桃花和流水。开篇描写桃花开得鲜艳，流水潺潺，
流水隔断千山、万山。尾句很有趣，生怕渔郎漏消息，实际上渔郎出桃源就
将消息告知太守，然此地依旧成为谜团，桃源的仙境再也没有世人见过，引
人深思。桃源神秘且不为外人所知，桃花似乎也明了，人们只能在画中一睹
其风采，并没有随流水来到人间。

---

① 诗见（清）黄任撰《秋江集》卷四。
② 灼灼：形容颜色或形象非常鲜明。

过桃源初上一滩名毛瓮子①

赵文哲

> 赵文哲（1725—1773），字损之，一字升之，号璞函，上海人。清乾隆二十七年（1762）献诗被召试赐举人，授中书，直军机处。因事夺官，后从尚书温福讨金川（在四川大渡河上游），以功复原官，擢户部主事。后师溃于水果木，死难。著有《媕雅堂》《藏海庐》等诗文集。此诗当记入川途经桃源时。

滩流清可怜，阻石形势变。

一望江空濛，如雨复如霰②。

槎牙③数峰峙，中各通一线。

石立水亦立，飞浪搏人面。

水中八尺篙，水际百丈纤④。

遥遥相叫呼，有若赴急难。

当其入险时，出死力与战。

昔称倒水岩，灵秀桃川冠。

龙溪碧玉流，茂竹纷可玩。

幽景不我娱，徒令饱忧患。

何处渔仙庵，闻钟起三叹。

---

① 诗见（清）赵文哲撰《媕隅集》卷一。
② 霰：雪珠，雨水下降遇冷凝结而成的微小冰粒，俗谓米雪。
③ 槎牙：形容错落不齐之状，如云、山、碑、石等。
④ 纤：拉船前行的绳子。

简 评

　　此诗描写了诗人途经湖南省桃源县，经毛瓮子滩时的所闻所感。滩水清且深，滩石奇特，水浪来势凶猛，发出很大的响声。龙溪水碧，溪边长有茂密的竹林，可供人玩乐。末尾"幽景不我娱，徒令饱忧患"一句，写出了诗人面对此滩此景并不感到愉快放松，而是充满了忧患之情。那么诗人"忧"什么呢？或许是对接下来旅途中将面临无数险境的忧惧，或许是对自身前途的迷茫，或许是对家乡亲人的担忧，这些都使诗人不能纯粹地欣赏这险怪之景。

明　文徵明　《桃源问津图》局部

题文伯仁桃源图

郑虎文

> 郑虎文（1714—1784），字炳也，号城斋，浙江秀水人。乾隆七年（1742）进士，历官左赞善、提督湖南、广东学政。在治学方面无所不通，尤其擅长写诗和文章。著有《吞松阁集》。

避地本无地，花源自有源。
沂雩①春未暮，得意可忘年。

桃织一溪锦，松衣万点苔。
一般家法②在，错引问津来。

简 评

这两首题画诗所题之画是文徵明侄子文伯仁的《桃源图》，此桃源图与文徵明的桃源图都属于避世桃源一派。第一首"避地"意为想要避地却无地可避，但桃花源是存在的。春天还未结束就坚持祭祀求雨，"得意可忘年"，意思是得自然之真趣，可忘岁月之流逝，言外之意是无需刻意寻找避地之处，只要有心，自然即为心灵栖居之家园。下一首描写画中风景，桃花铺满溪流，似乎像是织锦一般，松树之上青苔斑驳，像为其穿了一件衣服，这景象酷似传说中的桃花源，引来人们前来问津。以"假赛真"的方式赞美画家技艺之高超。

---

① 沂雩：祭祀求雨。沂：在沂水中沐浴；雩：古代求雨的祭祀。典出《论语·先进》。

② 家法：汉初儒生传授经学，都由口授，各有一家之学。师所传授，弟子一字不能改变，界限甚严，称为家法。

游桃源洞

董思恭

董思恭（1692—1788），字作肃，山东寿光人。康熙六十年（1721）进士，乾隆八年（1743）任常德知府，听断平允，有善政。与武陵县令翁运标友善，以名行相砥砺。倡建德山书院。乾隆十一年（1746）任沅州知府，乾隆十四年（1749）任督理粮贮道。著有《新塘吟》《晦庵文稿》等。

我来桃源觅神仙，神仙已去留青山。

青山依旧青未了，胡为仙人去不还。

我来桃源寻洞口，洞口桃花何处有？

幽泉漱竹①绕孤亭，又见僧庐大如斗。

乃知盛衰叠相主，阴阳须臾变今古。

赤松黄石②终磨灭，可怜秦皇与汉武。

吾人自有不死药，萌芽莫漫斧斤削。

三十六天一气通，活水源源沧海阔。

忆昔香案侍玉皇，下视尘世意飞扬。

俄而③谪向人间住，回首蓬瀛④殊渺茫。

寥落江湖百事灰，惟余明月伴灵台⑤。

---

① "漱竹"可以理解为竹子在水中荡洗的样子，或者竹子在水中生长的景象。

② 赤松黄石：赤松，即赤松子，传说中的仙人。黄石，即黄石公，也是神仙似的人物，即曾向张良传授《太公兵法》的白发老翁。

③ 俄而：形容时间短促。

④ 蓬瀛：蓬莱、瀛洲，传说中仙人住的仙山。

⑤ 灵台：指心。《庄子·庚桑楚》："不可纳于灵台。"

欲问仙源只此是，何必纷纷妄求哉？

吁嗟呼！何必纷纷妄求哉！

简评

诗人写自己游桃花源，然而桃源之中的仙人已经远去，此处空留桃花峰，青山依旧，但是仙人一去不复回。我来桃源寻找洞口，洞口的桃花在哪里呢，这里只有幽泉、竹林围绕着孤亭，又看见僧人的住所非常之大。紧接着诗人发出时间变迁的感慨，盛极必衰、物极必反，曾经的赤松、黄石、秦皇、汉武皆化作烟尘，曾经希望长生不老的帝王，也最终随着历史一起消亡。最后诗人写自己有明月与灵台（即心）相伴，何必羡慕仙源以及生活在此的仙人，抒发了自己的思考，突出了人的主体性意识，有一定的新意。

拟桃花源中人送渔郎出源

爱新觉罗·弘历

爱新觉罗·弘历（1711—1799），即清高宗，因在位年号为乾隆，习称乾隆皇帝。即位后，先后平定准格尔部与大、小和卓木等地方割据势力。开馆纂修《四库全书》，并命撰《会典》《一统志》，各省通志等。又大兴文字狱。屡次巡游江南。

日长山静春归早，千树霞销缬林表^①。

无奈东风吹落英，沿溪为引渔郎道。

晋代铜驼荆棘中^②，秦家宫阙埋烟草。

何缘几日共盘桓，翻知多少纷争扰。

君有家乡君自归，来路去路两杳渺。

送君还复闭洞天，洞里花香春浩浩。

简 评

作者是一位帝王、君主，故在诗歌中发出君王感慨。诗歌虚拟桃花源中人送渔郎出的情景，隐约表露兴亡离别之愁，补充《桃花源记》所未言。诗歌景色描写优美、雅致，千树披上被彩霞印染的鲜丽的薄纱，洞里花香飘荡。结尾四句写渔人自有家乡，应回家乡去。武陵中人送渔人回去之后，紧闭洞门。虽淡淡道来，却精警动人。作者的特殊身份和陶渊明之间的反差为诗作增添了特殊的意味。这里作者不像一般文人对桃花源寄予避世之意，而是强调各安本分，各司其职，各守其地，体现了其作为帝王的规则意识。

---

① 霞销：彩霞印染的鲜丽的薄纱。缬：有花纹的丝织品。

② 铜驼：铜铸的骆驼。典出《晋书·索靖传》。

拟渔郎复至桃花源不复得路①

爱新觉罗·弘历

忆昔入桃源，万古仙家趣。

桑麻满平畴，绯英缬千树。

惜我羁世网，未能骖②云雾。

洞口执手别，殷勤频嘱咐。

重来问仙源，历历想前度。

云水两渺茫，欲涉迷故路。

归来日已西，租吏守门户。

烹鸡③送租吏，自愧初心误。

简评

作者置身渔人立场，设身处地地想象渔人的所见所闻、所思所感。前两句写渔人先回忆在桃花源中安逸闲适的田园生活，接下来两句因怀念俗世生活告别桃源仙境，依依不舍地离开。欲再访却寻而不得，只能回归现实，重新面对繁重的租赋和苦难的生活。从这首诗来看，即便作为帝王的乾隆皇帝，也不妨碍他对陶渊明所描述的桃源理想的赞美与接受，桃花源俨然成为社会各阶层共同向往欣赏的开放性文化产物。乾隆创作此诗，是皇帝与贫士的对话、帝王生活与隐士文化的融合、富贵功名对闲适优雅的接纳，两者在精神追求和审美上相互沟通并达成某种共识。本诗也间接表明皇帝本人在处理繁杂政务之余，也向往拥有一方自由闲适的精神净土；同时也抒发了不忘初心、励精图治的抱负。

---

① 诗见爱新觉罗·弘历《御制诗》，乾隆嘉庆武英殿刻本。《清代诗文集汇编》第319册，上海古籍出版社，2010年版。

② 骖：古代指独辕车所驾的三匹马。又指驾车时套在车前两边的马。

③ 烹鸡：指的是美味饭菜，李白诗句"呼童烹鸡酌白酒"。

武陵道中

钱 棨

钱棨（1734—1799），字振武，号湘舲，江苏长洲人。乾隆时乡、会、殿试皆第一，授翰林院修撰。后回乡丁父忧。三年期满之后，回京任职，任三通馆纂修、武英殿分校、《四库全书》处总校官等。乾隆五十一年（1786），任顺天府乡试同考官。五十二年（1787）九月，奉旨在上书房行走。典试云南，命提督学政。著有《湘舲诗稿》。

翠屏环列簇烟低，径转千盘路欲迷。

洞古不知秦甲子①，祠荒犹说晋东西②。

山山落日跳松鼠，树树藏云叫竹鸡。

问讯仙源何处所，桃花落尽水流溪。

简评

诗歌前两句"翠屏环列簇烟低，径转千盘路欲迷。"描写去寻访桃源的路途中看到的景物，说明寻访不易，尾句则表示并没有寻访到桃源，只见外面的桃花零落，溪水长流。这表示作者注定无法找到桃源，渔人偶然发现桃源时是"落英缤纷，芳草鲜美。"而作者这里是桃花落尽，一个"尽"字给人苍凉之感，预示着结局的无奈。"问讯仙源何处所，桃花落尽水流溪"，感慨之情油然而生，桃花落尽而溪水生生不息。

---

① 甲子：前有注。

② 晋朝分西晋、东晋。

桃　源

李发甲

李发甲（1652—1718），字瀛仙，号云溪，清代滇中河阳（今澄江县）人。滇中名贤，康熙二十三年（1684）举人。康熙器重其学识和才能，赐进士出身，升监察御史。康熙五十二年（1713），调任湖南巡抚。书法飘逸秀健，雅近董其昌。著有《世恩堂诗文集》《李中丞遗集》。

渔人亦隐者，暇日①泛扁舟。

鸡犬吠茅屋，桑麻植绿畴②。

桃花夹岸发，溪水在中流。

借问避秦处，白云岭上浮。

简评

诗歌开篇就确定了渔人的身份："渔人亦隐者，暇日泛扁舟。"诗人认为这里的渔人是隐居的人，在空闲的时候泛着自己的小船，继而发现桃源。看到桃源里面"鸡犬吠茅屋，桑麻植绿畴"，鸡犬相闻、农家田居生活景象，显得闲适安然。更有"桃花夹岸发，溪水在中流"，自然景物也十分宜人。末句："借问避秦处，白云岭上浮"，意为渔人问避乱的秦人所居住的桃花源在哪里，旁人告诉他，在山岭上白云飘浮之处。这一说法增添了桃花源的神秘感，明明桃花源近在眼前，却仿佛远在云端。

---

① 暇日：指空闲的日子。

② 畴：指已经耕作并整治好的田地，后来引申为农作物的种植分区。

经桃源有感

张姚成

> 张姚成（1742—1798），字忍斋，浙江仁和人。乾隆四十年（1775）进士，曾任江西按察使、湖南督学。秉经酌雅，力绌浮靡。新刊《校士录》，被人奉为程式。

鸡犬如何不上天①，桃花洞里住年年。
倘因春色勾留住②，即是凡夫不是仙。

誓与青莲结净因，青莲色相尚非真。
若真拈着桃花笑，便落桃花一劫尘。

简 评

诗歌其一开篇发问"鸡犬如何不上天，桃花洞里住年年"，为什么鸡犬不随着仙人一起飞升，却要年年住在这桃花洞中呢？紧接着书写如果是被春色勾留而在人间，那么此中之人是凡人而非神仙。其二开篇便写青莲，希望与青莲结因，但又感觉青莲虚幻不实。"若真拈著桃花笑，便落桃花一劫尘"，拈花一笑是佛教禅宗的典故，有两层意思：一是对于禅理理解透彻，二是指彼此之间心领神会、心意相通。这里若以为拈着桃花笑便可以达到修行的目的，那便是大错特错，堕入劫尘之中。诗人从佛理的角度对桃花源之真与幻进行思考，提出了全新的理念。

---

① 典出王充《论衡·道虚》。后以喻一人得官，亲友亦随之得势。
② 勾留：挽留。

舟中望桃源洞

汪　坤

汪坤，生平不详，字元至，号玉屏，安徽旌德人。

夹岸尽桃花，青溪①几曲斜。

山中无魏晋②，洞里自桑麻。

有客曾来此，凡心忽忆家。

遂教千载后，遥望只烟霞。

简　评

　　该诗首、颔、颈联写的是渔人误入桃源的故事，桃花开遍溪流两岸，清溪曲曲折折几度拐弯，山里不知魏晋为何物，洞中有桑麻等田居生活，有客忽到此处来，突然想起了家乡。尾联则是点睛之笔，数千年之后，人们无法再进入桃源之中，只能遥望洞口的烟霞。诗作前二联烘托桃源的美好，其实是为了最后一句。桃源之所以能够让文人们追慕千年，自是因为其美好不复所得，即使千百年过去，桃源已不再是昔日的桃源，人们对于桃源的追求之心也没有淡化。

---

　　① 青溪：碧绿的溪水，唐人杜甫《万丈潭》云"青溪含冥寞，神物有显晦"。

　　② 魏晋：全称魏晋时期（220—420），指东汉瓦解后，三国到两晋的时期，是魏晋南北朝（220—589）的前半段。

桃源舟中①

水　卫

> 水卫，生平不详，字藩泉，号鹿城，保山（今属云南）人。乾隆庚午（1750）举人。曾任霍山知县。

万山历尽一江平，天许乘风破浪行。

沅水已过湘水尽，滇云②遥隔楚云生。

沿溪渔父频回棹③，夹岸桃花半落英。

我欲泊舟寻隐逸，仙源鸡犬漫相惊。

简评

这是一首游览诗，开篇云："万山历尽一江平，天许乘风破浪行。"诗人一路游历，阅尽万山，坐船来到桃源。"沿溪渔父频回棹，夹岸桃花半落英"，沿着溪水前行，渔父们打渔结束纷纷回家了，只见沿岸落英缤纷。前六句交代了作者找寻桃源的经过以及桃源的外部环境。"我欲泊舟寻隐逸，仙源鸡犬漫相惊"，诗人想要停船自己去寻找桃源，不要随意惊动了隐居在仙源中的人。这里的隐逸当指桃源中的隐者，诗人认为桃源是隐居避世的地方，其中之人皆为隐士。

---

① 《桃花源志略》录存水卫和叶自渊二人诗，二人同为保山人，可能是结伴而行。

② 滇云："滇"源于云南滇池，诗歌以"滇云"代指云南。

③ 棹：划船的一种工具，形状和桨差不多。

再访桃源洞

叶自渊

叶自渊，生平不详，保山人。乾隆十六年（1751）赐进士出身。

迢递①仙源又问津，竹溪云舫纪前因。

藓碑篆刻文仍晋，鸡黍人家世隔秦。

棹狎鸥汀牵翠荇②，波横螺黛③接苍垠。

桃花不放春消息，忘却渔郎是故人。

简评

　　诗题表明这是诗人再次到达桃花源。首联描写诗人再访路程遥远的仙源，不断在询问渡口在何处，竹林溪上小船儿飘荡前行。颔联是诗人偶然遇见碑刻篆文，上面的字迹依稀显示是晋代的文字，田园人家只是为了躲避秦之战乱。颈联诗人的棹亲昵地碰上了鸥鸟，带动着翠荇，使其波动摇晃，溪水波痕流动，深蓝色溪水直至天边，与天相接。桃花不曾透露春天的信息，忘却了渔郎也曾是故人。诗人尾联自比渔郎，希望寻找到隐逸安谧的桃源世界。

---

①　迢递：路程遥远。

②　狎：亲昵；荇：一种水生植物。

③　螺黛：画眉的墨。此处形容溪水深蓝。

桃源洞

王文治

王文治（1730—1802），字禹卿，号梦楼，江苏丹徒（今镇江）人。乾隆二十五年（1760）进士，殿试第三名，授翰林院编修。官云南临安知府，曾出使琉球，后辞官返乡，主讲杭州镇江书院。著有《梦楼诗集》。

自是红尘客太忙，桃源未必尽荒唐。
即看流水琅玕①色，尚觉空林草露香。
黔蜀残山②从此断，羲皇化日至今长。
年来粗会陶潜意，归去扁舟问醉乡。

简评

该诗作于从云南临安太守任上辞官归里的途中。首联写红尘客忙，便是来去匆匆地经过。次句"桃源"点桃源绝境，"未必尽荒唐"则将桃花源故事自然引入。颔联写景，视觉、嗅觉都用到。第三句"看流水"，既呼应当初渔人的缘溪行，又表明自己乘舟而行，并未上岸，即"过"。第四句"尚觉"有香，仿佛千年前桃源花香犹闻，又似乎与自己当初经过时的香味一般。这个"尚"字既暗含"再"义，无中生有，关涉今古，用意至为细密。且首句自云"太忙"，第三、四句转从反面写自己悠然心闲之貌，似乎又不

---

① 琅玕：指美石、珠树或竹子。此处指竹子。苏轼有"十亩琅玕寒照坐，一溪罗带恰通船"诗句。

② 残山：指留在山上未被砍伐或烧毁的零散树木或山石，也可以指山上因自然或人为原因而断裂开来的山峰碎块。

忙了。辞官归里，经过桃源旧地，正需要这个不忙来衬托，这是背面着笔。而颈联再次回到经过之意上，便又是忙。"黔蜀"句，诗人有自注："黔蜀万山丛簇，入楚南犹相属不绝。至桃源，始有平远之观矣。"这是写实际的桃源景观。"羲皇"句则写虚幻的桃花源。二句关合，又是以今之桃源风物淳朴来反衬昔日桃花源事迹，这又是忙中的不忙。前面三联，早已扣紧了"桃源"，此处终于挑明此意：自己正是领会了陶渊明的心事而辞官，将归去醉乡，正如陶渊明之归心桃花源。至此，把自己的身世、心事与陶渊明挽结一处，是高明的自赞之法，同时又是扣题总结。

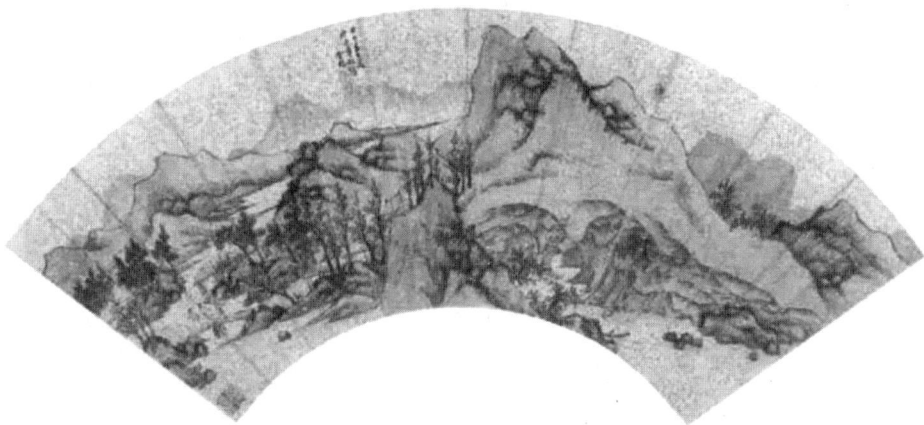

明　丁云鹏　《桃花源图》

游桃源洞二首

范鹤年

> 范鹤年（1753—约1805），字青子，号砚云，洪洞（今属陕西）人。乾隆五十四年（1789）进士，历任会同、衡阳、清泉、桃源、永顺等知县。所撰传奇《桃花影》，今存于世。

水牯①山蚕世业传，先生原不记神仙。
桃花岁岁无租税，不是人间即洞天。

桃花也不到人间，况复渔郎去可还。
扫尽落叶重莳竹②，怕人犹识武陵山。

简评

诗中作者所描写的渔郎以及桃花源中的人物同陶渊明笔下的桃源人相似，都是因避秦逃入深山而不知魏晋之平民。这些人在桃源内休养生息，男耕女织，过着惬意闲适的农家生活，因与外界隔绝，故而对外界朝代更替一无所知，在渔人偶然进入桃源后，热情招待，并且嘱咐他不要将桃源说出去。第一首描绘了桃源人的农家生活，加之没有租税，美好得不似人间；第二首描写了渔郎离开之后，清扫洞门，重种竹子，以防外人在此打扰。诗人虽忙于政事，但还是不忘抽时间游览桃源洞，可见他对于桃源的喜爱。

---

① 水牯：公水牛。
② 莳竹：种植竹子。

桃源行赠邑宰赵叔明

杨宗岱

杨宗岱（1731—？），字钝夫，号田村，江西大庾人。乾隆二十八年（1763）进士，曾任绵竹、井研知县等。乾隆五十八年（1793）掌教常德府武陵县朗江书院。

寻阳旧作桃源记，辋川今赋桃源行①。

桃源有县似村落，只以桑竹为官城。

诎②曲清溪三十里，人家耕织炊烟里。

鸡犬知村晚自归，鸥鹭近人惊不起。

晋宋而来春几度，但见桃花随水去。

却从山口认天光，旧是渔人舍舟处。

桃源风俗甚真淳，鸡黍相将问主人。

宰官今日陶彭泽，更种桃花满县春。

简评

这是一首赠友人诗，开头云："寻阳旧作桃源记，辋川今赋桃源行。"旧时陶渊明曾写作了《桃花源记》，王维写成《桃源行》，诗人肯定二人之诗文的价值。末句云："宰官今日陶彭泽，更种桃花满县春。"根据题名，我们可知这是作者写给他的一个官吏朋友的，那么末句即是对友人的赞赏，将他比作陶渊明，希望他有着陶渊明的志趣情操，在他治理的县内种满桃花也就是让人们生活和美，如同在桃源一样。末句既是对友人的赞赏，也从侧

---

① 指王维的《桃源行》诗。王维晚年曾居陕西蓝田辋川。

② 诎：弯曲的样子。

面表达了自己对于桃源的向往。这里的桃花既代表逝去的时间，也代表桃源里的美好事物，仿佛桃花盛放的地方就是桃花源。

唐　裴谞　《桃源图》

将至桃源书渊明集后

王　昶

王昶（1725—1806），字德甫，号述庵，又号兰泉，江苏青浦（今属上海）人。乾隆十九年（1754）进士，从征缅甸及两金川，前后在军营九年。官至刑部右侍郎。诗、词、古文皆精，时称通儒。著有《春融堂集》《明词综》《清词综》等。

夙爱桃源图，屡读桃源记。

颇笑后贤作，疑信等蝈沸[①]。

自来真逸流，山水旷高寄。

一闻尘外区，结念廑[②]梦寐。

未须论有无，先与托文字。

何况柴桑翁，身丁典午季[③]。

折腰固不堪，乞食更非计。

久怀荷篠徒，画扇见神契。

偶传武陵溪，风土信幽异。

鸡犬各自如，妻子未为累。

悠然写其人，聊以诏尘世。

裹粮必问津，遐想毋乃滞。

---

① 蝈沸：蝉鸣、汤沸之声。比喻杂乱喧闹。

② 廑：少的意思。

③ 典午季：典午季乃司马的隐语。三国谯周曾预测文王（司马昭）八月而没。此处引申为晋乱即将崩溃的年代。

我今来沅南①，溪山悉姝丽。

寒水澄绿波，层峦倒空翠。

人家枫竹林，即此可终憩。

安得花红时，一鼓渔郎枻②。

简 评

王昶素喜桃源图，爱读《桃花源记》，将近桃源县（今属湖南常德），他再读《渊明集》，感慨颇深，故作此诗。诗歌描写了诗人未亲临桃源，观《桃源图》想象武陵溪边溪水潺潺，桃花盛开，鸡犬相闻，男耕女织的田园生活。诗人如今来到了沅南县，溪水山川依旧妍丽，水上翠绿波纹，倒映着山川，竹林之中可以小憩。一路山清水秀，丰富了诗人的诗歌创作。等到桃花再度盛开之时，可以用上渔郎的短桨，寻找着美丽的桃源世界。王昶诗学陶渊明，其诗真率朴实，偶有如陶诗那样富含哲理的句子。

---

① 沅南：即沅南县，东汉建武二十六年（50）置，属武陵郡，治所在今鼎城长茅岭乡古城山。东汉延平元年（106）徙治今桃源县城东南。

② 枻：短桨。

南乡子·舟过桃源

吴锡麒

> 吴锡麒（1746—1818），字圣征，钱塘（今属浙江杭州）人。乾隆四十年（1775）进士。曾为翰林院庶吉士、编修、国子监祭酒。后以亲老乞养归里。主讲扬州安定乐仪书院至终。诗笔清淡秀丽，古体有时藻采丰赡，著有《双忠祠》《凤凰山怀古》《观夜潮》《读放翁集》等。

云卷一村晴，芳草裙腰画不成。弦索①吹来茅店里，东丁②，小伎杨花唱好听。

春水夜来生，误煞寻源艇子行。几树野花开放了，清明，闲看风鸢放出城。

简 评

诗人舟过桃源，正是清明时节，词中上阕描写了一幅桃源风情画：天气放晴，云朵舒展，芳草萋萋，野花绽放，在路边小店里，时时传来歌伎的吟唱，如同水声滴答作响，煞是好听。下阕写春天夜里，那些热衷寻幽览胜的人，忙着去寻千年前的那处桃花源。几树野花绽放，儿童出城奔走，忙着放风筝。这阕词形象生动地描绘了富有山水田园之乐的桃源生活场景，令人心向往之。

---

① 弦索：各种丝弦乐器的总称。
② 东丁：象声词。形容水声滴滴答答。

念奴娇·游桃源洞

张寄岚

> 张寄岚，号殿爵，清长沙人。

桃花源里问秦农，还是当时春色。日出云中鸡犬哄，音堕桑麻竹叶。赋税全无，岁时自志，汉魏俱心澈。此中人语，难与外人陈说。

几度江上归来，风嘶月落，遮莫①涛翻雪。行到水穷林尽处，别有地天空阔。作记渊明，题诗摩诘②，唤起千秋客。风光依旧，阿侬堪共朝夕。

简 评

词作上阕描写桃源之中询问秦农，秦农回答依旧是当年的美景。日出之时鸡犬相闻，人们开始农耕生活，鸡犬之声落于桑麻竹叶之上。这里赋税全无，不知外界已经历了汉魏朝代更迭。桃源中人不愿将此情形透露出去，故不好向外人详细描述。下阕开篇江上流水经过，风吹月落，翻云覆雨。化用王维"行到水穷处"，随意而行，不知不觉走到流水的尽头，看是无路可走了，于是索性就地坐下来，看那悠闲无心的云兴起飘浮，这里诗人发现水穷之处别有洞天，紧接着以陶渊明、王维这样的隐士自比，写出了诗人的洒脱性情。

---

① 遮莫：犹这么。
② 摩诘：即王维。

补种仙源桃花偶成

吴玉麟

> 吴玉麟（1746—1818），字协书，号素村，福建闽县（今台江区）人。乾隆四十二年（1777）举人，寄寓桃源十余年。曾同桃源教谕杨先铎种桃三百株于桃源洞。著有《素村小草》等。

补就仙源十里春，桃花千树种来新。
渔舟不用寻前路，锦浪溪头试问津。

花光如火映波光，山水真成锦绣乡。
添得骚人无限兴，春来都为看花忙。

不须阆苑①去求仙，底用沩山更悟禅②。
一片空明香色界，居然身在小瑶天。

简评

诗题为"补种"仙源桃花，仙源是指陶渊明塑造的桃源世界。第一首书写为十里仙源地补种桃树新种，故渔舟不用千里寻路，也不用在溪头询问渡口，桃源可以自己塑造。第二首描写桃源种成之后的场景，桃花鲜艳映照在溪水之中，波光粼粼，山水之间真的成为锦绣之乡，使得诗人兴致高涨，春

---

① 阆苑：阆风之苑，仙人所居之境。李商隐《碧城》云："阆苑有书多附鹤，女墙无处不栖鸾。"

② 沩山：在湖南宁乡西，因沩水源出于此，故名。唐代禅师灵佑居此密印寺七年，世称沩山禅师。

天一味忙着看花。第三首抒发诗人的沉思，不用去仙人居住场所去寻仙，和唐代沩山禅师一起参禅悟道，这样的生活也就如同在仙源世界之中。与其他诗人不同，诗人在现实的桃花源中可植桃树，打造真实的桃源世界，告诫世人不必苦苦追寻渊明笔下的仙源世界。

清　黄慎　《桃花源图》局部

桃源洞

张九钺

张九钺（1721—1803），字度西，号紫岘，湖南湘潭人。乾隆二十七年（1762）举人，历宰南丰、峡江、南昌，以母忧归。服阕，历保昌、海阳等县，所至有治声。晚归湘潭，主昭潭书院。著有《陶园诗文集》《历代诗话》《晋南随笔》等。

十里五里渔歌声，十村九村桃花明。

飞泉无人挂绝巘①，芳洲自转兰芽生。

长林大道闻钟鼓，云是秦人阡陌所。

流水归来隔几春，青山一闭成千古。

松风飒飒吹客头，华池明镜荡不收。

鸡鸣卓午②日上壁，瑶草欲动青氛浮。

神仙安得思乡里，世外萧然自生死。

秦人不识汉春秋，陶令犹书晋甲子。

我谓此中人何乐，不向金鹅求大药。

寻常儿女绕田嬉，随意桑麻对酒酌。

高牙大纛③驰风尘，休辨当年事伪真。

回头即是虚无路，得意俄为憔悴人。

梦里图中皆可住，何妨再为渔郎误。

桃花欲落沅水深，便欲拿舟入溪去。

---

① 绝巘：极高的山峰上。

② 卓午：正午，唐李白《戏赠杜甫》："饭颗山头逢杜甫，头戴笠子日卓午。"

③ 纛：大旗。高牙大纛，指军中的旗帜，比喻声势显赫。

简 评

　　此诗描写了渔歌十里，村村之中桃花盛开的情景，极写桃源世界之广。紧接着描写桃源的消失、关闭。"流水"象征着时间的流逝，而"归来隔几春"则表达了时光荏苒、人事已非的意思。诗人通过此句，抒发了对过去时光的怀念和对现状的感慨。青山依旧，但人事已非。张九钺宦海沉浮，从未像陶渊明那样成为一个可以仕而不仕的真正意义上的隐士。他的学佛求隐是为了达到不以功名利禄为得失的心境，结尾四句表达了作者积极进取的精神。

过桃源

李宗瀚

李宗瀚（1769—1831），字公博，一字北溟，号春湖，临川（今江西进贤）人，因筑拓园，自称"拓园居士"。乾隆五十七年（1792）举人，五十八年（1793）进士，道光时官至工部左侍郎，浙江学政，诰授资政大夫、工部左侍郎、提督浙江学政。喜聚书，癖嗜金石文字，工诗。书法尤推重一时。

古人达时变，幻语偶成趣。

后人惊奇诡，遗迹妄题署。

我入桃源境，风景春方暮。

闲禽啼近人，尘梦若初寤①。

鸡犬杂平畴，人家隔深树。

径绝崖乍逼，坡回溪屡渡。

转瞬别天地，忽与前山遇。

居人竟相语，指点逃秦处。

延望是耶非，沧桑今几度。

山桃初叶齐，红消绿成雾。

不恨失花期，遂失缘源路。

人心随物变，来者半迷悟。

焉知遗世情，不受浊世污。

游神怀葛初②，讵为秦人赋。

---

① 寤：寐觉而有言曰寤。通"悟"。

② 葛初：即葛天氏时期，其治不言而信，不化而自行，古人认为理想中的自然、淳朴之世。

不见范蠡①舟，拂衣五湖去。

留候亦避谷，永结赤松慕。

高风同所契，心迹如相诉。

却笑武陵人，还被神仙误。

简评

诗人生活的时代受乾嘉年间文字狱影响，文人学者皆钻故纸堆中，远离政治纷争，故诗人借中隐山的幽深、僻静暗喻自己的清高之志。此诗题写桃源，借用葛初、范蠡、武陵人等典故，体现出浓厚的隐逸思想。同时诗歌体现出释道思想对诗人的影响。对于始终在朝为官的诗人来说，佛性的圆融可以让人消除心中对出世入世的偏执，做到为官时守君臣大义，退朝后参禅入定。在此心态下，李宗瀚的闲适融于自然之间，呈现出与世无争、淡泊明志的特色，邓显鹤评价其诗"浏然以清，涤然以远，沉思孤往，余味曲包"。

---

① 范蠡：字少伯，春秋楚宛人，辅佐越王勾践灭吴国。后去越入齐，泛舟五湖，经商致富。

桃源洞种桃柬吴素村

杨先铎

杨先铎（？—1834），号木庵，湖南湘阴人。嘉庆五年（1800）举于乡。任桃源县教谕时（1815—1823），曾偕同候官举人吴玉麟来桃源植桃三百株。其所作七古尚有《登川上亭望桃源洞》《桃花溪》等。著有《惺惺斋草》。

桃花溪头净如练，岸柳垂垂蘸波面。

旧日桃花一片无，红霞远近空留恋。

延陵公子①如曼卿，飘然遗世来问津。

乞得瑶池王母种，空山抛掷生云根。

种桃自制联珠体，约我锄云碧山里。

我亦嶔崎②磊落人，探春早被莺呼起。

莺呼呖呖江路斜，手携千片万片天台霞。

不求一夕繁英之幻术，不爱上林缃紫之繁华。

蓬头弟子茅山③住，与我骑驴入烟雾。

泥丸累累三百颗④，为补君前未栽处。

从此仙源不寂寥，年年春信来相邀。

何须定饮秦人酒，到此看花亦足豪。

---

① 延陵公子：春秋时期的吴国公子季札。

② 嶔崎：高峻貌，也比喻人之卓尔不群。

③ 茅山：道教茅山道圣地，在江苏句容县东南。

④ 泥丸：典出汉刘向《说苑·杂言》。诗人以此形容桃树珍贵。

简评

诗作开篇描写桃花，溪水清澈，如同洁白的丝绸。岸边柳条垂垂，蘸在溪边水面上。曾经开遍的桃花今日再无，霞光远远近近让人空留恋，品德高尚的政治家季札曾来询问桃源的渡口何在。从瑶池祈得桃树的种子，在桃花源种植桃树。诗歌后面写茅山蓬头弟子与我骑驴进入烟雾之中，彰显出诗人归隐山林的期冀。最后诗人发出感慨：为什么非要等待秦人的酒呢？到此地看种的桃花也足以引发豪兴，这里就是属于自己的隐逸之地。

明　仇英　《桃花源图卷》局部

游桃源洞

王　寅

王寅，生卒年不详，原名蔼，字琴槎，号亮甫，武陵人。道光九年（1829）进士，官户部主事。著有《蜀游草》《绂紫山房集》。

沅水①翻白马，春山净绿萝②。

我来经洞口，一片白云多。

方竹亭何在，残碑字欲磨。

桃花今不见，惟听打渔歌。

简评

　　该诗开篇化用赵蕃"人间白马渡，世外绿萝山"诗句，描写沅水流经的地方，雪涛翻腾，春天的山中，绿萝繁盛且洁净，以景物烘托桃源洞口的清幽。颔联描写诗人来到洞口，此地白云飘飘。颈联诗人发出一问，方竹亭如今安在？桃源洞口的残碑已经模糊不清。尾联诗人再至桃源洞口，不见桃花盛开，唯听见打鱼的人在吟唱。桃花源里的人过着淳朴的生活，与世隔绝，诗人欲寻而不见，难免有些许失落。诗歌弥漫着淡淡的惆怅之情。

---

①　沅水：即沅江，发源于贵州都匀，流经湖南汉寿后注入洞庭湖。
②　绿萝：一种植物，郭璞《游仙诗》有"绿萝结高林"。

经桃花源

石韫玉

> 石韫玉（1756—1837），字执如，号琢堂，江苏吴县人。乾隆五十五年（1790）进士，廷试第一。授翰林院修撰。历官四川重庆知府，山东按察使。著有《独学庐稿》《晚香楼集》等。

双旌遥指辰溪渡，仆夫告我桃源路。

入室初逢起定僧，当关少驻寻春步。

春风暖茁紫兰茸，无复桃花洞口红。

数家白屋风篁里，一面青山水镜中。

斑斑岩口苍苔驳，决决①飞泉漱寒玉。

古木悬岩石作梁，游人拾翠云生足。

山行十步九盘桓，始信登高济胜难。

野老尚沿秦代谱，丛祠不改晋衣冠。

此中风俗殊平易，鸡黍留宾亦常事。

自守桑麻长子孙，几曾仙怪夸灵异。

商山人老紫芝新，采药蓬莱几度春。

当时不少见几②者，岂独桃源是避秦。

问津之人今接武③，征实辨虚意何所。

世外沧桑亦有无，山中岁月何今古。

烟蓑雨笠古渔父，满地江湖一钓丝。

---

① 决决：水流貌。

② 见几：谓事前明察事物细微的变化。《易经》："君子见几而作，不俟终日。"

③ 接武：即接踵，一个接着一个。武，足迹。

请看门外桃花水，常绕渊明旧日祠。

简评

诗人到达桃花源时是春季，春风微暖，紫色细茸花盛开，洞口不见灿如云霞般盛开的桃花，竹林深处，白屋环绕，青山倒映在如同镜面一般的溪水中。此处虽与陶渊明笔下的桃花源稍显不同，但依旧是青山绿水，房屋错落。诗人细致入微地描写了桃花源内的古木、悬岩、山路等，说明游览路径。诗人发出感慨，"自守桑麻长子孙，几曾仙怪夸灵异"这里不过是农人子弟世世代代的居所而已，哪里是什么神仙鬼怪所居的灵异之处。在游览之余，发出思考："问津之人今接武，征实辨虚意何所？"诗人辩证地看待桃源的虚实，当时民不聊生，人们躲进深山实为常态，那么千百年过去了，这里还同昔日一样，仿佛看不到世外的沧桑以及山中岁月的痕迹。最后以渔翁、桃花、流水等桃花源常见的意象结尾，强化陶渊明的桃花源留在人们心中的印象。

桃源绝句二首

程恩泽

程恩泽（1785—1837），字云芬，号春海，安徽歙县人。嘉庆十六年（1811）进士，历官户部右侍郎。其学博广、工篆法，精熟许氏学，诗文雄深博雅，于金石书画考订尤精审。著有《国策地名考》《程侍郎遗集》。

栗里柴桑岂足耕，翻然欲作洞天行。
伪书不顾渊明唾，太守渔郎补姓名[①]。

陶公不似谢公颠[②]，遮莫来寻洞口烟。
一样桃花两番雨，永初而后太元前[③]。

简评

诗歌对陶渊明及《桃花源记》进行了一番探讨，作者在推测陶渊明写《桃花源记》的原因后，认为现在的《桃花源记》并非完全由其所写。太守问渔郎的情节，不过是好事者瞎编的罢了，就算是陶渊明看到也会唾弃。第二首开篇将陶渊明与谢灵运对照，认为陶渊明比谢灵运性情要稳重一些，谢到处游山玩水，陶在田园中隐居，怎么会跑到这里来找洞天福地？同样的桃花经历了两场风暴，一场是太元以前，即西晋向东晋的过渡，另一场则是永初年间，刘裕建立刘宋政权，取代东晋。易代之际，人间腥风血雨，但桃花却依旧盛开。这联诗颇有杜甫"国破山河在，城春草木深"的意味。

---

① 北宋前期以前诸籍所录《桃花源记》均无"刘子骥闻之规往"一段文字，疑为宋元时好事者所赝撰增附。

② 谢公：指谢灵运（385—433），南朝宋诗人，辑有《谢康乐集》。

③ 太元：为东晋孝武帝年号；永初：为南朝宋代武帝年号。

过桃花溪

陶澍

陶澍（1779—1839），字子霖，号云汀，湖南安化人。嘉庆七年（1802）进士，道光年间累官至两江总督。著有《印心石屋诗文集、奏议》《蜀輶日记》《陶渊明集辑注》等。

山路雨后深，云树蒙朝絮①。
一鸟忽发声，冲破烟痕去。

涧曲②小桥横，屋角云中现。
不见武陵人，但见桃花片。

简评

　　诗歌第一首写空旷的山路被雨打湿，小路曲径通幽，山中小径旁边高耸入云的树木，仿佛蒙了一层纷乱飞舞的雾气。忽然之间，一声鸟叫声打破了安静宁谧的山中，突飞而上冲破山中雾气，留下一道痕迹。第二首写曲折蜿蜒的小溪流淌，溪流中间横亘着一条小桥，云雾之中突然闪现房屋一角。诗人发出感叹，曾经的武陵人如今不再见，但是却可以看到桃花朵朵。诗歌环境描写安静宁谧，清新淡然，可见诗人对自然山水的敏锐感知力。

---

　① 絮：诗中指雾气，常用来形容轻盈、缥缈的事物。
　② 涧曲：弯曲的山涧或曲折的山间小溪。

桃　源

严　烺

严烺（1774—1840），字存吾，宜良（今属云南昆明）人。嘉庆元年（1796）进士，改庶吉士，授主事。历官甘肃布政使。著有《红茗山房诗存》。

昔人误逐桃花行，今见寒潭①彻底清。
果有渔舟来泛泛，空教春水漾盈盈②。
仙乎竟欲忘言说，客也何从避姓名。
打桨③苍茫烟雾里，青山相向亦多情。

简　评

首联写昔人曾经误入桃花源，今人所见只有寒凉的潭水澄澈见底。颔联写偶有渔舟前来打鱼，船桨划过水面，使得水溪漾动，波光粼粼，清澈晶莹。颈联写仙人忘记言说，是因为不必言说，客人也不必回避自己的姓名，同时也回应了陶渊明的"此中有其意，欲辨已忘言"。尾联写烟波江面之上，雾气弥漫，青山自古多情，形容自然风光的美丽、充满感情。此诗描绘一种清宁明净的景象，使人感到心无杂念，仿佛精神被洗涤了一样。诗人进入美妙环境之中，山水书写贴切自然美妙。

---

① 寒潭：寒凉的水潭，通常用来形容清澈、宁静的水流。
② 盈盈：形容水的清澈晶莹，水面波光粼粼。
③ 打桨：使用桨来划船的动作。

桃源游仙辞（四首选二）

陈本廉

陈本廉，生卒年不详，字以六，号介吾，湖南沅江人。诸生，恩赐副榜。著有《家训》等。

洞口桃花两岸栽，一回春至一回开。
山中不用人间历，但见花红春又来。

惟有桃花不闭关①，青溪深处白云间。
外人不解寻踪迹②，只有春风共往还。

简评

作者认为桃源即仙源，是一个不同于世俗的地方，而里面住的人自然不是普通人。第一首诗洞口桃花在两岸栽种，每年春至桃花盛开，桃源人计年的方式是以桃花盛开一次为一年。第二首诗中，仅仅只有桃花留在外面，供世人观看，仙源位于青溪深处、白云之间，外人寻找不到它的踪迹，只有春风年年到来。诗人向读者介绍了桃源仙人的生活方式，从侧面反映出诗人对于这样一个美好仙源的向往。

---

① 闭关：闭门谢客；或谓不为尘事所扰。
② 踪迹：指一个人或物体行动后留下的可觉察的形迹。

道光甲申三月过桃花源作

吴荣光

吴荣光（1773—1843），字伯荣，号荷屋，南海（今属广东佛山）人。嘉庆四年（1799）进士，由编修擢御史，巡视天津漕务，道光间官至湖南巡抚，兼署湖广总督。坐事降福建布政使。工书画，精鉴金石。

浪光天接武溪源，为忆渔舟一叩门。
山外龙蛇①人岁月，洞中鸡犬汝乾坤②。
白云阅世无秦晋，绿水环家有子孙。
果否问津难再至，桃花开遍笑无言。

简评

诗作首联写水的光色与天光相连接，直至武溪源，作者为了追忆渔舟所至之地轻叩石门。颔联写山外岁月流淌，时间飞逝，桃源洞中鸡犬相闻，有着自己的生活秩序。颈联描写白云飘荡，见证过无数岁月，此地没有秦至晋朝的动荡岁月，青山绿水环绕之中人们代代相传，繁衍生息。尾联诗人发出一问，曾经的渡口难以到达，桃花开遍，笑而不语。桃花源代表着一种美好生活，没有战争、赋税，百姓安居乐业，抒发了诗人对这种美好生活的向往之情。

---

① 龙蛇：指隐匿或退隐，《汉书·扬雄传》："君子得时则大行，不得时则龙蛇。"
② 乾坤：用于描绘宇宙的运行、人类生活和社会秩序的维持。

题桃花源图

翟漱芳

> 翟漱芳，生卒年不详，字润芝，号艺圃。道光十二年（1832）举人。任广德州学正。著有《仰山堂集》等。

扪藤引葛①赖穷探，一幅生绡②拥翠岚。

十里桃花红在水，武陵春色胜江南。

简 评

　　诗人或许并未真正到达桃花源，却通过自己的想象与他人的描述对桃源进行再构造，呈现出如梦幻般桃花源美景。诗歌首句所写的绘画者去过桃源，创作了这幅画，通过这首诗我们可以看出图中内容：春天，十里桃花落，染红了流水，山间笼罩着翠色的雾气，雾气的翠绿与桃花流水的红相得益彰，美不胜收。作者不禁感叹武陵的春色竟然胜过了江南。这首题画诗经过了绘画者和诗人的艺术创造，呈现出春日桃花源美不胜收的景色，令人心生向往。

---

① 扪藤：攀援葛藤，葛，豆科多年生草本植物。

② 生绡：古时多用于作画，因此也指代画卷。

桃川宫

黄 典

黄典，生卒年不详，字典玉，三山（今属福建福州）人。大田训导。

芰裳①曳断绿萝烟，白马寻秋对老禅。

片石茅刍②秦洞口，几家鸡犬楚江边。

花残古道谁留客，人去空山半受田。

直到渊明传小记，至今渔父尚谈仙。

简 评

诗的首联描写诗人穿着芰裳穿行，使得烟雾间断，白马绿萝典出赵蕃《绿萝道中》，白马渡与绿萝山喻意人间与世外的对比。颔联描写石头茅草阻断曾经的秦人进入桃花源的洞口，有几家农家鸡犬在楚江边啼吠。颈联描写落花凋零在古道之中，曾经的秦人离去山空，描写了美好的田园生活的逝去。尾联诗人发出感慨，直至陶渊明的传记出现，曾经的渔人尚在谈论仙源。陶渊明构建了一个美好的仙源世界，但是随着时间的流逝，曾经的美好逐渐消失，然而至今渔父依然津津乐道当年仙人的事迹。

---

① 芰裳：用芰叶（菱叶）做的下衣，比喻高洁品质，源于屈原《离骚》。

② 茅刍：即茅草。刍，喂牲口的草。

之任黔中道经桃花源①

张百龄

张百龄（1748—1815），字子颐，号菊溪，辽东（今属辽宁辽阳）人。乾隆三十七年（1772）进士，乾隆末年任浙江道御史，曾任湖南按察使。嘉庆十四年（1809）任两广总督。累官协办大学士，两江总督。多次到过桃花源，留有石刻。著有《守意龛集》。

也种桑麻也种田，偶来绝境岂求仙。
诗人惯作离尘想②，竟说桃源别有天。

青溪红树画图间，一向探寻未肯闲。
径欲远烦贤令尹，生绡写寄渌萝山③。

简评

开篇写桃花源中人的田园农耕生活，偶然之间来到绝境之中岂是为了求仙。接下来写晋代陶渊明习惯于脱离现实的想象，竟然说桃花源之中为一个新的与人间不同的世界。诗人已经对陶渊明所构造的理想世界产生怀疑。第二首描写诗人在碧绿的小溪和盛开桃花的树木中探寻，不肯休息。作者拜托范令尹将桃花源渌萝山的美景绘于图画之中赠给他，使他能够一直看到如此美好的景色。两首诗虽然对陶渊明所构建的桃源产生怀疑，但是诗人依旧向往隐逸生活，归田园居，日出而作，日入而息，享受生命的安逸闲适。

---

① 原题为"之任黔中，道经桃花源，停舆延眺，率尔成咏，即次范令尹韵"。

② 离尘想：脱离现实的幻想。

③ 渌萝山：当作绿萝山，位于朗州武陵县北，今桃源县城东，传闻绿萝女在此升仙得道。

桃源洞绝句二首

郭世嵚

郭世嵚（1822—1894），字兰孙，晚号蒻舫老人，湖南桃源人。咸丰九年（1859）举于乡，同治元年（1862）举孝廉方正。与王闿运、黄道让并称"湖南三才子"。因易佩绅留龙阳（今汉寿）主讲龙池书院三年。回桃源后，讲学漳江书院十余年。另有《桃花源五首》。

秦时明月照溪山，晋代渔郎今不还。
万古桃源其隐士，不将姓名落人间。

江山已置黔中郡^①，更有何乡可避秦。
不是桃花开异境，当年早引问津人。

简评

诗作第一首描写了秦时的明月照映着溪山，晋代的渔郎如今不在了，体现出时间的流逝，虽然自然环境在不断发生变迁，但是明月依旧。曾经在桃源中居住的隐士，不曾将自己的姓名流落在人间。第二首描写世间已经设置了黔中郡，秦王朝已经统一山河，那么还有什么地方可以躲避秦朝的统治呢？若不是桃花盛开在此异境之中，引领着渔人前来问津，桃花源应当不会被发现。两首绝句体现出诗人对陶渊明所创造的仙境的向往，同时发出感慨，秦王朝如此强大，天下疆域皆是其所治，竟有一处可躲避秦朝战乱的"桃花源"，实属奇迹。虽然对此存疑，但是诗人依旧心向往之。

---

① 黔中郡：战国楚威王（前339—前329）时置，秦昭王三十年（前277）攻取黔中，因袭楚建制置郡。郡治临沅（今武陵区），一说沅陵（今沅陵县西南）。

倦寻芳·游桃源

张祖同

> 张祖同（1838—1905），字雨珊，号词缘，晚号狷叟，长沙人。同治元年（1862）举人，后屡试不第。戊戌维新期间，与陈宝箴、王先谦等颇有交往，并曾参与创办实业。著有《湘雨楼词》五卷、《湘雨楼词话》一卷（未梓行）。

去津未远，还掉扁舟①，三月春晚。树树桃花，开过隔溪沿岸。山寺云生飞缥缈，洞门烟锁疑深浅。小桥西，只方田数亩，草痕青遍。

有一道、流虹垂下，青嶂②回环，偏导游衍。避地何如，谁识旧时乡县。三两渔翁邀问讯，此中消息茫茫断。拟随缘，奈沧桑，近来都变。

简 评

词作上阕描绘了如画的田园图景。三月晚春时节，离开渡口并未走远，使小舟掉头。一树树桃花盛开在溪流两岸，山寺中云朵飘过，桃花洞在云雾之中，不知深浅。小桥西边，只有几亩田地，草色青绿。下阕开篇有一道雨后彩虹，连绵不断的青山回环。曾经躲避战乱的地方今何在？谁人能识得旧识的乡县。三三两两的渔翁曾问桃源所在，然而时间久远，讯息因此中断。最后词人发出感慨：在时间巨变的沧海桑田之中，我们可以随缘。词作体现

---

① 扁舟：通常指只有一个人撑篙驾驶的小船，从高处或远方看，就像一片片柳叶漂在水面上，因此被称为扁舟。

② 青嶂：形容连绵不断的青山，如同屏障一般阻挡视线。

出佛教思想对词人的影响，随遇而安，不强求。外在环境描写的清幽体现出桃源隐逸状态的悠闲，表现词人对隐逸的田园生活的向往。

桃源道中

罗世彝

> 罗世彝，生卒年不详，字季威，广东梅县人。民国初年曾任黔阳县知事。著有《螺庵诗集》。

买得扁舟又向西，橹声①摇碎碧玻璃。
崔婆井②畔客沽饮，陶令祠③前鸡乱啼。
敝屣一官仍栗碌，撑胸万事总凄迷。
绿萝山下春帆过，已有垂杨罨画④溪。

简评

该诗打破了我们对桃花源世界的想象，开篇即写买得一叶扁舟向西行驶，摇橹声音搅碎溪流的碧波。崔婆井旁边客人畅饮，鸡在祠门前鸣叫着，一副自然随意的样子。"敝屣一官"意味着对官职的轻视，认为官职如同破旧的鞋子一样没有价值。而"仍栗碌"则表示仍然在忙碌中，暗示尽管对官职不重视，但仍然不得不忙碌于官场事务，既反映出诗人的守成担当，也表现了内心的惆怅迷茫。尾联描写春天的帆船缓缓驶过的景象，绿萝山象征着一种避世的隐逸之地，而春帆则代表着生活的航行。整诗传达了一种在纷扰的世界中找到一片宁静之地，享受美好的生活和宁静的心境。

---

① 橹声：摇橹时发出的声音。
② 崔婆井：位于河洑山南麓沅水堤边，有着崔婆和道士之间的传说。
③ 陶令祠：又名靖节祠，即为陶渊明建立的祠堂。
④ 罨画：杂色的彩画。

桃枝词四首

罗世彝

桃花溪畔竹涓涓，桃花源外柳如烟。
愿郎心似上番竹，莫学柳花飞满天。

洞里仙桃正发花，郎来溪畔响鱼叉。
等闲拾得桃花片，莫乱敲门问妾家。

新笋排山玉版齐，蔡伦①池畔鹧鸪啼。
郎情薄似桃花纸，日访桃根过水溪。

桃花春涨雨潇潇，四十八溪树叶交。
占得武陵好春色，家家生女似桃夭。

简 评

"桃花源外柳如烟"描绘了桃花源外的柳树在微风中摇曳，如同烟雾缭绕，增添了一种朦胧美。第一首通过女子发愿的口吻，写其对心上人的劝诫——要像番竹一样可靠，莫学柳絮乱飞。第二首描写洞里景象，桃花盛开，心上人在溪水边叉鱼，女孩儿再次劝诫心上人，不要上家里来敲门。此处有点口是心非的意思，明明是想让郎来，偏偏叫他闲了捡拾飘落的桃花也不要上家里来敲门。这一首诗颇得《诗经·郑风·将仲子》之妙，写出了热恋中女子对男子鲁莽行为的畏惧，传神的表达了既爱又怕的心理。第三首"新笋排山"描述了新长出的竹笋密密麻麻地排列在山上的景象，形象地描

① 蔡伦：东汉桂阳郡（今属湖南衡阳）人，改进了造纸技术，所造之纸被称为"蔡侯纸"。

绘了竹笋生长的蓬勃生机，蔡伦池畔鹧鸪啼叫，用来表达离别的悲伤和不舍。紧接着描写桃花红颜容易凋谢就像郎君心意，这段爱情大概无疾而终了。第四首描写春天桃花盛开，小雨雨势细微、连绵不绝，四十八溪常被用作象征生命之源和哲理的意象。与前三首写具体的恋情不同，第四首结尾从整体上写桃花源的女子。这儿的女孩个个灵秀动人，就像春天盛开的桃花，占尽了武陵的春色。

武陵感兴

阎镇珩

> 阎镇珩（1846—1909），字季蓉，号嵩阳，晚号北岳，湖南石门人。一辈子致力学问，不求闻达。历时12年，撰有《六典通考》二百卷，二百二十余万字。

溪口桃花古洞天，秦人苛法尚流传。
村氓不耐追胥苦①，入市鸡豚被算钱。

简 评

钱基博《近百年湖南学风》认为王闿运与阎镇珩是湖南晚清的两位饱学之士。王闿运学陆机、谢灵运，华藻丽密，阎镇珩学杜甫，"肆意而作，务为优游宽博，盘硬而不入于生涩，疏宕而不落于浅俗……只是学杜而得其跌宕昭彰尔"。《武陵感兴》写当朝亦行秦朝苛法。武陵中的村人即便住在洞天福地，依然免不了租税，不得不拿着鸡豚去集市换钱抵租。这首诗与沈周的《题桃源图》都写到小吏催租。可见自秦代以来，无论是何朝、何地，老百姓的命运都没有得到根本性的改观。

---

① 村氓：即村民。胥：官府中的小吏。

水调歌头·题桃花源图

左又宜

> 左又宜（1875—1911），字幼联，又字鹿孙，号缀芬，湖南湘阴人。左宗棠孙女。著有《缀芬阁词》。

先辈落心画，粉本拓烟霞。峰回路转，忽露茅屋两三家。似识渔郎能醉，别有仙人为市，望望酒帘斜。一带水杨柳，万树碧桃花。

绕村郭，闻鸡犬，见桑麻。不因蜡屐谁信，春色在天涯。坐泛镜中红景，人世流尘四散，长此驻韶华。展壁卧游得，奚必武陵夸。

简评

清代文坛上出现大量女性词人，盛况空前，然而湘籍闺秀词人却寥若晨星。《清代闺阁诗人征略》共收入女性诗人1262名，湖南仅占13人。左又宜是晚清时期湖湘女性词人，诗风清秀，出语婉妙，富有情趣。《水调歌头·题桃花源图》是作者的题画词。上阕写画中景，有茅屋两三家、酒家、杨柳、桃花。下阕开头写村郭、鸡犬、桑麻，有意营造山居生活气息。"蜡屐"句引用晋朝阮孚"不知一生当着几量屐"的典故，写文人雅士流连于春光之中。"坐泛"句写世事沧桑变换，然而画中春意常在。"卧游"化用南北朝时宗炳《画山水序》"名山恐难遍游，当澄怀观道，卧以游之"的典故，体现了观画者超然、悠然的心态。

题桃花画

宋教仁

> 宋教仁（1882—1913），字遁初，自号渔父，湖南桃源人。光绪二十九年（1903）以第一名被武昌文普通学堂录取。参与组建华兴会，被推为副会长。华兴会领导的起义失败后，东渡日本。光绪三十一年（1905）六至七月，与孙中山、黄兴等人组建同盟会，当选为司法部检事长。次年，代理庶务总干事。宣统三年（1911）七月，与谭人凤等人在上海设立同盟会中部总会。民国二年（1913）三月被刺杀于上海火车站。著有《宋教仁集》。

春潮①千里下江东②，迎面桃花处处红。

余自武陵源上至，还山无路一渔翁③。

迷津莫再问前途，消受江湖酒一壶。

容易飞花随逝水，招魂④我自向秋湖。

简 评

此诗借题画咏怀。宋教仁是晚清志士，胸怀天下。首句"春潮千里下江东"，一帆风顺，令人联想刘邦的《大风歌》"大风起兮云飞扬"，大风也好，春潮也好，都是时势的象征。英雄逢时而生，定当有一番大作为。"迎面桃花处处红"，写出春风得意之感。"还山无路"句，意味着不可能再进桃

---

① 春潮：春汛。比喻革命形势。

② 江东：指江、浙一带。

③ 这句诗是说，我这个渔翁既然已经下了江，要回山已无路可走了。

④ 招魂：民间有为亡人招魂的习俗。典出《楚辞·招魂》。

源仙境，象征革命道路充满曲折。这句诗以武陵源中的渔父自况。接着写诗人的破局之道。既然找不到还山之路，不如就此江湖之间来一壶酒。最后写飞花随逝水而去，诗人向秋湖招魂。此魂可指飞花之魂，亦可指屈原的爱国之魂。作者是桃源人，自号渔父。《楚辞·渔父》中塑造了一位与世推移的渔父形象："沧浪之水清兮，可以濯吾缨；沧浪之水浊兮，可以濯吾足。"诗中体现了诗人对时局的关切，自设了破局之道。诗歌意在言外，气象博大，为桃源题材诗歌灌注了新的时代精神。

朱梅邨（1911—1993） 《桃源洞》

夜游桃花源憩会仙桥

易顺鼎

> 易顺鼎（1858—1920），字中实，一字实甫，号哭庵，湖南龙阳（今汉寿县）人。光绪元年（1875）举人。历官广西右江道、云南临安开广道、广东钦廉道、肇庆罗道、高雷阳道。民国后曾任袁世凯政府印铸局局长。著有《湘弦词》《鬘天影事谱》《摩围阁词》《醒人吹笛谱》《琴台梦语词》等。

仙踪不可寻，月照画桥阴。
一径千岩曲，孤亭万竹深。
屐行惊寺犬，烛过起山禽。
静听流泉响，如谈世外心。

简评

桃花源中仙人的踪迹已不可寻，月亮照着会仙桥，留下桥的阴影。山间小路弯弯曲曲，竹林深处，有一座小巧的亭子。寺庙的狗听到行人的木屐声惊叫起来，火把所照之处，栖息在树上的山禽扑腾着飞远了。静静听着流水的声音，忘却了尘世间的烦恼，如同身处尘世之外。颈联"烛过起山禽"与王维《鸟鸣涧》"月出惊山鸟"有异曲同工之妙。尾联"如谈世外心"与贾似道《梅花》"尘外冰姿世外心"相似，都写出了超尘脱俗之感。这首小诗立意虽然一般，但写景清幽动人，颇有真趣。

蝶恋花·春日题桃花源（二首选一）

易顺鼎

镜里春山眉欲语。十里空江，红遍桃花雨。仙犬一声天正午，白云如海无寻处。

剪剪东风吹不住。吹换秦时，几辈渔儿女。烟唱收帆回别渚，数枝柔橹摇春去。

简评

这首词上阕以远景、大景写春日桃源。"镜里春山眉欲语"写江水无波，如镜面一样平静，水中春山的倒影如同美人的眉目，能传情达意。"十里空江，红遍桃花雨"写江水之畔桃花盛开，桃花随水而逝。"仙犬一声"是写桃源中的"鸡犬相闻"之景，但"白云如海无寻处"，将视线拉得无限远。下阕写桃源暮色之景，聚焦在渔人身上。春风吹拂了若干年，秦时的渔人已经换成了渔儿女（渔人后代）。他们唱着渔歌收帆，摇着船桨回家。词中"仙犬一声"、渔人"烟唱收帆""柔橹摇春"皆为诗人的想象，将静态的画面动态化并配上了声音。可以想象，作者看到的是一幅平面的图画，但他仿佛给静态的桃花源图加上了AI效果，使得画面生动了许多。易顺鼎易是晚清士大夫，以诗人著称，但他大半生忙于官场，桃花源对他而言，是一种隐逸理想的寄托。

临江仙·夜行桃源坞中

易顺鼎

一径苍寒人迹断，松毛覆满琴床。笼灯深入白云乡。水田听闹蛤，山寺惹惊尨。

绝顶天风吹不住，此时散发吟商。翠微诗境自生凉。行歌秦代月，坐啸楚天霜。

简 评

该词描绘了一幅极具诗意的夜行图。诗人在人迹罕至的小径中行走，松针覆盖了他的古琴。他打着灯笼，听着水田里的蛤蟆声此起彼伏，山间寺庙里狗受惊叫起来了。山风吹过，诗人散发高歌。山间夜晚凉气袭人。他边走边唱，仿佛有秦时的月亮陪伴，坐下来长啸，楚地的秋霜渐渐落下。"散发吟商"句化用宋代词人周密《齐天乐·清溪数点芙蓉雨》："散发吟商，簪花弄水，谁伴凉宵横笛"，表现了诗人率真、洒脱的心性。从内容来看，这首词与《夜游桃花源憩会仙桥》当属同一时间所作。词为诗余，相比于诗，通常婉约、含蓄一些，但这首词采用了以诗为词的写法，故而诗词的区别并不明显。

广半山桃源行

陈叔通

陈叔通（1876—1966），浙江杭州人。抗战期间从事民主活动，中华人民共和国成立后曾任中央人民政府委员、全国人大常委会副委员长、全国政协副主席、全国工商联主任委员。著有《百梅书屋诗稿》。

古有荷蓧之丈人，农家者流学术湮①。

能勤四体分五谷，家给人足泯富贫。

杀鸡为黍见二子，不废长幼废君臣。

《桃花源记》颇类似，渊明玄想或其伦。

有君何代非嬴政，食租衣税重苦民。

几姓争帝战伐起，民受其毒谁与伸。

许行荷蓧同一派，震时从学如响臻。

诋谌但出孟氏口②，例以杨墨③固失真。

党同伐异古已然，尚论要在究厥因。

吁嗟呼！少正至今言不传，三盈三虚殒其身。

简评

这首诗虽然采用了古代的乐府歌行体，但对其进行了大刀阔斧的革新：一是在形式上突破了传统的写法，以记叙和议论为主；二是思想上有大胆创新。

---

① 先秦的农家有关于农业技术和关于社会的思想。

② 即孟子，战国时期儒家思想代表人物之一。

③ 杨墨：即杨朱、墨翟，先秦思想家。

诗歌前半段皆为叙述。"古有"句至"杀鸡"句，敷演孔子见荷蓧丈人的故事。农家为先秦诸子百家之一，以神农为师，以农业为国家之本。农家的代表是许行。《汉书·艺文志》列农家为"九流"之一。《论语·微子》中明确记载荷蓧丈人为隐者（先秦时的隐者往往是道家），这首诗则将其视为农家。

下半段皆为议论，自"《桃花源记》颇类似"以下，诗人发表感慨，陶渊明设想的桃花源中避世的秦人，当是农家。世世代代的君主都是像秦始皇一样的暴君，他们都向百姓征收重税，使百姓苦不堪言。他们为了一姓之私，发动战争。没有人为百姓所受的苦难伸张正义。许行、荷蓧都属于同一派别，虽然他们在当时很有影响，但孟子对农学颇有诋毁之词，许行等人就像杨朱、墨翟（这两派也受到孟子诋毁）一样，渐渐变得"失真"，面目模糊。自古以来各家学派党同伐异，要搞清楚谁是谁非必须抓住问题的根源。

结尾使得诗歌在思想上极富创新性。诗人不再发表议论，而是插入史实：少正卯能言善辩，与孔子一起招收学生，兴办私学。孔子当上鲁国大司寇，诛杀少正卯之后，还将其暴尸三日。少正卯之学说遂无法流传。诗歌插入史实的用意在于促使读者思考，学派之间的党同伐异，根源不在孟子，而在孔子。从《桃源行》题材诞生至今，从未有诗人以这一题材探讨学术、学派问题。陈叔通的诗歌反映了清末民初诗歌领域、思想领域的新动向，具有鲜明的时代气息，值得重视。

桃源图

张大千

张大千（1899—1983），原名正权，后改名爰，字季爰，号大千，别号大千居士、下里港人，斋名大风堂，四川省内江市人，祖籍广东番禺。代表作品有《荷花图》《爰痕湖》《长江万里图》《秋曦图》等。毕加索看过张大千晚年的画作后，赞叹："真正的艺术在东方。"张大千被西方艺坛赞为"东方之笔"。

种梅结实双溪上，总为年衰畏市喧。

谁信阿超才到处，错传人境有桃源。

简 评

这是作者为《桃源图》所作的题画诗。《桃源图》为立轴泼墨泼彩画，创作于1982年，属张大千创作生涯中压卷之作。其时，张大千居住在台北近郊外双溪亲自设计的摩耶精舍，因旁边的房屋与迁入者增多，变得不再幽静。有感于此，他画了此幅心中的《桃源图》，并在画上题诗聊以自我宽慰。

"种梅结实双溪上"指张大千在双溪的隐居生活。梅花以其傲寒、清雅，被视为士大夫傲骨的象征。张大千以梅为伴，表现了其骨子里难以割舍的文人情怀。"总为年衰畏市喧"意为选择在此地居住，主要是因为年衰不复有问世意，不愿被世俗喧嚣所扰。"谁信阿超才到处，错传人境有桃源"指人们错以为人境有桃花源，纷纷在此建房或迁入此地，使得他不堪其扰，只能转而于画中寻找真正的世外桃源。

陶渊明《饮酒》诗云："结庐在人境，而无车马喧。问君何能尔，心远地自偏。"陶渊明已经超越地理空间的限制，获得精神的自由。张大千虽与佛教有种种因缘，但仍执着于人境之清净，相比于陶渊明，思想境界上还是略逊一筹。

张大千　《桃源图》

春游桃花源遇雨即兴

伍　觉

伍觉（1921—1989），湖南邵阳县人。曾任中师校长，邵阳地委资江报美编兼邵阳地区文联秘书长，新湖南报美编、美编室副组长，常德地区滨湖报美编、常德地区群艺馆美术专干，为湖南美协第一、二届常务理事、第四届理事。精通诗词书画。

潇潇春雨憩仙山，检点游踪兴未酣。
一路落花随作锦，满坡修竹饱含烟。
泉喧谷应疑摇阁，雾漫窗昏欲卷帘。
蘸取珠光千叶水，淋漓元气图画鲜。

简评

此诗是游桃花源时遭遇春雨的即兴之作。诗人以其细腻的笔触描写了雨中的落花、修竹、山泉与水雾。尾联写蘸取叶子上闪闪发光的水珠作为绘画的原料，画一幅元气淋漓的桃源图，表明诗人徜徉于雨中桃花源，迸发了蓬勃的艺术激情。伍觉精通书画，其诗歌既景中含情，又有鲜活的画面感，给人以美的享受和心灵的触动。

游桃花源①

曹　瑛

> 曹瑛（1908—1990），化名石磊，湖南平江人。历任中共赣北特委委员，中共南京市委、江苏省委负责人、中共湖南省委常委、长沙市委书记、中国驻捷克斯洛伐克大使、对外文化联络委员会副主任、第四届全国政协常委、中共中央纪委常委、中顾委委员。著有《叔世忠堂》。

初冬竟绽碧桃花，陶令岂真解意耶？
桃花源里遗风在，杀鸡烹鲤献擂茶。

简　评

桃花通常在春日（一般在阳历三月下旬至四月上旬）开放，有一些品种的桃花也在冬日开放，但非常稀少。曹瑛委员初冬时节游桃花源时，一枝桃花竟然提前绽放，引得他十分欣喜。"初冬竟绽碧桃花"中"竟"字表达了作者的惊讶、欣喜之情。"陶令"句问陶渊明是否懂得其中真意，以反问的形式再次强化了他对这一现象的不可思议之感。"桃花源里遗风在，杀鸡烹鲤献擂茶"中杀鸡烹鲤献擂茶皆为写实，人们依然保留着淳朴好客的风俗。诗歌语言简练生动，质朴自然，表达了作者看到新时代新农村仍保留淳朴古风的欣喜之情。

---

① 1982年11月，中顾委委员曹瑛游览桃花源。此时，一枝碧桃花提前开放，好似迎接贵宾。曹老十分高兴，为桃花源题写了不少古人诗句，并特意从北京寄来自己的诗作。

陪丁玲同志游桃花源①

康　濯

康濯（1920—1991），原名毛季常，湖南湘阴人。曾任湖南省文联主席，中国作协书记处书记。现代作家，著作有长、中短篇小说《东方红》《水滴石穿》《洞庭湖神话》以及评论集《创作漫步》《初鸣集》等。

桃花源里未留连，又伴丁玲返故园②。

远客冰天连陋室③，浓涂红日照桑干④。

阴风猛雨难摧折，不隐非仙尽乐观。

历尽坎坷情更壮，归游亦为换新天。

简 评

丁玲是中国现代著名女性作家，创作了长篇小说《太阳照在桑干河上》《莎菲女士的日记》等。1982年，康濯陪同78岁的丁玲回到故乡常德，先去桃花源游览，后回故居。该诗所写其陪同丁玲归游之事。诗中"不隐非仙尽乐观"赞美丁玲坚韧的革命意志。古代写桃花源，非隐即仙。丁玲则既非隐，亦非仙，凭借对革命的忠诚和对共产主义事业的坚定信仰，熬过了最艰难的"阴风猛雨"的岁月。尾联"历尽坎坷情更壮，归游亦为换新天"化用

① 1982年秋，丁玲回故乡临澧，便道游览了桃花源。同来的还有陈明、周良霖、廖永明、王大之、孙健忠等作家。在桃花源住宿一晚。

② 故园：指常德。常德城（今武陵区）是丁玲的出生地；临澧是丁玲的家乡；桃源师范学校是丁玲的母校。

③ 丁玲下放到西北苦寒之地住所。

④ 桑干：即丁玲的《太阳照在桑干河上》。

毛泽东《七律·韶山》中的"为有牺牲多壮志，敢教日月换新天"，向丁玲历经磨难而始终持有乐观向上精神表达致敬，期待其归游后更加坚定信心，为文化建设继续贡献力量。诗歌将丁玲的一生浓缩于诗句之中，写得入情入理，格外动人。

明　周臣　《桃花源图》

桃花源即景

王得一

> 王得一（1922—1997），曾用名宗陆，号老忘，别署春近楼主，长沙人，民革党员。曾任贵州省文史研究馆馆员、中华诗词学会理事、中国书法家协会会员、《书画春秋》副主编、贵州省诗词学会常务理事、贵州爱晚诗社副秘书长、贵州芙峰印社副社长等。发表诗词500多首，著有《篆刻技法》。

天开胜境大江滨，五百仙人①竞问津。
陶令奇文千古事，刘郎佳致②四时春。
重楼杰阁真图画，曲径幽篁远市尘。
衮衮先贤遗墨在，桃源无处不留宾。

简评

诗歌首联写景，将桃花源视为大江之滨的仙境，五百仙人竞相探访，气魄宏大。颔联写史，陶渊明《桃花源记》奇文流传千古。颈联写桃花源中的建筑景观，重楼杰阁美如图画，曲径通幽，竹林深处远离尘世的喧嚣。尾联抒情，桃花源中的人文景观除建筑物外，还有历代先贤在此留下的墨宝，这里处处都是美景，处处都有宾客的足迹。诗歌将桃花源的自然美、历史美和文化美融为一体，使读者仿佛置身于传说中的理想世界。

---

① 五百仙人：即五百仙人阁，宋淳化年间奉诏修建，又名望仙阁。
② 刘郎佳致：指刘禹锡题《桃源佳致》碑。

题赠桃花源文管所

屈正中

> 屈正中（1913—1998），四川泸县人。历任中共叙永县委书记、泸州地委宣传部部长、中纪委办公室主任、郴州地委书记、湖南省教育厅厅长、中共湖南省委宣传部部长等职。湖南省诗词协会发起人之一，在第一届代表大会上被推选为名誉会长。

旧事桃源说古今，沧桑人境几番新。
谷①知盛世田家乐，此处溪山可问津。

简 评

该诗写桃花源的新变化。桃花源经历沧桑变化，已经旧貌换新颜。晋时避世秦人独享田家之乐，不许武陵渔人再次问津。今日桃花源却不是幽闭空间，此中溪山欢迎游客再次问津。这不仅是对今日桃花源的赞美，也是对盛世之中国的歌颂。全诗语言豪迈，饶有新意。

---

① 谷：疑为故。

夜宿桃花源①

赖少其

赖少其（1915—2000），斋号木石斋，广东普宁人。历任华东美术家协会党组书记、安徽省美术家协会主席、中国版画家协会副主席、上海美术家协会副主席、广东美术家协会名誉副主席、安徽省政协副主席等。他独创"以白压黑"技法，是新徽派版画的主要创始人。

十年征战十年囚，誓将九死报国忧。

不信桃源终是梦，揽镜始知白了头。

精卫衔石能填海，愚公移山志可酬。

欲致陶令相对饮，桃花盛时再来游。

简评

诗作首联"十年"句写诗人征战及被囚的经历。"九死"句出自《离骚》"亦余心之所善兮，虽九死其犹未悔"，表现了诗人为国不怕牺牲的豪情壮志。颔联反映了诗人对岁月流逝的感慨。写作这首诗时，作者已经67岁，年近古稀，白发苍苍，略有感伤之意。颈联抒情，情绪再度昂扬，以精卫填海、愚公移山的典故，抒发老骥伏枥、志在千里的斗志。尾联以浪漫主义的手法，表达诗人对此地的眷恋之情。桃花再开时，希望能再来此地，与陶渊明共同饮酒。赖少其是战士、诗人、画家。这首诗充满了激荡的豪情，既有个人经历的书写，也表现了他对祖国山水的热爱，对未来的信心。诗歌意浓、情美、境深，磊落大气。

---

① 1982年11月23日游桃花源有感而作。

游桃花源①

胡　绳

胡绳（1918—2000），江苏苏州人。著名马克思主义理论家、历史学家、全国政协第七、八届委员会副主席。著有《帝国主义与中国政治》《中国政治》《中国近代史提纲（1840—1919）》《从鸦片战争到五四运动》等，主编《中国共产党的七十年》。参与起草《关于建国以来党的若干历史问题的决议》和修订新宪法。

湖湘千里庆丰收，更逐渔人旧径游。
小饮擂茶看茂竹，桃源长在世间留。

简评

湖湘大地上广大农民喜获丰收。诗人沿着当年武陵渔人进入桃花源的小径游玩。喝着当地特产的擂茶，看着茂林修竹，其乐融融。陶渊明所写的《桃花源记》，如今真正在现实中实现了，而且可长长久久地留在世间。胡绳是马克思主义理论家，他笔下的桃花源并非《桃花源记》中的小农社会，而是改革开放以后的湖湘农村，具有新面貌、新气象。诗歌体现了作者对当下美好幸福生活的珍惜之情。

---

① 作于1983年11月18日。

端节游桃花源遇雨，次岩石韵

羊春秋

> 羊春秋（1922—2000），字子高，笔名公羊，湖南邵东人。曾任湘潭大学中文系主任、教授，中国韵文学会会长、中国散曲研究会名誉理事长、海峡两岸散曲研究会理事长、湖南省文史研究馆馆员。著有《散曲通论》《唐诗百讲》《李群玉诗集辑注》《迎旭轩韵文辑存》等，主编《历代论诗绝句选》等。

闻道桃源锦绣裁，握云携雨探幽来。

犹存三径陶公菊①，不羡孤山处士梅②。

剩有角巾③堪漉酒，偶逢佳节且衔杯。

洞中莫问兴亡事，铜雀④茫然况马嵬⑤。

简评

羊春秋是古代文学研究的学者。清代中叶，诗论家将诗歌划分为诗人之诗、才人之诗与学人之诗。学人之诗的美学特征是"材富"。这首诗除首联

---

① 三径：西汉末，王莽专权，兖州刺史蒋诩告病辞官，隐居乡里，于院中辟三径，唯与求仲、羊仲来往。后常用三径指家园。陶渊明《归去来兮辞》："三径就荒，松菊犹存。"

② 宋林逋曾隐居于杭州西湖里外二湖之间的孤山，植梅养鹤。今此处有林逋墓及梅径鹤冢。

③ 角巾：方巾。有棱有角的头巾。古代隐士的冠饰。

④ 铜雀：铜雀台。汉末建安十五年曹操建铜雀、金虎、冰井三台。故址在今河北临漳县西南。

⑤ 马嵬，地名。今为马嵬镇，属陕西兴平县。唐天宝十四年安禄山反叛，次年引兵入关，玄宗仓皇奔蜀，途次马嵬驿。

外，其余三联均用典，典型地体现了"材富"的特点。"闻道桃源锦绣裁，握云携雨探幽来"描绘了诗人在雨中探访桃花源的情景，"握云携雨"写出了雨趣。接着化用典故，表明诗人对此地犹存古代风貌颇为欣喜，但并不羡慕林逋隐居于孤山，以梅为妻以鹤为子的生活。颈联再化用陶渊明葛巾滤酒的典故，写诗人偶尔也在佳节喝上几杯酒。尾联"洞中莫问兴亡事，铜雀茫然况马嵬"则以赤壁之战、安史之乱的历史兴衰，写诗人不愿过问世间兴亡之事。诗歌体现了羊春秋博闻强识的特点，具有深厚的文化底蕴，表达了其率性超然的人生态度。

游桃花源

羊春秋

七年两访桃花源，万壑千岩又一天。
红瘦绿肥新雨后，青摇翠曳晚风前。
津原有路迷不觉，云本无心断复连。
莫信此间能避世，征徭早已到溪边。

简评

　　此诗写作者再游桃花源的感受。相比于上首诗歌密集的典故，这首诗的典故较少，读起来更通俗易懂。"七年两访桃花源，万壑千岩又一天"表达了诗人对桃花源的深厚情感和两次探访的经历，展现了桃花源的神秘与壮美。"红瘦绿肥新雨后，青摇翠曳晚风前"通过对色彩和动态的描绘，表达了桃花源生机勃勃的自然景色，给人以视觉上的享受。"津原有路迷不觉，云本无心断复连"体现了诗人对桃花源隐逸生活的向往，以及对自然变化无常的感慨。最后，"莫信此间能避世，征徭早已到溪边"则揭示了诗人对现实社会的深刻认识，即使在如此理想的地方，也无法完全逃避世俗的纷扰。整首诗通过对桃花源的描绘，不仅展现了诗人对美好生活的向往，也反映了他对理想与现实关系的深刻思考。

〔仙吕·一半儿〕桃花源偶题三首

羊春秋

武陵春去始登临，洞口桃花应笑人。唤取那黄莺仔细问，可怜春，一半儿沉醉一半儿醒。

遇仙桥上豁然亭，眼底红尘洞里秦。怪底那渔翁迷了津，变幻纷，一半儿风雨一半儿晴。

兴亡往事付渔樵，劫后犹存松菊高。莫信那渊明但啸傲①，细推敲，一半儿梁甫②一半儿骚③。

简评

这三首作品，前两首写游览桃花源的经历，描绘了桃花源的自然美景，"一半儿沉醉一半儿醒""一半儿风雨一半儿晴"表现了生活的复杂性。最后一首写陶渊明的性情，"一半儿梁甫一半儿骚"表现了陶渊明的情操和志向。《梁甫吟》原是葬歌，此诗是诸葛亮躬耕陇亩时常吟唱之曲，体现了他对世事人生的悲悯情怀与深度关切。陶渊明吟唱《梁甫吟》，说明他并不总是"静穆"的，即便隐居，心中仍有对世事的关切。"骚"源于屈原《离骚》，抒发爱国主义思想和怀才不遇的牢骚。其实真正厉害的人，都是一半儿藏，一半儿露。譬如司马懿、陶渊明。在那个动乱的年代，藏比露更需要智慧。羊春秋"细推敲"，发现了陶渊明的不寻常之处。作者融合元曲的形

---

① 啸傲：歌咏自得，形容放旷不受拘束。陶潜《饮酒》云："啸傲东轩下，聊复得此生。"

② 梁甫：也称梁父，山名，在山东新泰县西。《三国志》卷三十五《蜀书·诸葛亮传》云："亮躬耕陇亩，好为《梁父吟》"。

③ 骚：忧愁。

式写桃花源题材，不仅使元曲这种古老的艺术形式焕发新生，也为桃花源题材诗歌灌注了更多哲学意蕴。

清　袁瑛　《桃源人家》

临江仙·桃花源①

杨第甫

杨第甫（1911—2002），湖南湘潭县人。曾任湖南省第五届政协副主席、党组书记，第六届全国政协委员、中华诗词学会副会长、湖南省书法协会名誉主席、湖南省诗词协会名誉会长。著有诗集《心潮集》，后补充新作，易名《世纪回眸》出版。

挈好偕朋来问津，孟冬小雪初晴②。洞中残菊傲霜侵。陶令知何去？方竹绿森森。

今日桃源非世外，神州处处村村。桃花也解此中情。一枝先独秀，笑靥迓嘉宾。

简评

《临江仙·桃花源》为杨第甫陪同曹瑛夫妇游桃花源所作。其时有一枝冬桃盛开，杨第甫及曹瑛夫妇皆喜出望外。上阕"挈好偕朋来问津，孟冬小雪初晴"描绘冬日初晴时诗人与友人共访桃花源的情景。"洞中"象征过去的岁月。"陶令知何去？方竹绿森森"则表达了对陶渊明的怀念及对洞外方竹森森的自然景物的赞美。下阕"今日桃源非世外，神州处处村村"写今日之桃花源，诗人对当下幸福生活充满赞美之情。"桃花也解此中情"赋予了桃花以情感，花如笑脸，喜迎嘉宾。词作勾勒出一幅现代桃花源的图景，读来流丽谐婉，自然动人。

---

① 诗作于1982年11月24日。收入杨第甫：《心潮集》，湖南人民出版社，1983年版。

② 小雪后一日，与曹瑛夫妇游桃花源，喜见枝头几朵桃花，笑靥迎人。接待所同志云："有冬桃花，但不常见。"

桃花源曲

费孝通

> 费孝通（1910—2005），江苏吴江人。著名社会学家、人类学家、民族学家、社会活动家，中国社会学和人类学的奠基人之一。第七、八届全国人民代表大会常务委员会副委员长、中国人民政治协商会议第六届全国委员会副主席。代表作有《江村经济》《乡土中国》等。

幼读陶令诗，今来桃花源。

拾级上高台，攀登何用劝。

怪我乏自知，安识老人愿。

微雨松涛静，客来鸟语喧。

翠竹情滴滴，黄菊意拳拳。

此世无须避，龙鱼跃深渊。

秦汉既难问，魏晋亦已远。

不劳渔翁觅，遍地建乐园。

简 评

《桃花源曲》以诗歌的形式反映作者游览桃花源的经过及随感。作者幼年时常读陶渊明的诗，对桃花源有深刻印象。他为了实现夙愿，不顾耄耋高龄，拾级上高台。"微雨"句以下写桃花源的幽静美景。"翠竹情滴滴，黄菊意拳拳"意象鲜明，对仗工稳。"此世"以下写当今桃花源的建设。"此世无须避，龙鱼跃深渊"反映了在现实中寻找和创造美好生活的积极心态。"不劳渔翁觅，遍地建乐园"传达了通过努力可以在桃花源建立理想的生活的心声。费孝通的诗体现了他作为社会学家、人类学家的学术追求和助推农村建设新生活的美好心愿。

游桃花源

熊　鉴

熊鉴（1923—2018），字章汉，别号楚狂，湖南沅江人。鼎革前，以教书为业。1983年退休。1985年被《广州诗词报》聘为编辑，随后转《当代诗词》任编辑编委。诗界多将其与聂绀弩并论，称为"北聂南熊"。曾为广东省中华诗词学会常务理事、顾问。著有《路边吟草》。

骚人向往越千年，艰苦寻来未见仙。
但愿九州皆乐土，子孙不再梦桃源。

简评

传统桃花源题材往往将桃源视为仙境。新中国桃花源题材突出的特点是认为桃源不是仙境，而是人间乐园。只要艰苦奋斗，到处都是乐土，处处皆为桃源。熊鉴的《游桃花源》就是这一思想的集中体现。诗中"骚人"即诗人、文人。"骚人向往越千年，艰苦寻来未见仙"写上千年来文人艰苦寻找桃花源，但没有寻到仙人。"但愿九州皆乐土，子孙不再梦桃源"透露出诗人对现实世界的美好愿景，希望人间处处都能成为乐土，不再需要在梦中寻求桃花源。诗人以饱含深情的笔墨，表现了未来美好世界的无限憧憬。

登水府阁[①]

满大启

满大启（1924—2008），湖南常德人，长期从事教育工作。曾任武陵诗社顾问、《武陵诗稿》副主编、中华诗词学会会员。参加编纂常德市志和常德地区部分专志、常德诗墙修建和《诗墙丛书》编辑工作，主编《民俗志》等。

临江耸立势何雄！万里晴明眼界空。
沃野禾翻千顷绿，澄江日映一轮红。
才非绝世无佳句，地接仙源有好风。
莫羡滕王[②]风物美，湘西胜景此心同。

简评

诗作描绘了桃花源水府阁的壮丽景色。首联"临江耸立势何雄"以抒情句开篇，先声夺人。"万里晴明眼界空"写晴日登阁远望，视野开阔。颔联通过对田野和红日描绘，勾勒出红绿交织、生机勃勃的画卷。颈联诗人自谦才华不高，但仍能感受到此地的灵气与美好。尾联"莫羡滕王风物美，湘西胜景此心同"将水府阁与江西滕王阁并提，认为湘西的风光同样令人心醉。诗歌笔法雄浑恣肆，充满豪情。

---

① 水府阁：亦名黄闻阁，坐落在桃花源桃源山上，始建于明代，万历年间改造，为三层砖木结构古典建筑。

② 滕王代指滕王阁。位于南昌市沿江路赣江东岸、赣江与抚河故道交汇处。因王勃《滕王阁序》而闻名于世。

游桃花源

刘人寿

> 刘人寿（1927—2013），原名长庚，湖南湘潭人。曾任湖南省科学技术协会秘书长等职，参加过《辞源》修订工作。离休后历任湖南诗词协会常务副会长、《湖南诗词》主编、中华诗词学会顾问、湖南诗词协会名誉会长等。著有《刘人寿诗词集》面世。

漫说神仙境，兹来放浪游。

桃花红灼灼，溪水碧悠悠。

哪有秦人洞，虚传渔父舟。

斯民安乐土，世外复何求？

简 评

诗人久闻桃花源是神仙所居之所，特来游玩。此地桃花盛开，溪水悠悠。避世秦人与武陵渔夫的故事不过是传说，这里已经是人间的乐土。"桃花红灼灼，溪水碧悠悠"色彩对比鲜明，给人以视觉上的享受。以"灼灼"状桃花，令人想起《诗经·周南·桃夭》中"桃之夭夭，灼灼其华"。"哪有秦人洞，虚传渔父舟"以虚词开头，节奏明快，流畅自然。尾联以反问的形式表明了诗人的心声：今日之桃花源就是更能让百姓安居的乐土，何必再去寻找传说中的桃花源呢？

桃花源即景

张病知

张病知，生卒年不详，自署古闽张病知，寓居纽约。曾任纽约四海诗社社长等。著有《中国诗论》，主编《慈梦吟草》。

桃源胜景久名扬，水色山光别样妆。
林立诗碑传韵事，珠玑字字不寻常。
翠岭青峰入望迷，桃花流水梦离离。
吠声已破寒霄寂，隔岸还闻唱晓啼。

简评

该诗首先描绘了桃花源的自然风光。"水色山光别样妆"以女子妆容写水光山色，与苏轼"欲把西湖比西子，淡妆浓抹总相宜"异曲同工。同时以诗词碑廊表现桃花源的历史文化底蕴，肯定前人桃花源书写的重要性。接着诗人将个人感情融入翠岭、青峰、桃花、流水之中，并将桃源带入梦中。最后写其在远近的鸡鸣狗吠之声中苏醒，表现了不同空间、不同层次的声响，增添了诗的生动性和立体感。

游桃花源二首

霍松林

霍松林（1921—2017），字懋青，甘肃天水人。曾任陕西师范大学文学研究所所长、教授、博士生导师，中华诗词学会副会长、中国杜甫研究会会长。著有《唐音阁吟稿》《文艺学概论》《白居易诗译析》《西厢记简说》等。

当年野洞忆藏身，洞里终难避暴秦。
似见陶公驰幻想，亦知无处问迷津。

无君无岁有田园，果大鱼肥稻浪翻。
我是秦人秦已灭，也思移住武陵源。

简评

霍诗其一以秦人的视角写桃花源。"当年野洞忆藏身，洞里终难避暴秦"一反《桃花源记》的记述，写避难的秦人实际上并不能够在此逃脱秦朝的残暴统治。"似见陶公驰幻想，亦知无处问迷津"，写诗人仿佛看到陶渊明以幻想之笔写《桃花源记》的痛苦和无奈，明知没有如此仙境，当然无处可问津。其二反映当今桃花源取得的伟大成就。今日之桃花源真正实现了陶渊明的幻想，没有剥削，没有压迫，农民安居乐业、丰衣足食。"我是秦人秦已灭，也思移住武陵源"再次以秦人视角，假如自己是当年的秦人，即便秦朝已经灭亡，没有了暴政，也想移家居住到现在的桃花源，进一步突出了当下桃花源的吸引力。

渊明塑像①

曹　菁

> 　　曹菁（1918—2017），湖南益阳人。从1959年至离休前，先后在零陵、常德等地师专任教，对古典文学、古汉语造诣颇深，工诗词。曾任湖南诗词学会理事、武陵诗社名誉顾问、《武陵诗词》主编。中华诗词学会会员。著有《一秀斋诗文选》。

先生爱菊不嫌桃，傲骨嶙峋逸且豪。

高洁一身汉白玉，逍遥十里楚青皋。

系舟坐看桃山美，纵酒长留醉石骄。

体得陶翁真意远，传神合忌俗工刀。

简评

　　此诗首联写陶渊明偏爱菊花而不嫌桃花，突出其傲然的风骨和超逸豪放的性格。颔联写陶渊明像的汉白玉材质及所处的十里青皋，表现了陶渊明洁白无瑕的精神境界和对人格自由的不懈追求。"系舟坐看桃山美，纵酒长留醉石骄"描绘了陶渊明的闲适生活和对美酒的热爱，体现了他的逍遥自在和对世俗的超然。尾联认为真正的传神之作不应受世俗工艺的束缚，而应追求对陶渊明内在的精神和气质的传达。诗歌的表现对象虽然是无生命的陶渊明塑像，但重在突出陶渊明的内在精神与人格特质，突出了诗人对陶渊明的崇敬之情，间接表明了诗人对桃花源新建景点的赞美之情。

---

① 为《桃花源新建景点初游有感》四首之三。

沁园春·游桃花源①

张传锡

> 张传锡（1944—2017），字松樵，号后乐堂主人，常德市鼎城区人。曾供职常德师范学院，高级经济师，湖南省诗词协会常务理事、武陵诗社常务副社长。著有《后乐堂词》《桃花源吟唱集》等。

绝境清游，洞口寻幽，杰阁倚栏。自渔郎出去，桃花犹是；赢秦杳了，流水依然。石径云开，林溪烟锁，旧庙荒台忆逝川。兴亡事，问斜阳古道，红树青山。

桃源今在人间。引中外嘉宾画里看。正湖廊九曲，新栽五柳；岭坊百尺，更种千蟠。池馆占修，楼台卜筑，美景良辰别样天。凭双手，教大同有望，盛世无前。

简 评

词作上阕写历史。化用《桃花源记》武陵渔人与避世秦人的典故，以人世间沧桑变化写千古兴亡，桃花犹是，流水依然。石径、林溪、旧庙、荒台，依稀留存着久远的记忆。下阕写当代桃花源引人入胜的美景。"五柳"化用陶渊明号五柳先生的典故。"新栽五柳"表明陶渊明的精神仍在，依然守望着当今桃花源。"凭双手，教大同有望，盛世无前"展望未来，表现勤劳之手必将创造美好生活的心愿。词作体现了桃花源的历史文化内涵，着眼于当下，展望未来，意境深远，情感真挚，值得细细品味。

---

① 选自武陵诗社编《兰芷风华》，1995年。

挈芸子游桃花源①

蔡厚示

蔡厚示（1928—2019），江西南昌人。历任厦门大学中文系助教、讲师、副教授，福建省社会科学院文学研究所副研究员、研究员，中华诗词学会副会长、顾问等。著有《文艺学引论》（上册）、《诗词拾翠》（1、2集）、《李璟李煜词赏析集》《独柳居诗词稿》《唐宋词鉴赏举隅》等。

满山桃竹不知年，双柳心钦五柳贤。

身入秦人宅里看，欲邀松鹤旅云天。

简 评

"满山桃竹不知年"描绘了桃花源桃竹满山的幽静美景，又暗含时光流转、物是人非的意味。"双柳心钦五柳贤"化用"五柳先生"之典，表达了诗人及友人对陶渊明高洁人格的仰慕。"身入秦人宅里看，欲邀松鹤旅云天"表现诗人身在桃花源，心灵获得放松与自由，欲飘然远举的逸兴。语言清新自然，展现了诗人与友人共游桃花源的奇情雅致。

---

① 2000年3月作。

桃　源

林从龙

　　林从龙（1928—2019），字夫之，湖南宁乡人。曾任中华诗词学会副会长、中国杜甫研究会副会长兼秘书长、河南文史研究馆馆员等。著有《林从龙诗文集》《唐诗探胜》《古典文学名篇赏析》《元好问和他的诗》《古诗词曲欣赏》等。

沿溪苔石净无尘，依旧桃林待问津。
云外鸡声疑隔世，洞中风物果怡神。
碑铭晋代耕桑地，情系秦时避乱人。
度尽劫波诗兴在，今朝同享武陵春。

简评

　　沿溪的石头上生着绿苔，不沾染尘俗的气息，桃花林依然在等待问津之人。远远的地方传来鸡叫声，恍若隔世。秦人洞的风物令人心旷神怡。碑铭表明此地曾有晋人耕作、秦人避乱。诗人也好，此地也好，都曾经历过劫难。如今苦难都远去，诗人与此地都在共同享受武陵的春日美景。诗歌写景细致入微，借古抒怀，赞美了当下的美好生活。

游桃花源偶得

邵燕祥

> 邵燕祥（1933—2020），浙江萧山人，历任中央人民广播电台编辑、记者、《诗刊》副主编。是中国作协第三、四届理事，第四届主席团成员。著有诗集《在远方》《迟开的花》《为青春作证》等，杂文集《蜜和刺》《晨昏随笔》等。

犹忆刑天干戚舞①，也曾戴月荷锄归。

纵然百代行秦政，终古桃花下月蹊。

简评

邵燕祥擅长写作抒情长诗。他的诗歌充满了激情，富有批判性，具有清醒的自省精神。"犹忆刑天干戚舞，也曾戴月荷锄归"巧用虚词，表现了陶渊明精神世界的丰富性。"刑天干戚舞"代表陶渊明富于战斗性的一面，"戴月荷锄归"代表陶渊明静穆的一面。"纵然百代行秦政"以假设的方式写出了政治的残酷性，"终古桃花下月蹊"可作两重解释：一是桃源为避世之地，无论外界政治如何残酷，此地依然是和平宁静的胜地；二是无论外界政治如何残酷，都不能入侵心中的胜地，表现了诗人坚韧不拔、自洽逍遥的境界。诗歌寓意丰富，令人回味无穷。

---

① 刑天：神话传说中的人物。也作形天。典出《山海经·海外西经》。陶渊明《读山海经》"刑天舞干戚，猛志固常在"，即咏此事。

今日桃花源①

杨 杰

> 杨杰（1927—2021），湖南安乡人。曾任中共常德地委宣传部部长。湖南省诗词协会顾问、武陵诗社名誉社长、常德诗墙修建委员会副主任。

十里夭桃夹道排，笑迎嘉客问津来。

人潮胜似江涛涌，景色依稀画卷开。

慢说奇文书幻境，确为豪杰造蓬莱。

武陵亦有风流在，酷爱当今济世才。

简评

十里桃花盛开，宛如张张笑脸，喜迎问津的嘉客。人潮如江涛，景色如画卷。陶渊明的奇文书写了桃花源这一幻境，但真正将仙境变成现实的，是当今的豪杰。武陵自古风流，然而当今的济世之才更受欢迎。身为常德诗墙的建设者之一，诗人有理由骄傲和自豪，但他并未流露出这一点，而是赞美当下人才辈出，将古人的幻想变成现实，传达对所有桃花源建设者的赞叹。结尾颇有"数风流人物，还看今朝"的意趣。

---

① 1992年作。

登桃花源水府阁

罗传学

罗传学（1934—2021），湖南浏阳人。1951年参加工作，1962年入教育界，1978年之后先后任教育局长兼书记、广电局长兼书记、教委主任兼书记、浏阳师范副校长（兼）等职。1994年退休之后从事社会活动，连续六届出任淮川诗社社长。著有《退省拙人存稿》《退省拙人存稿续集》。

古洞寻幽系罢船，乘风一览武陵天。
花飞春汛江吹浪，草沐朝阳露湿烟。
莽莽层峦如海立，青青沃野与云连。
折腰堪对湖山慰，五斗何曾愧俸钱。

简评

《登桃花源水府阁》首联写登临经过。颔联、颈联两句写登阁楼所见之景。花飞江浪，朝阳草沐，层峦沃野，令人仿佛身临其境。尾句"折腰堪对湖山慰，五斗何曾愧俸钱"反用陶渊明"不为五斗米折腰"的典故，表达了诗人对隐居与入世的不同看法。诗中景语奇绝，呈现了春日桃川壮丽的美景。

咏桃花源

毛大风

毛大风（1916—2022），浙江平湖人。曾任《中国建设》杂志社社长、中华诗词学会理事、《中华诗词》杂志编委、浙江省诗词学会顾问，编有《当代千家诗》等书，诗论有《旧体诗六十年概述》《诗界革命百周年》《百年诗坛纪事》《现代旧体诗的历史地位》等。

佳节欣逢试陟高①，余生劫后气犹豪。

江山销尽英雄泪，书里乾坤吾慕陶。

简评

毛大风武能参加抗日战争，文能提笔作诗抒怀。《咏桃花源》写诗人佳节登高所感，以抒情为主。"余生劫后气犹豪"透露出劫后余生的豁达、豪迈。"江山销尽英雄泪"既有对历史的深沉感慨，也融入了个人经历。"书里乾坤吾慕陶"则直抒胸臆，表达了对陶渊明人格的歆慕，表现了诗人对独立自由人格的向往。

---

① 陟高：登高。

游桃花源①

厉以宁

> 厉以宁（1930—2023），出生于江苏南京，祖籍江苏仪征。曾任北京大学战略研究所名誉理事长、光华管理学院名誉院长、博士生导师，北京大学社会科学学部首任主任，民盟中央副主席、全国人大财经委员会副主任，全国人大第七届、八届、九届常务委员，全国政协第十届、十一届、十二届常务委员等。2018年，获得改革先锋称号、奖章。

少小熟背王维句，有幸曾在桃源住。

只住县城未上山，不知洞口在何处？

今日进山却茫然，亭阁楼台古树间。

虽有桃花夹溪岸，溪小水浅怎撑船？

沿溪探寻未见洞，纵见小洞仅狭缝。

洞中难有天外天，更无遗民辟家园。

归来恍然有所悟，陶公遗篇如迷雾。

武陵未必有仙山，灵境不在凡尘路。

桃花流水一年年，月儿残缺月又圆。

细雨斜风燕来去，心宽无处不桃源。

简评

厉以宁不但以严谨的学术著作、深刻的学术思想，成为学术领域的翘楚，还以精辟见解，影响着政府的决策和民间思潮的走向，在中国经济改

---

① 1988年作。"心宽无处不桃源"，作者经常用来题赠友人。

革史上打上深深的烙印。除此之外，厉以宁的文学功底好，知识面广，这首
《游桃花源》就是例证。诗歌巧妙地将现实与《桃花源记》相结合，既有儿
时背诵王维诗句的美好回忆，也有对现实桃花源的探寻与反思。"心宽无处
不桃源"是感情与智慧的结合，形象思维与抽象思维的统一。厉以宁经常将
"心宽无处不桃源"这句诗用来题赠友人，可见他对这句诗颇为喜爱。诗歌
语言平易近人，彰显了作者豁达超脱的人生境界。

明　张宏　《桃花源》

游桃花源感赋二首

丁 芒

丁芒（1925—2024），号三无大夫，江苏南通人。江苏人民出版社编审、中国作家协会会员、中国散文诗学会副主席。出版新旧诗集及其他著作20余种，主要有《丁芒诗词曲选》《古丁斋诗词》《古丁斋散曲》《丁芒新诗选》《丁芒论诗》《诗的追求》等。

只从翰墨承休咎，不向桃源卜死生。
今日武陵来探胜，聊得翠色洗风尘。

问津何必问渔郎，盛世桃源处处香。
借得清风三百里，扶摇送我上高唐^①。

简 评

作者兼创旧体诗与新体诗。《游桃源感赋二首》以旧体诗的形式，反映了新时代的精神风貌。第一首诗中，诗人以"翰墨"为业，他认为命运当由翰墨决定，即由自己主宰，不需要向桃源（仙境）去占卜死生。今日来寻幽探胜，只是在自然界中洗去风尘。这首诗表现了唯物主义的生死观，有超然之致。第二首诗中，"问津"句反用《桃花源记》渔人的典故，认为在盛世之下，桃源处处留香，无需再向渔郎问津。"借得清风三百里，扶摇送我上高唐"化用宋玉《高唐赋》。"高唐"为神女所居之所。毛泽东诗云："神女应无恙，当惊世界殊。"诗人或从中汲取灵感，欲借清风扶摇直上高唐，神女如知当今桃花源的美好现状，当感到格外惊讶。

---

① 高唐：宋玉《高唐赋》："昔者楚襄王与宋玉游于云梦之台，望高唐之观。"

桃花源游园会感赋①

杨汇泉

> 杨汇泉（1932— ），山东平原人，中共党员。1949年8月，随军南下湖南，历任桃源、澧县县委书记、常德地委副书记、行署专员等。1988年2月，当选为湖南省副省长。1989年5月，被罢免湖南省副省长职务。后任湖南省政府顾问。1994年，补选为第七届湖南省政协副主席。

春风十载散秦烟，寂寞仙源始展颜。

嫩柳丝丝迎远客，夭桃灼灼乐尧天。

东瞻广厦非蜃景，西望洞庭梦欲圆。

世外桃源惊海外②，风骚当领二千年。

简 评

诗歌夹叙夹议。首联以秦烟散去象征苦厄年代的远去，春风拂面代表桃源迎来了新的发展机遇，"寂寞仙源"重新展开了笑脸。颔联以柳树丝丝、桃花灼灼写桃花源美景，将"展颜"具象化。颈联表明不仅桃源迎来了新生，整个华夏大地都有了新的面貌，复兴有望。尾联诗人抒发了桃源美景的赞美及对未来的美好憧憬。诗歌情感饱满，于写景抒情之中自然地展现了作者的理想抱负。

---

① 选自武陵诗社编《兰芷风华》，1995年。原题为"常德首次经技贸洽谈会暨桃花源游园会感赋"，共二首，本篇为其二。载《桃园佳致》（湖南人民出版社，2001年版，第206页）时有改动。

② 惊：为编著者改，一作今，一作传。

桃花源[①]

周寅宾

周寅宾（1935—　），笔名人兵，湖南衡东人。湖南师范大学中文系教授、湖南省诗词协会常务理事、南岳诗社副社长、武陵诗社顾问。著有《南岳诗选》《李东阳集点校本》《寅宾旧体诗选》等。

嫩竹苍松俱向荣，桃源佳致靠园丁。
东风吹过武陵地，桃李三湘遍地生。

简　评

此诗以嫩竹苍松起兴。嫩竹象征新生，苍松象征着沧桑，新老之物均欣欣向荣，表现了春日桃花源多样性的美。"桃源佳致靠园丁"表明桃花源之美离不开园丁的辛勤耕耘。园丁通常被认为是老师的代称，桃李为学生的代称。"东风吹过武陵地，桃李三湘遍地生"一句，不仅展现了春风化雨，三湘大地遍布桃李的自然景象，也寓意着文化的传播与教育的普及，使三湘大地人才辈出。诗歌的喻意与作者的教师身份高度吻合，语言清新，兼具意蕴美与形象美。

---

① 1981年端午节，陪湖南师院前院长刘寿老游桃花源作。载湖南师大文学院编《七十年纪略》。

游桃花源①

赵焱森

赵焱森（1939— ），湖南华容人。曾任中共湖南省纪律检查委员会副书记、湖南省人大常委会委员、中华诗词学会副会长、湖南省诗词协会会长等。著有《毛泽东颂诗字帖》《昆仑颂》《华夏颂》《清风颂》《乡情颂》等。

桃花十里溯仙源，阁倚溪云对洞天。
客到秦村歌舞醉，路延古栈酒旗悬。
千秋名胜扬风雅，一记文章立史篇。
夜静山庄邀月饮，武陵春晓任挥鞭。

简评

这首律诗描绘了当代桃花源的绝美风光与人文风情。首联展现了桃花源入口的美丽与神秘。颔联以"秦村歌舞""古栈酒旗"等意象，再现了今日桃花源的热闹与繁华。颈联写文章之事，赞美《桃花源记》这篇奇文在历史上留下了深刻的印记。尾联则以诗意的语言，写出了作者在桃花源度过美好生活。"邀月饮"有李白"举杯邀明月"之逸兴，"任挥鞭"则表现了奋发有为的壮志。全诗意境优美，语言流畅，充满诗情画意。

---

① 见赵焱森：《华夏颂》，湖南文艺出版社，2004年版。收入本书时作者有改动。

桃花源诗三首①

蔡长松

蔡长松（1941—　　），湖南望城人。曾任常德市市长、中共海南省委副书记、中共海南省海口市市委书记。2008年任中央纪委、中央组织部第六地方巡视组组长。第十五届中共中央候补委员、中央纪委委员。

主事四载，沉于政务，久不吟咏。今乘开发桃花源之兴，表爱我常德山水之情，偶得数句，聊以成章。是诗耶，非诗耶？

桃源梦里行②，寐后起浓情。
岂只奇文出，全凭双手成。

竹禽茅舍一家家，百态千姿满目花。
难尽秦村风韵好，何须览胜走天涯。

常携本郡武陵郎，踏步渔歌入幻乡。
水府阁前花斗艳，秦人村里树添香。
年前好景休寻短，岁后奇观独见长。
不是东风催细雨，那来新貌付春光。

---

① 题中"桃花源"为编著者加。

② 作者自注：桃花源，始建于晋，初兴于唐，鼎盛于宋，后时毁时兴。1991年开始进行大规模修复开发。现景区面积已由20世纪80年代的0.45平方公里扩大到8.12平方公里。景区由20余个增加到80多个。为湖南省重点文物保护单位、省十大风景名胜区之一、省级旅游经济开发区、国家森林公园。

简 评

作者曾身为常德主政官员，对桃花源的感情不同于游客。他的诗歌除赞美此地的美景外，更有对桃花源美好蓝图的擘画。

《桃花源诗三首》其一以抒情为主，奠定了组诗的情感基调。"岂只奇文出，全凭双手成"开宗明义，认为桃花源不只是存在于文学作品之中，更要靠勤劳的双手去创造。

其二以写景为主，描绘了桃花源中竹禽茅舍、百态千姿的花卉，以及秦村风韵的无穷魅力，让人仿佛置身于仙境。"难尽秦村风韵好，何须览胜走天涯"，传达了作者对此地风土人情的深厚情感。

其三写作者与本地人共同建设桃花源的感受。诗歌以渔歌、水府阁、秦人村等元素，勾勒出一幅幅生动的画。"年前好景休寻短，岁后奇观独见长"写桃花源冬日萧瑟，春日绚烂，但四季各有其美。"不是东风催细雨，那来新貌付春光"，"东风"即春风，这句诗既表明春风春雨孕育了桃花源的美景，也寓意国家好政策促进了桃花源的新发展。

重修水府阁①

陈国安

陈国安（1945—　），别号幽篁轩主，湖南益阳市人。中国楹联学会、湖南省书法家协会会员、湖南省诗词协会常务理事等。曾参与中国常德诗墙修建。诗词作品曾获华夏诗词奖和丁玲文学奖，著有《幽篁轩集》行世。

新修水阁势崔巍，画栋雕梁竹树围。
想是仙人辞浩渺，轻舟点点逐鸥飞。

简评

这首绝句展现了水府阁重修后的壮丽景象，融入了作者对自然美景和美好生活的热爱之情。"新修水阁势崔巍，画栋雕梁竹树围"将水府阁的雄伟、雅致展现得淋漓尽致。"想是仙人辞浩渺，轻舟点点逐鸥飞"虚实结合，有"昔人已乘黄鹤去，此地空余黄鹤楼。黄鹤一去不复返，白云千载空悠悠"的意境，但与崔颢的怅惘之情不同，"轻舟点点逐鸥飞"以轻舟和鸥鸟的动态，表现了勃勃生机，抒发了作者的喜悦之情。

---

① 选自武陵诗社编《兰芷风华》，1995年。

春夜宿桃花源六艺湾

熊治祁

> 熊治祁（1945—　），湖南长沙人。原湖南人民出版社社长，享受国务院政府特殊津贴。现为湖南省文史研究馆馆员、湖南省湖湘文化交流协会副会长。著有《陶渊明集注译》《听江楼诗钞》《编读印痕》，编有《湖湘词汇编》等。

山雾浮楼阁，桃花入室香。

风声敲翠竹，溪韵绕苍冈。

莺唱深林树，蛙鸣浅水塘。

如闻天籁曲，渐入黑甜乡。

简　评

这首诗以精细的笔触描绘了桃花源六艺湾春夜的静谧与美好。山雾使阁楼仿佛浮在空中，桃花香气飘然入室。风中翠竹发出声响，溪水绕冈流淌。莺歌蛙鸣交织成自然的乐章。作者聆听着天籁之音，逐渐沉醉于甜美的梦乡。全诗对仗工稳，动词的运用精准而富有韵致，融情于景，表现了诗人对桃花源自然之美的沉醉与热爱。

游桃花源

熊东遨

熊东遨（1949— ），又名周梦熊，字日初，号楚愚，湖南宁乡人。曾任中华诗词学会青年部副部长、《中华诗词》编委、湖南诗词协会副会长。著有《诗词曲联入门》《诗词医案拾例》《画眉深浅》《我选百家诗词漫评》等二十余种。

飞车遥探武陵春，十里桃花一色新。
如此风光搬不走，归来犹妒洞中人。

简评

作者驾车远路而来，专程探访武陵源。"十里桃花一色新"描绘了桃花盛开的绚烂景象，色彩鲜明，令人陶醉，"新"字生动有致。诗歌结尾"洞中人"指武陵桃花源当地人。只有当地人可长享如此美丽风光，外地人偶尔来一趟，终究要与之离别。"如此风光搬不走，归来犹妒洞中人"曲折地表达了作者对桃花源美景的深情眷恋。

鹧鸪天·桃花源遐想①

皮元珍

皮元珍（1950—　），湖南益阳人，民盟盟员。长沙大学中国古代文学教授、学校教学督导。湖南省文史研究馆特聘研究员、湖南省屈原学会、湖南省文学理论及美学学会等理事，湖南省诗词协会等会员。有《玄学与魏晋文学》等。

壬寅夏日，重访武陵，漫步桃源，但见林间寂寂，景色萧然。不禁神思穿越，乃记之。

五柳门前碧玉塘，桃花点点水流香。秦人村里炊烟袅，布谷催耕老少忙。

渔叟乐，钓丝长。田畴十里有牛羊。桑麻月影东篱下，靖节无弦咏羽觞。

简评

作者曾专论魏晋风度与士文化的审美开拓。此词巧妙地将古典文化融入现代语境，词中的桃花源也折射了作者的审美眼光。词作上阕描写五柳门前的碧玉塘、桃花点点的流水香，秦人村里的炊烟袅袅、老少耕作的生活场景，生动地再现了桃源富于生活气息的田园风光。下阕结合钓丝长、田畴牛羊、桑麻东篱等意象，表现了宁静而充满诗意的桃花源田园之景。结尾"东篱下""靖节无弦咏羽觞"化用陶渊明采菊东篱下、酒适抚弄无弦琴以寄其意的典故，表现了其超然物外的真趣、雅趣。

---

① 收入湖南省文史研究馆编：《楚风吟草》（第3辑），岳麓书社，2022年版。

重游桃花源①

吕可夫

> 吕可夫（1951— ），湖南新邵人。湖南省文史研究馆馆员、中国楹联学会常务理事、网络委员会副主任、湖南省楹联家协会副主席、长沙市楹联家协会主席、《联海探骊》主编，长沙市诗词协会、开福寺碧湖诗社顾问。

十里桃花纵谢春，田池阡陌尽游人。

溪边有稼多栽草，洞口无鱼少问津。

鸡犬之声今已古，竹桑其屋旧犹新。

归来陶令当兴叹，笔下风光不似秦。

简评

诗作通过对比写桃花源暮春的风景，每一联都有一处转折，读来有抑扬顿挫之感。首联写衰与盛的对比。桃花凋零，然而田野池塘的阡陌之间依然游人如织。颔联写多与少的对比，溪边草多，洞口人少。颈联写古与新的对比。鸡犬之声已古，竹桑之屋犹新。三处对比引出结尾的感叹，即便陶渊明归来，也会感叹这里的风光与秦时有所不同。文似看山不喜平，此诗注重起伏变化，生动有致。

---

① 收入湖南省文史研究馆编：《楚风吟草》（第3辑），岳麓书社，2022年版。

夜宿桃源

袁勇前

袁勇前（1953— ），湖南新化人。曾供职娄底、邵阳市政府常务副市长，湖南省地方志编纂委员会副主任、巡视员。湖南省书法家协会会员，湖南省地方志学会、湖南省诗词协会副会长。有《山河万里吟》《生活是诗》《看成作诗草书》等。

桃源寻梦逛天堂，陶令相邀共拓荒。
桑竹成荫家犬吠，丘山空谷野鸡翔。
往来蓑笠勤耕织，相见童孺尽善良。
虚室无尘临水月，悬壶有酒枕黄粱。

简评

陶渊明与作者相邀共拓荒园。桃花源中桑竹成荫、家犬吠叫，丘山空谷之中野鸡飞翔。往来之人披戴蓑笠，勤劳耕织，所见童孺皆善良可爱。作者临水而居，有月亮相伴，枕畔有酒。此中情景，虽为黄粱一梦，亦是极好的享受。科学研究表明，梦是潜意识的体现。诗人梦见桃花源，实乃日间游览桃花源有所感。故而梦中桃源之景，如历历在目。诗歌语言流畅自然，笔调轻松活泼，表现了作者对桃花源的喜爱之情。

桃花源

彭崇谷

> 彭崇谷（1954—　），湖南湘乡人。曾任湖南省衡阳市市长、湖南省委组织部副部长、省人力资源和社会保障厅厅长等，以及中华诗词学会第三、四届副会长，湖南省诗词协会第七届会长等职。现任中华诗词学会当代诗词曲赋联精品研究委员会主任。出版诗集多部。

千山桃艳菜花黄，垅上农机耕地忙。

捎信陶公别挂念，桃源今日换新装。

简　评

红色、黄色皆为暖色调。"千山桃艳菜花黄"写桃花源远景，犹如一幅色彩绚丽的油画。"垅上农机耕地忙"融入了现代元素，展现了耕作的热闹场景。结句以幽默风趣的口吻，向陶渊明传达了桃源今日的新变化，表现了作者对劳动创造美好生活的礼赞。

桃花源

陈作耕

陈作耕（1954—　），湖南常德人。曾任深圳市福田区委常委、深圳市工商联副主席、巡视员。现为中华诗词学会现当代诗词研究工作委员会顾问、深圳市长青诗社荣誉社长，深圳市诗词学会、香港诗词学会顾问、粤港澳大湾区中华诗词文化促进联谊会会长。

青山红树接云涯，古镇飞桥竹影斜。
何处春光能遣兴，桃花源里赏桃花。

简 评

诗作一、二句以青山、红树、云涯、古镇、飞桥、竹影等意象，描绘了桃花源优美的风光。三、四句"何处春光能遣兴，桃花源里赏桃花"一问一答，表达了诗人对桃花源的赞美之情。结句令人想起明代唐伯虎的《桃花庵歌》："桃花坞里桃花庵，桃花庵里桃花仙。桃花仙人种桃树，又摘桃花换酒钱。酒醒只在花前坐，酒醉还来花下眠……若将贫贱比车马，他得驱驰我得闲。世人笑我忒疯癫，我笑他人看不穿。不见五陵豪杰墓，无花无酒锄做田。""桃花源里赏桃花"，看似无所事事，却正是忘却世俗荣辱，得自然之趣的表现。

春到桃花源①

韩永文

韩永文（1955—　），辽宁大连人，在职研究生、农学博士。历任国家发展和改革委员会秘书长，湖南省人民政府副省长，湖南省委常委、省委秘书长，湖南省人大常委会副主任等。现任中国国际经济交流中心副理事长、国务院参事室特约研究员。著有《潇湘诗词稿》等。

潼舫晚渡三湾月②，古洞秦人万寿仙。

落井悬池千树雪，桃林静处和鸣泉。

简　评

此诗写桃花源春日夜景。一、二句分别写桃花源的潼舫晚渡和秦人洞两个景点。"潼舫晚渡三湾月"写月夜桃花源周边宁静祥和的景色。"古洞秦人万寿仙"写晋代永兴年间的秦人洞，此间仿佛仍有长寿的仙人。三、四句"落井悬池千树雪，桃林静处和鸣泉"写千树桃花如雪绽放，落于井、池之上，静谧的桃林中泉水叮咚作响。诗歌融情于景，动静结合，既表现了桃花源如画的美景，也体现了作者深厚的文化底蕴。

---

①　作于2010年3月20日。收入韩永文：《潇湘诗词稿》，中华书局，2018年版。

②　潼舫晚渡：桃源八景之一，位于桃源县城东北，居沅水之中，四周环水。三湾月：沅水流经桃花源形成一湾洄水，夜间可从天上和水中看到三个月亮。

水调歌头·游秦溪、秦人谷①

韩永文

觅隐缘溪上，临岸弃篷船。雾笼十里桃树，隔洞两重天。闻罢秦风瑟鼓，看尽寰楼乐舞，梦醉桃花源。鸡犬踱阡陌，牛卧碧塘边。

不知汉，何魏晋，乐陶然。水浮天色，身置云里作神仙。六艺坊中织布，酒肆楼前观渡，吟唱半山间。因羡陶元亮，归隐莳田园。

简评

词作上阕写沿溪而上寻觅桃花源美景，"雾笼十里桃树""隔洞两重天"写秦人洞、秦溪、秦人谷的自然美景。"鸡犬""牛卧"句写身边景，真切自然。下阕写对作者归隐生活的向往。"水浮天色"营造出超脱尘世的氛围。织布、观渡、吟唱皆为富于文人雅趣的闲适生活。整篇笔法细腻，写景如梦似幻，弥漫着飘飘仙气，令人对隐逸生活顿生向往之情。

---

① 收入湖南省诗词协会编：《湖南当代诗词选》（第三辑），中国文联出版社，2017年版。

桃源美景

石成林

石成林（1955—　），湖南津市人。曾任常德市人大常委会正厅级干部等。现任丁玲文学创作促进会会长、中国丁玲研究会顾问、《丁玲文学》杂志主编。诗词作品散见于《诗刊》《中华辞赋》《中华诗词》等刊物。出版《故在诗草》《梦庐诗词》《湖海吟稿》《风过楼吟存》等诗集。

武陵天下景，梦里是桃源。
月映绿溪水，风香白芷园。
花红来客暖，云碧去禽翻。
不作烟霞约，流连秦竹轩。

简 评

诗歌首联议论，赞美武陵桃源美景。颔联、颈联写景，绿溪映月，白芷飘香，花红云碧，客暖禽翻，色彩鲜明，对仗工稳，细节处显出作者的匠心。尾联抒情，"不作烟霞约，流连秦竹轩"表达了对桃源美景的眷恋和不舍。诗歌语言清新自然，如蓝田日暖，良玉生烟，温润玲珑，余韵悠长。

夏日桃花源小游①

谢宏治

> 谢宏治（1956— ），湖南衡南人，中共党员。曾任衡阳市人民政府副市长，衡阳市委常委、宣传部部长，衡阳市第十四届人大常委会党组书记、常务副主任。2022年5月被聘为湖南省文史研究馆特约研究员。

暇日凭栏听晚潮，夕阳渔火夜添娇。

白云言老随风逝，红树妆新待雨摇。

静赏荷塘香露溢，闲看松岭薄岚消。

归来一曲驰原野，应是陶公奏玉箫。

简 评

诗作首联写凭栏听潮，看夕阳西下，夜色中渔火点点。颔联白云、红树皆被拟人化，新老对比，显出勃勃生机。颈联写作者静赏荷塘香露，闲观松岭薄岚。正如宋代程颢《秋日偶得》所言："万物静观皆自得，四时佳兴与人同。"唯静方能得自然之真趣。尾联写归去路上听到原野上传来曲声，猜想可能是陶渊明吹奏玉箫，颇令人起思古之幽情。诗歌动静结合，语言典雅优美，尾联留给人遐想空间。古往今来吟咏桃花源的诗篇很多，但各不相同，关键原因就在于每个人的情思不同。《夏日桃花源小游》是一首"求诚"之作。作者将自己的情思与夏日桃花源的景物相糅合，以精致的形式加以表现，自然有所独创。

---

① 收入湖南省文史研究馆编：《楚风吟草》（第3辑），岳麓书社，2022年版。

春游桃花源

周运来

> 周运来（1959—　），湖南汉寿人，中共党员，大学学历。曾任湖南省常德市发展和改革委员会主任、中共常德市经济技术开发区工委书记、中共常德市委副厅级干部。现任常德市诗词学会会长、《常德诗词》编委会主任。

柔煦春晖映画丘，风光别致醉人眸。
桃花山上花霏烂，五柳湖边柳密稠。
漫溯秦溪闲步度，横穿石洞畅怀游。
无边美景撩诗兴，欲把仙乡笔下收。

简评

欧阳修《醉翁亭记》云："醉翁之意不在酒，在乎山水之间也。山水之乐，得之心而寓之酒也。"这首诗写的便是山水之乐。首联作者不写别致的风光令人心醉，而写"醉人眸"，别出心裁。颔联写桃花山上的桃花、五柳湖边的柳树都饱含勃勃生机，"烂""稠"二字极言其多。颈联写作者"漫溯秦溪""横穿石洞"，展现了游玩的惬意与畅快。尾联"无边美景撩诗兴，欲把仙乡笔下收"写美景引发了作者的创作冲动。山水之乐，情见乎辞。

［中吕·山坡羊］桃花源随笔

周运来

桃林繁茂，岚烟缭绕，山村处处黄莺闹。水悬桥，柳垂绦，蛙鸣鱼跃秧间跳。这里风光无限好，花，别样娇；人，别样娇。

山重水宵，肥田泓坳，祖先亲手花园造。景儿韶，笔儿描，陶潜浓墨书嫽俏。引逗来宾皆赏笑，居，兴致高；玩，兴致高。

简评

曲作其一将桃林、岚烟、黄莺、流水、垂柳、蛙鸣、鱼跃等元素交织，构成了一幅绚丽多彩的自然画卷，展现了山村的风光之美。其二写此间美好的田园皆由劳动人民祖祖辈辈用勤劳双手造就。陶渊明将美景表现得淋漓尽致，居住于此的山民与来宾皆有很高的兴致。此曲句句押韵，句法长短错落，曲风雄阔豪迈，朴实真切，抒发了作者对美好生活的热爱之情。

寻访桃花源①

何建洋

何建洋（1959—　　），江西萍乡人。江西省政府参事、省诗词学会会长，江西省作家协会会员，教授。历任萍乡市人民政府副市长、江西省监察厅副厅长、省教育厅巡视员、省政协文化文史和学习委员会副主任等。江西省政协第九、十、十二届政协常委，第十二届全国人大代表。著有诗词集《荷园杂韵》等。

武陵深处问迷津，溪水长流古到今。

渔者昔时奇幻景，世人依旧渺难寻。

简 评

诗歌开头化用《桃花源记》武陵渔人出洞后再寻不遇的典故，引出诗人探访桃花源的经历。接下来写溪水长流从古至今，渔人昔年遇到的奇幻之景，今人依然难以寻访。诗歌借仙境难觅，表达了作者内心的怅惘之情。诗歌语言雅致流畅，有中和之美。

---

① 载《湖南诗词》2023年第2期。

再访桃花源

刘经平

刘经平（1959—　），湖南澧县人。大学文化，曾任常德市政协副秘书长等职。现为中华诗词学会会员、湖南省诗词协会常务理事、常德市诗词学会常务副会长兼秘书长。著有《民主法治笔谈》。

花朝①时节最相亲，无限风光满眼春。

五柳街头飞紫燕，秦溪水上跃金鳞。

难忘云舍三杯醉，但喜烟霞万象缤。

涤荡尘心能避世，吾侪幸作武陵人。

简　评

花朝节为农历二月。此时桃花虽然尚未盛开，但春意已来到人间。五柳街头的紫燕翩翩起舞，秦溪水上浮光跃金。"酒不醉人人自醉"，作者看着满眼烟霞，三杯即醉。此间美景能涤荡尘心，可作避世之所。作为武陵人，能够长享美景，何等幸运。宗白华曾说："中国诗人、画家确是用'俯仰自得'的精神来欣赏宇宙，而跃入大自然的节奏里去'游心太玄'。"《再访桃花源》亦是如此，作者"跃入桃花源的节奏"，表达了沉醉于美好时光的自得之情。

---

①　花朝即花朝节。

桃花源秦谷即景

蔡建和

蔡建和（1960—　　），湖南常德人。曾任湖南省委组织部副部长（正厅长级），湖南省人大常委会委员等职，现任中华诗词学会常务理事，湖南省诗词协会会长。作品散见《人民日报》《光明日报》《中华诗词》等报刊，出版诗集《星夜遥寄》。

山茶拾级入云烟，溪水淙淙石径边。

霞缀冈坡花自俏，风磨潭面镜空悬。

行踪不定林间雾，晴雨难分涧底天。

蜂鸟飞来迎远客，争将歌舞秀人前。

简评

山茶花伴随着石阶一直延伸到云烟之上，旁边有溪水淙淙流淌。山冈上点缀着如同云霞一般的花朵，潭水如同镜面一般悬在山半腰。山林之间雾气缭绕，行踪不定。山涧之中晴雨难辨。蜂鸟飞来，载歌载舞，仿佛在迎接远方的客人。作者充分调度感官，从视觉、听觉等角度对桃花源秦谷的美景展开多维探索，表现了秦谷怡人的自然风光。诗歌流畅生动，略带俏皮，表现了人与自然和谐共生的动人画卷。

秦溪乘舟夜观《桃花源记》情景剧

蔡建和

皓月低悬水中天，木舟载客慢移前。
一溪幻彩入秦世，两岸田庐遇祖先。
撒网荷锄耕读乐，睦邻继嗣俗风贤。
牛羊出没荒滩草，谷物丰登墟里烟。
画景飘飘看不够，叩船相问是何年。

简 评

　　《桃花源记》实景剧是全国首个以4.6公里溪流为演区的乘船漫游式大型实景演出，是全国首个真正意义的全程、全流域"河流剧场"。作者以诗意的语言，令读者仿佛伴随着作者所乘的皓月之下的木舟，进入千余年前如梦似幻的桃源世界。幻彩溪流与两岸田庐交相辉映，渔人撒网，农民荷锄耕作，村民之间彼此和谐共处。牛羊出没、谷物丰登，炊烟袅袅，一派迷人的田园风光。结尾"画景飘飘看不够，叩船相问是何年"令人如梦方醒。这一联让人想起意大利诗人彼特拉克的几句诗："多幸福啊，此日，此月，此年。此季，此刻，此时。此一瞬间。"

重访桃花源（外二首）

童中贤

> 童中贤（1962— ），湖南汉寿人。湖南省社会科学院（湖南省人民政府发展研究中心）研究员，享受国务院政府特殊津贴专家。中华诗词学会当代诗词曲赋联精品研究委员会副主任、湖南省诗词协会副会长兼秘书长、《湖南诗词》主编、湖南省作家协会会员。出版诗集四部。曾获丁玲文学奖。

许我花朝欲竞开，莺歌燕舞摆擂台。

先生意结仙源久，一片夭夭枝上来。

水府阁远眺

当桃欲吐暗香丛，举目洲头悲画工。

天生一派神仙境，尽在沅湘怀抱中。

秦溪行舟

舟发秦溪绝境深，当空皓月涤风尘。

花源宛在迷津路，奇踪岂止晋时人。

简 评

组诗既表现了作者心怀江山的浩然之气，也展现了沅湘大地的多样性之美。其一写重游桃花源的感受。人与自然达成这样一种默契：待到农历二月花朝节时，便有莺歌燕舞摆擂台、桃之夭夭枝上来。在作者笔下，自然万物相伴相依，是一个有机的生命共同体。诗歌有情有声，万物之间的联系写得灵动而富于温情。

《水府阁远眺》写出了自然的素朴天真，桃花虽未盛开，但已有暗香欲发，人类的画工与洲头景色相比黯然失色，神仙境界皆在沅湘怀抱之中。"悲"字从反面赞美了自然的鬼斧神工。

《秦溪行舟》由写实到想象，作者月夜行舟，仿佛沿着晋时渔人的奇踪，深入桃花源绝境，皓月当空，涤除面上风尘，令人静照忘求。吴均《与朱元思书》云："鸢飞戾天者，望峰息心；经纶世务者，窥谷忘反。"作者此时的感受当与之颇为相似。诗歌语调明快，表现手法多样，富有艺术感染力。

南宋　陈居中　《桃源仙居图卷》局部

临江仙·桃花源

童中贤

绝境清秋何处有，诗文犹得今传。武陵山水出神仙。桃花开洞口，溪水泻潺湲。

寓目神游奇景幻，敞怀芳躅晴岚。依归桑竹共南山。人生千种意，方寸驻仙源。

简评

词作上阕将桃花源幽静而神秘的秋日景象描摹得有声有色。桃花源的清秋美景的诗文至今犹传，武陵山水为洞天福地，此地应有神仙。秦人洞中，溪水泻出。"泻"字或源于《醉翁亭记》"山行六七里，渐闻水声潺潺而泻出于两峰之间者，酿泉也"。下阕写作者神游奇幻山水之中，沿着前贤的足迹，步入山间。晴日烟雾缭绕，归来桑竹依然，似可见陶渊明"悠然见南山"。结尾"人生千种意，方寸驻仙源"收束有力。"方寸"即心。意为无论遭到何种境遇，心中依然可以留一块像桃花源一样纯净、美好的净土。诗歌语言畅达，格调超逸，蕴含禅意，令人回味无穷。

蝶恋花·桃花源

庄顺荣

庄顺荣（1964— ），笔名天水山人，福建莆田人，现居厦门。喜爱诗词，作品散见于各类媒体。现任中国梦文化艺术研究院艺企联盟融媒体主编、《北京精短文学》顾问、《海峡文化交流中心》编辑等。

幽径桃红沾雨露。枝瘦香归，陌上东风渡。撩客迷人谁是主。陶潜欲放千回顾。

目乱吟诗浑不误。直入桃源，几许多情赋。莫道花园无觅处。惟知春色深留住。

简评

该词上片写桃花源春雨之后花瓣凋零的景象。"枝瘦香归，陌上东风渡"写花瓣随东风飘去，只剩下清瘦稀疏的枝条。"枝瘦"一词令人想起《点绛唇·咏梅月》"一夜相思，水边清浅横枝瘦"。"撩客迷人谁是主"以设问引出对桃花源主人的想象。"欲放"句或化用辛弃疾《青玉案·元宵》"东风欲放花千树"，桃花虽被雨打风吹去，但乱红亦引人入胜，令人频频回首。下片写桃花源美景引发作者蓬勃的创作激情。词作以情深之语结尾，"莫道花园无觅处。惟知春色深留住"不仅道出了人对桃源之美的珍重，也表明春色舍不得离开桃源。全词情致深婉，语浅意浓，充分表达了作者对桃源之美的喜爱之情。

题桃源方竹

吴晓晖

吴晓晖（1970—　），四川成都人。中华诗词学会现当代工作委员会创作部部长、湖南省诗词协会副秘书长、湖南省诗词协会青年诗词工作委员会主任、湘江诗会会长、《诗词百家》杂志副社长、《湘江听潮》微刊主编。

兰自清幽菊自芳，松梅同傲岁寒香。

世间青士多圆媚，唯有此君心骨刚。

简评

松、竹经冬不凋，梅花傲雪凌寒开放，被称为"岁寒三友"。诗歌一、二句将兰之清幽，菊之自芳，松梅之傲相提并论。"青士"即竹的代称。"世间青士多圆媚，唯有此君心骨刚"将圆竹与方竹对比，强调方竹与众不同的刚直与坚韧，突出了方竹"刚"的特质，隐喻了刚直不阿的人格品质。诗歌表达了作者对高洁人格的向往和赞美，言简意丰。

甲辰新春胜日游桃花源

刘 杰

刘杰（1971— ），字书敏，号石马山人，湖南桃江人。中华诗词学会会员、中国楹联协会会员、湖南省诗词协会常务理事、《湖南诗词》杂志常务副主编。

相寻旧隐不辞难，枝上桃花半已阑。
犬吠田园声渐远，洞连秦汉路初干。
一帘山色偏宜静，千古深心独耐寒。
瘦损朱颜浑未觉，世缘聊作等闲看。

简评

该诗记录了作者新春胜日在桃花源的所思所感。他为寻访旧日桃花源隐居者不辞艰难，然而桃花已大半凋零。田园中狗吠之声渐远（或亦暗示此处没有昔日鸡犬相闻的淳朴田园风光），洞口的路才刚刚修好。此处风景看似寻常，但一帘山色值得静静观赏，千古历史值得细细回味。尾联"瘦损朱颜"指消瘦。诗人对于自己面容消瘦之事浑然未觉，将世间一切都视为寻常，体现了处变不惊的心态。清代黄遵宪提倡"我手写我口"，叶圣陶提倡"我手写我心"。作者写身边事、身边景，表现了对人生、世事的独特见解，心、手合一，而以典雅蕴藉之语出之，体现了深厚的文学修养。

秦 谷

刘 杰

幽谷深山里，木楼桑竹边。

洞连三岛客，风送一溪烟。

向路成终古，诸尘幻大千。

避秦非我愿，只是羡巢仙。

简评

　　秦谷是《桃花源记》的实景再现。南临秦溪，北接桃花山。沿着秦溪逆流而上，弃舟登上码头，穿过秦人洞，便是桃花源。作者写其探访秦谷的经历，一二联描写谷中幽静的景色，木楼桑竹犹存古风。第三联以佛理观照，一切皆为幻境。尾联中"巢仙"为道家修行之法，以少欲、安宅为基本思想。太平盛世，不需避秦。在此清幽之处居住的百姓，每日生活即为修行，引起了作者的由衷羡慕。诗歌从景物着笔，取桃花源凌越世俗之意，富有浪漫色彩。三四联写作者结合佛道思想表达对世事的看法，富含言外之意，境界愈推愈高，使味之者无极，闻之者动心。

游桃花源

禹丽娟

禹丽娟（1972— ），湖南怀化人。中华诗词学会女子诗词工作委员会编辑、湖南省诗词协会潇湘散曲社副秘书长、湖南怀化市诗词楹联家协会副秘书长、湖南怀化市散曲社社长。系中华诗词学会、中国楹联学会、中国铁路作家协会会员。

为赴桃花一场约，车驰数里飞如跃。

风清日暖感非遥，云淡心闲兴不薄。

苑内浓于锦绣煌，枝头烂若红霞烁。

曾经世外在书中，今晓渊明无谬错。

简 评

此诗从"为赴桃花一场约"的兴奋喜悦之情写起，颔联、颈联写风清日暖、云淡心闲、烂若红霞桃花，如锦绣般壮丽的苑内风景，表现了作者对桃花源的由衷赞美与游玩的勃勃兴致。尾联写《桃花源记》中的景观如今一一再现，渊明诚不我欺也。全诗传达了作者飞扬的激情，笔墨酣畅，豪健奔放。

车过桃花源

唐符喜

唐符喜（1973—　　），苗族，湖南凤凰人。现任湖南湘西自治州委老干部局服务管理科科长、四级调研员。湖南省诗词协会、湘西州诗词协会会员，诗词作品先后在《中华诗词》《湖南诗词》《广州诗词》发表。

沅江夹岸尽桃花，片片绯红若彩霞。

怎奈飞轮留不住，又衔春信到天涯。

简　评

诗中一二句所取之景皆为远景、大景。因乘车经过，故所见沅江两岸之桃花皆转瞬即逝。三四句"飞轮留不住"写汽车飞驰也无法将春天留住，但春讯已传遍天涯。古往今来，描写春天的诗句不知凡几，但在诗词中表现汽车与春天的关系者极为少见。作者将现代气息融入古典诗词之中，为古老的桃源题材带来新鲜感，匠心独运，令人耳目一新。

临江仙·醉桃源①

杨　梅

　　杨梅（1975—　），湖南常德人。中国音乐学院毕业，音乐教育专业，从事钢琴教学。幼承庭教，从小爱好诗词歌赋。

　　醉梦桃花春漫漫，醒来已是初秋。武陵溪畔旧舟头。轻云弦月淡，流水曲声悠。

　　北上幽燕千里路，村醪不解离愁。莫如乘兴寄江流。狂生三两个，沽酒去泸州。

简评

　　这阕词体现了作者细腻的时空意识与敏锐的审美感受。上片"醉梦桃花春漫漫，醒来已是初秋"从春至秋，写其醉与醒的时间跨度，从时间写愁。下片"北上幽燕千里路"，由南往北。"沽酒去泸州"，由北往南。泸州之酒方能解此离愁，以空间写愁，同时表现了作者豪放不羁的个性。这阕词因离愁别绪引发创作激情。韩愈《荆潭唱和诗序》云："欢愉之辞难工，愁苦之言易巧。"可能因为愁苦之情更为强烈而普遍，容易引起读者的共鸣。"武陵"句以下写景，轻云淡月，流水曲声，意象古典，语言雅致，体现了作者深厚的古典文学功底。

---

　　① 收入常德市诗词学会编《当代常德诗词选》，2020年8月。

春日登水府阁①

龚小平

> 龚小平（1977—   ），湖南桃源人。桃花源一中高级教师，桃源诗刊社副社长，《仙境》诗刊总编、为湖南省诗词协会、常德市诗词学会会员。

青峰迤逦翠如流，碧浪奔来一揽收。

艳艳桃开红映日，依依柳放绿牵舟。

随云鸟过梵音醉，惬意风轻玉笛悠。

漫望洞庭三百里，忘怀得失忘春秋。

简评

诗歌写作者春日登水府阁，对山水进行审美观照。前三联写景，青峰迤逦，碧浪奔来，艳艳桃开，依依柳放，鸟随云飞，梵音醉人，清风吹拂，玉笛悠悠。既从形、色、声等方面表现了大自然的蓬勃生机，又景中含情，表达了作者此刻无比安宁平静的心绪。尾联直抒胸臆，诗人登高望远，忘怀得失与春秋（代指年岁）。虽然宁静与安详是暂时的，作者终究还要回到纷纷扰扰的尘世之中，但此刻能够抛去欲望与杂念，在自然山水之中获得抚慰，亦极为难得。作者抓住瞬间的情感加以表达，呈现了瞬间即永恒的美学特色，富有禅意。

---

① 载《湖南诗词》，2021年第2期。

主要参考文献

陈国华主编：《明嘉靖〈常德府志〉校注》，方志出版社，2011年版。

［清］陈祚明评选，李金松点校：《采菽堂古诗选》，上海古籍出版社，2009年版。

陈书录：《明代诗文创作与理论批评的演变》，凤凰出版社，2013年版。

范雪飞：《论王昌龄对陶渊明的接受——以〈文选〉选陶诗文为重点》，《兰州教育学院学报》，2020年第8期。

葛晓音、霍松林等撰写：《宋诗鉴赏辞典》，上海辞书出版社，2015年版。

胡云翼：《宋诗研究》，岳麓书社，2011年版。吴泽顺编注：《陶渊明集》，岳麓书社，1996年版。

郝允龙：《中唐诗人刘商生卒年考辨》，《现代语文》，2015年第10期。

［宋］黄庭坚著，马兴荣导读：《黄庭坚词集》，上海古籍出版社，2011年版。

黄园园：《唐代歌行体桃源诗的承与变》，《荆楚学刊》，2003年第4期。

［唐］韩愈撰，［清］方世举笺注：《韩愈诗集编年笺注》，中华书局，2019年版。

蒋寅：《大历诗人研究》，北京大学出版社，2007年版。

林平乔：《论王寅诗歌的隐逸风格》，《南昌大学学报》（人文社会科学版），2011年第3期。

［唐］卢纶著，刘初棠校注：《卢纶诗集校注》，上海古籍出版社，1989年版。

梁颂成、吴飞舸、刘兴国主编：《历代桃花源诗选》，中南大学出版社，2017年版。

［南朝宋］刘义庆，［南朝梁］刘孝标注，余嘉锡笺疏：《世说新语笺疏》，中华书局，2011年版。

刘清衢：《邹元标都匀证道及其前后思想衍变》，《贵州文史丛刊》，2017年第4期。

［唐］李白撰，瞿蜕园、朱金城校注：《李白集校注》，上海古籍出版社，2011年版。

李云逸注：《王昌龄诗集》，中华书局，2020年版。

李定广：《唐诗三百首中有宋诗吗？——与莫砺锋先生商榷》，《学术界》，2007年第5期。

李良子：《江盈科的"吏隐"心态》，《书屋》，2016年第11期。

李雯欣：《湖湘文化对胡曾诗歌创作的影响》，《作家研究》，2022年第11期。

罗时进编选：《杜牧集》，凤凰出版社，2014年版。

罗世蕃著、高全平校注：《螺庵诗集校注》，湖南大学出版社，2018年版。

毛大风、王斯琴编：《近百年诗钞》，岳麓书社，1999年版。

莫砺锋：《唐诗三百首中有宋诗吗？》，《文学遗产》，2001年第5期。

［清］彭定求等编：《全唐诗》，中华书局，1960年版。

渠红岩：《论传统文化中桃花意象的隐喻意义》，《南京政治学院学报》，2012年第1期。

钱仲联、章培恒、陈祥耀、潘啸龙等撰写：《元明清诗鉴赏辞典》，上海辞书出版社，1994年版。

［清］钱谦益：《列朝诗集小传》，上海古籍出版社，2008年版。

钱钟书选注：《宋诗选注》，人民文学出版社，2005年版。

钱志熙：《黄庭坚对陶渊明的阐释与接受——从唐宋陶诗的整体接受出发》，《中山大学学报》（社会科学版），2024年第6期。

任冬青：《晚唐张乔诗歌的语言艺术与美学风格》，《阜阳师范学院学报》，（社科版）2017年第4期。

孙启华，罗时进：《晚清变局中的"类桃源"现象及其诗歌书写》，《文艺理论研究》，2020年第6期。

沈德潜选注：《唐诗别裁集》，上海古籍出版社，2013年版。

苏燕：《千载桃源梦世外人间情》，《九江学院学报》，2009年第5期。

谭德兴：《何景明奉使南方的诗文与创作心态》，《河南大学学报》（社会科学版），2022年第2期。

［清］唐开韶、胡焯编纂，刘静、应国斌校点：《桃花源志略》，岳麓书社，2008年版。

唐圭璋、叶嘉莹等撰写：《宋词鉴赏辞典》，上海辞书出版社，2015年版。

涂春堂、应国斌主编：《清嘉庆〈常德府志〉校注》，湖南人民出版社，2001年版。

吴志达：《明清文学史·明代卷》，武汉大学出版社，1991年版。

王夫之评选，任慧点校：《唐诗评选》，河北大学出版社，2008年版。

王启兴、张虹注：《贺知章、包融、张旭、张若虚诗注》，上海古籍出版社，1986年版。

王夫之著，李中华、李利民校点：《古诗评选》，上海古籍出版社，2011年版。

王增学：《唐代诗人、画家刘商生平创作简论》，《文化学刊》，2015年第9期。

武晓静：《袁宏道游德山、桃源后的诗文风格及入世态度》，《厦门广播电视大学学报》，2017年第3期。

武云清：《王昶的禅学之嗜与"吏隐"心态》，《西北师大学报》，（社会科学版）2017年第6期。

萧涤非、马茂元等撰写：《唐诗鉴赏辞典》，上海辞书出版社，2002年版。

徐世昌辑：《清诗汇》，北京出版社，1996年版。

徐世中：《论陶澍对陶学之贡献》，《九江学院学报》（社会科学版），2024年第1期。

袁慧：《张九铖的诗歌创作》，《湘潭师范学院学报》（社会科学版），2008年第4期。

［清］余良栋修，刘凤苞纂：《桃源县志》，清光绪十八年（1892）刊本，台北：成文出版社，1970年版。

杨世明校注：《刘长卿诗集编年校注》，人民文学出版社，1999年版。

［美］宇文所安著，贾晋华、钱彦译：《晚唐：九世纪中国诗歌（827—

860）》，生活·读书·新知三联书店，2014年版。

应国斌编著：《桃源佳致》，湖南人民出版社，2001年版。

袁行霈：《陶渊明集笺注》，中华书局，2003年版。

张荣东：《桃源主题的仙化及其对文人园林的影响》，《文艺评论》，2012年第8期。

张眠溪：《文徵明〈桃源问津图〉考释》，《中国书画》，2013年第10期。

［清］张应昌编：《清诗铎》，中华书局，1960年版。

［清］张百龄：《守意龛诗集》，中国文联出版社，2012年版。

［清］朱彝尊选编：《明诗综》，中华书局，2007年版。

朱其欢、奚日成：《论中唐以武元衡为中心的诗歌唱和及其诗学史意义》，《绵阳师范学院学报》，2023年第3期。

朱浩磊：《论查慎行的仕与隐》，《安徽文学》，2010年第2期。

赵山林：《古代文人的桃源情结》，《文艺理论研究》，2000年第5期。

［清］曾昭寅编纂，梁颂成校注：光绪《〈桃花源志〉校注》，中南大学出版社，2017年版。

后　记

桃花源：一处让心灵安宁的绝境

　　武陵淳美，常德风飓。枉山播德，沅水流觞。灵均问渔，渔人未央。桃山桃源，绯英树堂。桃洞烟火，淳薄心房。五柳依依，擂茶斟酿。摩诘神游，前度刘郎。栖真成道，经济热肠。文因景出，景因文彰。大江东去，天天叠香。

　　癸卯二月，我接手编著《诗歌洞庭》时，就想接着编著《诗歌桃花源》，为什么是桃花源呢？因为桃花源太不寻常了。它不单单是一种文学意象，更是一种社会范式、一种自然生境，还是一种人生哲学，一种让人终于相认的亲缘，一处让心灵安放的原乡。它和洞庭湖一样，也是世间一个最古老、最经典、最繁荣的诗词社区。大家知道，桃花源因东晋大诗人陶渊明《桃花源诗并记》而得名。桃花源意象产生后，后期山水田园类题材便呈现一种井喷式的态势，成为中国山水田园诗歌的源地，陶渊明也因此成了山水田园诗的鼻祖。

　　桃花源，这个让人心生向往的名字，究竟在哪里？或者说桃花源的原型地在哪里？目前，中国桃花源的地名很多，湖南常德、重庆酉阳、湖北十堰、江苏连云港、安徽黄山、河南南阳、台湾基隆等地都有桃花源。桃花源这个名称，在陶渊明《桃花源诗并记》前是不见经传的。诗序也就是《桃花源记》记述了一个世俗的渔人偶然进入与世隔绝之地的奇遇，塑造了一个远离昏暗现实的理想王国，被后人称为"世外桃源"或"世外仙境"，如王维《桃源行》"春来遍是桃花水，不辨仙源何处寻"，刘禹锡《桃源行》"俗人毛骨惊仙子，争来致辞何至此"，就是如此。

　　实际上，如果从历史和现实的角度来看，地球上肯定会有很多类似《桃花源记》描述的地方，这是很难确证哪一处是其描写的"所在"的。其实，一个地方就是像陶渊明所描述的那样，而且山川形胜，自然优美，风景宜人，就能成为桃花源吗？何况有的地方只是地貌形胜酷似罢了，哪里能使所有人怡情悦性以获得片刻安宁的清静？即使这样的地方存在一处或多处，也不一定是人们心中的桃花源。基于这样的认识，可以说桃花源是不属于某个地方、某个景点的。桃花源凝聚了众多诗人的灵魂，是我们精神的源泉和归宿，是让人心灵安宁的绝境。

　　然而，现实生活中，地名因文而生、因文而名的现象是屡见不鲜的。桃花源虽然不属于某地某景，但某地某景却可以用之而冠名。从历史的角度审视，湖南常德却是最早占用而冠名的地方，并且发展成为朝廷行为。不仅如此，还产生了因文生景的现象。在陶渊明辞世后数十年的齐（479—502）、梁（502—557）两朝，黄闵就在《武陵记》中记载："武陵山中有秦避世人居之，寻水号桃花源，故陶潜有《桃花源记》。又曰：山上有神母祠。"可见，当时此地已号称桃花源，并有宗教性建筑。同时代人任安贫的《武陵记》也有详细记载。桃花源景区的建设在常德也是开先河的，并在唐代形成了相关制度。随着桃花源景区的逐步成型，从宋代开始，不仅因桃花源之名在这里专门设置桃源县，还有《桃花源集》或《桃花源志》的编纂。也正因为如此，《辞源》《辞海》将湖南常德列为桃花源原型地不是没有道理的。

　　值得注意的是，有的专家学者在考证《桃花源记》原型地时，似乎忘记了文中的一个角色，即"渔人"。"渔人"作为文学意象，在《诗经》里更多只是钓者形象，到屈原那里出现了"渔父"，后来文学中又诞生出了"渔夫""渔翁""渔郎"等。从概念的逻辑关系上讲，"渔人"是一个更具广泛意义的集群体。而屈原面对的渔父就在洞庭湖畔，这个地区的渔人很多，常德也在洞庭湖畔，古称武陵，"武陵人捕鱼为业"是生活的常态，那么，陶渊明的"渔人"之遇与屈原的"渔父"之遇是不是又有某种相似之处呢？

　　桃花源既使人生"诗"化了，又使人生"实"化了。桃花源里的一方烟火，把生命落到实处，使人生变为真切而具体的过程。千百年来，围绕"桃花源"意象及其景区变迁产生的诗词作品众多，陶渊明、孟浩然、王昌龄、王维、李白、杜牧、刘禹锡、韩愈、陆游、王安石、苏轼、黄庭坚、朱熹、王守仁、文徵明等都在此留下了许多珍贵的诗文或墨宝，形成了独特的桃花源文化，并通过儒道隐逸、农耕社会、山水田园、诗词碑刻、桃源工艺等，传延着深厚的历史文脉和文人情怀，体现了中华文化的精髓，是我们今天推进中华现代文明建设的重要支撑。

据相关资料显示，民国以前各朝代留下的桃花源诗文五千多件，涉及二千多位诗人作家，中华人民共和国成立后创作的作品数量更多，毛泽东也写有"桃花源里可耕田"的名句。《诗歌桃花源》选本以艺术性、思想性、多元性为标准，突出桃花源的意象、意境、意蕴。选择古今二百三十位诗人吟咏桃花源的三百余首作品，包括诗、词、曲等，进行点评和注释。编排内容主要包括诗词原文、诗词注释、作者简介和作品简评，以方便读者阅读，更好地与诗人达到心灵上的契合。本书由童中贤提出具体编辑思路、编辑方案、编辑凡例并选定诗歌作品，由张伟、张腾为主评点，书稿完成后由童中贤统稿、修订。

本书在编辑出版过程中，得到湖南省社会科学院（湖南省人民政府发展研究中心）、陕西师范大学、中华诗词学会诗词曲赋联精品研究委员会、湖南省诗词协会、天津人民出版社等单位的大力支持，得到梁颂成、刘经平、刘杰、熊柏隆、王振远、胡晖、赵海燕、李美清、龚小平、童海秀等的关心、支持和帮助，中华诗词学会会长周文彰拨冗为本书作序，在此一并致以衷心的感谢！本书参考了诸家见解，谨此说明并表谢忱。

由于编者才疏学浅，加上编辑时间仓促，书中遗珍讹错在所难免，敬请专家学者诗人和广大读者批评指正。

在本书付梓之际，爰赋三绝以志感：

此生岂使此身闲，何梦飞升不复还。
相对潺湲倾洞水，桃花源里好耕田。

沅绕花源隔世情，南山悠影鹤空鸣。
一番流水洞庭去，半路鲜云阅武陵。

桃林深处问津寻，逸致诗情费写真。

三百吟声齐点染，仙源世化得宽心。

童中贤

甲辰冬于长沙罗洋山